CAOS A MONSTERLAND

Autrice di bestseller per Usa Today

LEXI C. FOSS

Titolo originale: *Monsterland Mayhem*

Traduzione italiana: Claudia Sartori

A cura di: Biba Sven

Edito da: Outthink Editing, LLC

Proofreading versione originale: Katie Schmahl & Jean Bachen

Design di copertina: Manuela Serra

Cover Photography: Wander Aguiar & Juliana Andrade

Cover Models: Wander Aguiar, Dina & Jack

Grafica frontespizio: Susan Gerardi

Grafiche capitoli: Ricky Gunawan

Pubblicato da: Ninja Newt Publishing, LLC

Edizione Digitale

ISBN: 978-1-68530-437-9

Edizione a stampa

ISBN: 978-1-68530-438-6

Disclaimer sull'uso dell'IA: questo libro non contiene nessun elemento creato con l'IA. Tutte le immagini sono state realizzate da artisti reali e tutte le parole sono state scritte dall'autrice.

A chi ama inseguire la propria preda.
Questi alfa non si fermeranno davanti a nulla per conquistarti,
scoparti,
ingravidarti.
Buona lettura, dolce regina…

Caos a Monsterland

Una rivisitazione di Alice nel Paese delle Meraviglie

Un sorso. Tre folli compagni.

Bevimi.
Non è un compito qualsiasi. È un test di compatibilità. In questo modo il Re Argento potrà trovare una compagna. Tutto perché ha bisogno di un *erede*.

Ogni fanciulla del regno deve bere.
Me inclusa. Ailsa Marvel, una semplice mortale che vive in una terra di magia e meraviglie.

Non avrei immaginato di diventare l'*Omega Prescelta*. Proprio io! Ma nel momento in cui deglutisco, mi ritrovo a cadere giù, giù, giù, sempre più giù… e ad atterrare nel bel mezzo del caos.

Monsterland è in subbuglio.
Tutti sono alla ricerca dell'unica possibilità di salvezza per il Re Argento. La sua promessa. Colei che può dargli un erede. *Me.*

Ma se non volessi essere ingravidata? Se volessi solo *scappare*?

Craze si offre di aiutarmi.
Catum è pronto a eliminare qualsiasi ostacolo.
E Krolic ha promesso di farmi da guida.

Ma ogni passo verso la libertà mi fa dubitare di chi fidarmi. Dove andare. *Come fuggire*.

Il mio destino si è trasformato in un gioco mortale.
Un gioco in cui io sono la preda, e la mia unica speranza di salvezza è vincere il cuore di chi mi dà la caccia.
Altrimenti, finirò nella gabbia del Re Argento.
O peggio, morta.

È ora di giocare, coniglietto.
Tu scappi.
Noi ti rincorriamo.
E quando ti avremo trovata, ti mostreremo cosa significa essere la Regina di Monsterland.

Nota dell'autrice: Questo è un romanzo paranormal dark autoconclusivo, dove non è necessario scegliere un compagno. Sono presenti inganni, *primal play* e riproduzione. Per maggiori dettagli, assicuratevi di leggere le avvertenze sui contenuti presenti nell'introduzione.

UNA NOTA DI LEXI

Caos a Monsterland è un romanzo reverse harem fast-burn. È completamente indipendente dalle altre storie che ho scritto e dagli universi in cui sono ambientate.

Ma è la rivisitazione di una fiaba.

Quindi potreste riconoscere qualcosa, nel corso del racconto.

Tuttavia, se c'è una fiaba che mi sono sentita libera di stravolgere completamente e farla mia, è proprio questa. Perché che senso avrebbe giocare con un'ambientazione come il Paese delle Meraviglie e lasciarla così com'è?

Questa storia è folle. Caotica. Bollente. Ed è fortemente incentrata su Ailsa e i suoi compagni.

Oh, c'è anche una trama, contorta e divertente. Ma il punto focale è essere rivendicati. *Posseduti* da tre uomini sexy e squilibrati.

Ailsa è un'omega in un mondo di mostri alfa.

Un'omega destinata a essere inseminata.

Un'omega destinata a essere amata.

Un'omega a cui piace *la caccia*.

La seguirete fino a Monsterland, cadendo tra le braccia degli alfa che vi aspettano là sotto? O preferite… *scappare*?

Alcuni appunti sul contenuto:

✓ Consenso (tra Ailsa e i suoi compagni)

✓ Nessun coinvolgimento con altre donne (niente tradimenti)

✓ Gravidanza/accoppiamento

✓ No MM, ma ci sono scene di gruppo

✓ Energia primordiale

✓ Maschi alfa molto possessivi

✓ Vibe da "toccala e muori"

✓ Giochi sessuali con sangue, strangolamento, corde, coltelli, cera e morsi

✓ Nodi, nidi, fusa, ringhi e peni bizzarri

Buona lettura! <3

INTRODUZIONE

C'era una volta un re che aveva bisogno di un erede. Di una *compagna*. Di un'omega fertile in grado di accogliere il suo seme.
Non essendoci più omega disponibili a Monsterland, il Re Argento emanò un editto che fu promulgato in tutti i regni.

Un drink.
Il giorno del ventunesimo compleanno.
Un obbligo a cui ognuno deve sottostare.

Non c'è modo di sfuggire al destino.
Non c'è modo di sfuggire al Re Argento di Monsterland.

Sottrarsi alla cerimonia comporta una condanna a morte immediata.
Perché non possiamo mettere a rischio i rapporti con le specie che popolano Monsterland.
Beviamo per loro. Beviamo per assicurarci che continuino a sostenere il nostro mondo. Beviamo per sopravvivere.

Buon compleanno, coniglietto.
Bevi.
È giunta l'ora di affrontare il tuo destino.
E unirti a noi…
A Monsterland.

AILSA

Bevimi.

L'invito è inciso sul bordo del calice dorato, con caratteri che sembrano tracciati con il sangue.

Per nulla minaccioso.

Muovo le dita davanti a me, le mie mani sono improvvisamente sudate. Ho assistito alla cerimonia migliaia di volte, ma ora sono io al centro del rituale.

Io. La serva umana. *Ailsa Marvel.*

Non c'è da stupirsi che le panche siano vuote.

Nessuno si aspetta nulla da me, se non biancheria pulita e qualche pasto caldo ogni tanto.

Ma il Re Argento esige che tutti, inclusi i mortali privi di poteri, accettino questa bevanda il giorno del loro ventunesimo compleanno.

«Chiunque può essere un omega» recitava il suo editto. *«Pertanto, tutti devono essere sottoposti al test»*.

Finora, nessun abitante del mio distretto si è mai rivelato un omega. Da quello che ho capito, sono estremamente rari. Rari al punto da temere che si siano estinti.

Per questo è necessario *bere.*

Un brivido mi corre lungo la schiena e mi si rizzano i peli sulla nuca. Questo posto è inquietante, così freddo e privo di vita. Anche riempirlo di persone non fa la differenza; è un luogo che trasuda *morte*.

Tuttavia, ciò non mi ha mai impedito di assistere alle cerimonie altrui. La parte più morbosa di me è sempre stata affascinata dal rituale, e spesso mi ritrovo a chiedermi se riuscirò mai a vedere un vero omega.

Una fascinazione che due anni fa si è spostata su un altro obiettivo, il Maestro Liffo, che aveva sostituito il vecchio Maestro delle Cerimonie. Nonostante conduca il rituale allo stesso modo del predecessore, c'è qualcosa nella sua voce che mi ha catturata fin dal primo istante. Una voce baritonale, profonda e potente, che non sono più riuscita a togliermi dalla testa.

A volte la odo perfino nei sogni.

Sono mesi che attendo con ansia questo momento, fantasticando sul sentirgli pronunciare il mio nome con quella sua voce suadente.

Eppure, adesso che sono inginocchiata davanti all'altare, non sono particolarmente felice della procedura.

Di solito, è molto più veloce. Ma, a quanto pare, il Maestro Liffo ha scelto proprio oggi per arrivare in ritardo.

Beh, dopotutto, perché dovrebbe preoccuparsi di essere puntuale per un membro così insignificante della società?

A parte me e due sentinelle, la sala è vuota.

Mi fanno male le ginocchia; il pavimento di marmo è duro sotto la mia pelle nuda. L'abito cerimoniale azzurro e bianco mi copre appena la parte superiore delle cosce, lasciando le mie lunghe gambe esposte. Una sensazione strana.

Il vestito era destinato a un'altra donna e mi era stato dato dalla baronessa Clarice.

«Svelta, mettiti questo» aveva sibilato poco prima della cerimonia.

Non c'era stata alcuna celebrazione per il mio

compleanno. Niente regali sfarzosi, niente acconciature elaborate. Solo un abito di seconda mano, pensato per qualcuno almeno dieci centimetri più basso di me, e un paio di vecchie ballerine azzurre troppo piccole, che mi tagliano i talloni e mi schiacciano le dita dei piedi.

Mi dimeno, sempre più a disagio.

E la sentinella Pinka si schiarisce la voce in segno di avvertimento.

Non importa che sia rimasta inginocchiata qui per più di un'ora: devo continuare per tutto il tempo necessario.

Deglutisco e chino ancora una volta il capo.

Le mie faccende mattutine presto diventeranno faccende pomeridiane, e ciò significa che stasera dovrò lavorare fino a tardi.

Povero Bestia, penso, sospirando interiormente. Aspetta sempre che gli porti gli avanzi della cena.

Che di solito consistono in ossi e resti di carne.

È il mio lupo domestico, se così si può definire. L'ho incontrato durante una delle mie tante passeggiate nella foresta. All'inizio, pensavo che mi avrebbe mangiata. Ma si è limitato ad allontanarmi da un cespuglio pieno di spine con un colpetto del muso. Poi mi ha accompagnata lungo il sentiero.

Ho pensato che fosse un caso.

Ma la sera dopo mi aspettava accanto allo stesso cespuglio.

E anche quella successiva.

Al quinto incontro, ormai sicura che lo avrei trovato lì, gli ho portato del cibo.

È iniziato tutto poco più di due anni fa, intorno al mio diciannovesimo compleanno. Ora vado a trovarlo ogni sera.

Oggi speravo di passare qualche ora in più con lui, per festeggiare il mio compleanno.

E invece…

«Dov'è?» tuona una voce profonda, facendomi irrigidire.

Il Maestro Liffo.

Sono avvolta dai filamenti fumosi che precedono la sua comparsa. Percepisco quel profumo ogni volta che entra nella cappella, la sua presenza è un richiamo inebriante per i miei sensi.

«È qui, signore» dice la sentinella Pinka con voce affannosa.

Nel nostro distretto, tutti reagiscono in questo modo alla presenza del Maestro Liffo. È considerato una divinità, e perfino io riesco a percepire la sua magia. Ma non oso alzare lo sguardo su di lui. Ho sentito dire che è incredibilmente bello. La baronessa Clarice e le sue figlie ne parlano spesso.

«Bene, vediamo di fare in fretta e toglierci il pensiero» mormora il Maestro Liffo mentre si avvicina all'altare, tenendo in mano la sacra bevanda.

Riesco a scorgere soltanto i suoi stivali di pelle dall'aspetto morbido e costoso.

«Ailsa Marvel?» chiede.

«Sì, Maestro Liffo» rispondo senza sollevare il capo.

Per un attimo non dice nulla, poi si schiarisce la gola e il rituale ha inizio.

«Siamo qui riuniti in questa occasione speciale per festeggiare il ventunesimo compleanno di Ailsa Marvel».

Sebbene le sue parole sembrino positive e riecheggino quelle delle migliaia di cerimonie che ho già sentito in passato, il tono tradisce la noia che prova.

«È nata da genitori mortali, Janice e Ralph Marvel. Non ha mostrato caratteristiche particolari né abilità magiche. Tuttavia, come stabilito dall'editto emanato dal nostro amato Re Argento, tutte le fanciulle e tutti i gentiluomini sono tenuti a bere dal calice incantato nel giorno del loro ventunesimo compleanno».

Reprimo l'impulso di tremare, fin troppo consapevole di ciò che sta per accadere.

Almeno finirà tutto in fretta, penso.

«Alzati, Ailsa Marvel del distretto Hatter» mi ordina. «Alzati e assapora l'elisir incantato».

Obbedirgli mi richiede un certo sforzo; le mie ginocchia tremano, doloranti, dopo aver trascorso tutto quel tempo premute sul marmo.

E senza nessuno che mi aiuti, è ancora più difficile. Tuttavia, sarebbe disdicevole appoggiare le mani sul pavimento.

Stringo i denti e riesco lentamente ad alzarmi. Le mie dita dei piedi gridano dal dolore provocato dalle scarpe strette.

Ma almeno il vestito non si solleva, mostrando il sedere. Beh, non che ci sia qualcuno che possa vederlo.

In ogni caso, voglio salvare almeno un briciolo di dignità.

Il Maestro Liffo si schiarisce la voce, attirando il mio sguardo su di lui.

E mi rendo conto che le voci sono vere: ha un viso meravigliosamente simmetrico.

I suoi occhi, però... i suoi occhi rivelano una certa violenza. Mi domando che genere di peccati abbia commesso.

Non capisco perché sia così rapita da lui, ma d'altro canto nella mia vita nulla è mai stato normale.

La maggior parte delle creature del distretto Hatter possiede una qualche forma di magia. Ma non io.

Eppure da questo essere traspare un potere inebriante, la cui malvagità lampeggia nei suoi splendidi occhi.

Come cioccolata calda, penso, perdendomi nel suo sguardo.

Inarca un sopracciglio castano, dal colore simile ai capelli elegantemente spettinati.

«Signorina Marvel?» mi esorta, attirando la mia attenzione sulle sue labbra carnose.

Ecco perché non ho mai osato guardarlo, penso. *Ho sempre saputo che sarebbe stato straordinario.*

La sua voce mi aveva messa in guardia sul suo fascino.

La sua presenza mi invitava a sottomettermi e distogliere lo sguardo.

Eppure un solo colpo di tosse mi ha spinta a disobbedire, e ora… ora non riesco a smettere di fissare quest'uomo stupendo.

«Concentrati, signorina Marvel» dice. Il suo tono è intriso di dominio. «Bevi».

Sbatto le palpebre come se fossi stata strappata da uno stato di torpore, e l'ambiente circostante mi appare in tutta la sua gelida realtà.

Il Maestro Liffo mi porge il calice, le sue nocche sono bianche. *Bevimi*, c'è scritto sul bordo.

«Sì, giusto. Voglio dire, sì, Maestro Liffo». Wow, sto fallendo in maniera spettacolare.

Accetta la bevanda e falla finita, penso, dandomi una scrollata mentale.

Faccio un passo avanti, ma il mio viso si contorce in una smorfia causata dal dolore alle gambe e ai piedi.

Ignoralo, ringhio a me stessa. *Ignoralo, prendi il calice e bevi.*

Oggi non ho ancora mangiato e nemmeno bevuto. Ma il mio stomaco si ribella al profumo dolciastro emanato dalla coppa dorata.

Ignorando anche quello, allungo la mano verso lo stelo, mentre il Maestro Liffo mi osserva da sotto le ciglia lunghe e folte.

Avvolgo le dita intorno alle sue e al calice che continua a stringere, poi mi perdo ancora una volta nel suo sguardo.

C'è un accenno di malizia che danza nei suoi occhi scuri, un accenno di malizia che mi fa rivoltare lo stomaco.

Solo che non si tratta di paura, no. Ma di interesse.

C'è qualcosa che non va in me.

Che novità.

Sono sempre stata attratta dalle ombre, dal *pericolo.*

È così che ho incontrato Bestia, è per questo che mi sono sempre avventurata nella foresta quando faceva già buio. Ed è anche il motivo per cui sembro incapace di distogliere lo sguardo da quello del Maestro Liffo.

Le sue narici si dilatano, e preme il bordo del calice sulle mie labbra.

Allora inclino la testa all'indietro e bevo.

Arriccio il naso. È come ingoiare una cucchiaiata di zucchero liquido.

È troppo dolce, penso, tentando di non vomitare e desiderando che ci fosse qualcuno lì con me a porgermi un bicchiere d'acqua.

Ma sono da sola. Come sempre.

Janice e Ralph – non mi riferisco mai a loro come a "mamma" e "papà" – lavorano in una tenuta diversa. Li vedo ogni quattro o cinque mesi. È così da quando ho compiuto dodici anni.

Il giorno in cui la baronessa Clarice mi ha acquistata dalla famiglia Farmington.

Scaccio quel ricordo e traggo un respiro profondo. Poi raddrizzo la schiena, pronta a completare il rituale. Una semplice occhiata mi farà congedare rapidamente e potrò andarmene.

Solo che il Maestro Liffo non dice una parola.

Mi sta fissando con un'espressione feroce, le sue iridi scure sono delineate dalla violenza.

Deglutisco a fatica, desiderando di non essere stata così sfacciata. Perché quest'uomo, quest'uomo *molto potente*, sembra sul punto di darmi una lezione. E dubito che mi piacerà.

Delle scuse mi affiorano alle labbra, ma non sono sicura di cosa dovrei scusarmi. Per aver mantenuto il contatto visivo? Per aver prolungato il rituale? Per qualcosa di completamente diverso?

Anche le sentinelle mi stanno fissando, ma i loro occhi spalancati esprimono sorpresa e un pizzico di paura.

Che strano, penso. La maggior parte dei miei superiori mi degna appena di uno sguardo. Ma loro si comportano come se le avessi scioccate.

Solo che mi osservano il corpo, non il viso.

Aggrotto la fronte e abbasso lo sguardo, quasi aspettandomi che l'abito si sia strappato.

E invece no.

Il tessuto mi aderisce ancora addosso come una seconda pelle. Tuttavia, sta *brillando*.

No, aspetta, non è il vestito.

Sono… sono io.

Rimango a bocca aperta.

Sono *io* la fonte del bagliore.

Alzo le braccia e vedo il luccichio dorato che mi danza sulla pelle fino alla punta delle dita. Mollo istintivamente il calice, che cade sul pavimento e si frantuma sul marmo, visto che il Maestro Liffo lo ha lasciato andare nello stesso momento.

Eppure, riesco a sentire a stento il rumore della coppa che si infrange.

Perché c'è un rombo che sovrasta ogni cosa, simile al suono di una galleria del vento. Potrebbe trattarsi anche dell'avvicinarsi di un treno ad alta velocità.

Non…

Non capisco cosa stia accadendo.

Finalmente il Maestro Liffo dice qualcosa, la parola "omega" abbandona le sue labbra. Ma non odo il resto. È troppo distante. Troppo strano. Troppo *sbagliato*.

Non sta succedendo davvero.

Non è possibile che io, Ailsa Marvel, sia un'omega. «C'è un errore» farfuglio. «Dev'essere un errore».

Delle mani mi afferrano le braccia, il tocco è caldo e inaspettato. Mi volto verso destra, e trovo un uomo con le corna che mi trascina in avanti. Un altro, che invece ha le zanne, compare alla mia sinistra.

«Cosa state facendo?» chiedo in tono stridulo, con una voce che non riconosco come mia.

I due uomini, *mostri*, non rispondono.

«Dove mi state portando?» tento di nuovo.

Niente.

Continuano semplicemente a trascinarmi verso un corridoio buio, che conduce a… a… Non so dove. Ma non voglio saperlo.

È tutto sbagliato.

Non posso essere un'omega.

Sono un'umana.

Non sono *niente*.

«Trattatela bene» dice una voce dal vuoto davanti a me. «Il Re Argento la vuole illesa e pronta per la riproduzione».

Riproduzione?, ripeto mentalmente. So cosa significa, ma non come possa riguardarmi.

Oh, no, no, penso. *Assolutamente no!*

«Dovremmo cambiarle abito» continua la voce, la cui fonte non sembra né maschile né femminile. «Anche se dubito che importi. La spoglierà non appena la vedrà».

Mi si rizzano i peli sulle braccia, che continuano a brillare, e una scossa elettrica sembra percorrermi il corpo.

Il tizio con le corna emette un sibilo e allenta la presa su di me.

Non so cos'abbia appena fatto, ma voglio provarci di nuovo.

Perché *non voglio* percorrere quel corridoio né tantomeno incontrare il famigerato *Re Argento*.

Mi distruggerà. Ne sono sicura.

È tutto un malinteso. Non sono un'omega. Nell'attimo in cui se ne renderà conto, mi ucciderà.

Un'altra scarica elettrica mi attraversa la pelle, strappando un ringhio a entrambi gli uomini.

Quello con le corna impreca, rilasciandomi in un attimo, mentre l'altro vola addosso alla parete come se lo avessi spinto.

Un impulso magnetico?, mi domando. *Un'onda di qualcosa?*

Oh, chi se ne importa!, mi dico. *Scappa!*

CRAZE

Ma che bel coniglietto, penso, osservando Ailsa Marvel irrigidirsi mentre il mio potere l'attraversa. *È ora di correre, tesoro*.

I suoi occhioni azzurri saettano a destra e a sinistra, il terrore la pervade.

Poi scatta, proprio come desideravo.

La seguo con lo sguardo, consapevole di ogni movimento. Il suo dolce profumo mi avvolge in un bacio di benvenuto. L'elisir sta già facendo il suo dovere.

Prima brillerà.

Poi brucerà.

E infine le daremo la caccia.

Oh, tombe, non vedo l'ora di darle la caccia.

La nostra omega.

La nostra futura regina.

Ho sognato questo momento per secoli, il momento in

cui la nostra cerchia avrebbe finalmente reclamato la nostra promessa. In cui saremmo stati finalmente *completi*.

Krolic ha trovato Ailsa due anni fa, ma non era ancora pronta.

Oh, ma adesso lo è eccome, penso sorridendo.

Ailsa è la salvezza che stavamo cercando. L'omega che può dare un erede al nostro vero re.

Benvenuta a Monsterland, dolcezza, le sussurro mentalmente. *Ma attenta a dove metti i piedi. La strada è lunga… e così la discesa.*

Scivolo tra le ombre e vago nella nebbia tra i nostri regni.

È ora di prepararsi. L'elisir agirà rapidamente, dandoci solo qualche giorno per convincerla a essere nostra. Perché nonostante siamo alfa, il consenso è importante per noi.

Più o meno.

La seduzione è una forma d'arte.

E a volte tutto ciò di cui un'omega ha bisogno è un piccolo assaggio di oblio, per gettarsi volontariamente nell'abisso dell'erotismo e del piacere carnale.

Ti tenteremo, penso. *E tu ci implorerai.*

Perché ora solo il tocco di un alfa potrà salvarla.

La bevanda ha risvegliato il suo spirito dormiente.

Tra una settimana griderà, smaniosa. Esigerà di essere soddisfatta. E avrà bisogno di tutti e tre per compiacerla. Scoparla. *Reclamarla.*

Catum mi raggiunge nell'oscurità, i suoi occhi brillano come lingue di fuoco nella notte. «La voce androgina era un po' esagerata» osserva in tono leggero.

Sorrido. «Però ha funzionato».

«Credo che siano stati i tuoi commenti sulla riproduzione» ribatte.

«Mmh». Non ha tutti i torti. «Ero convinto che le omega non facessero che implorare di essere scopate.

L'idea di essere ingravidata avrebbe dovuto eccitarla, non spaventarla».

«Dubito che Ailsa Marvel sia una normale omega» mormora, pronunciando il suo nome con un accenno di ammirazione.

«C'è qualcosa di realmente normale nel nostro mondo?» gli domando.

Lui si stringe nelle spalle. «Immagino che dipenda dalla tua definizione di strano».

Come per sottolineare le sue parole, il buco nero che ci circonda inizia a vorticare, facendomi rizzare i peli sulla nuca. In un attimo, compare una terra piena di colore, dove gli alberi dalle radici viola sono in netto contrasto con i sempreverdi del reame che ci siamo appena lasciati alle spalle.

«Fiamme, è bello essere a casa» dice Catum, mentre una miriade di lucciole rosso vivo volteggia intorno alla sua mano.

Grugnisco. «Questa non è la nostra casa». Ma presto lo sarà di nuovo. Grazie al nostro bel coniglietto.

Scintille infuocate danzano sulla punta delle dita di Catum, esaltando le lucciole. Il suo sguardo brilla di trionfo, ma è con tono annoiato che annuncia: «Ho bisogno di una pipa».

Sbuffo. «Hai sempre bisogno di una pipa. Personalmente, preferirei un tè violetto».

«Disse il Cappellaio Matto» mormora.

Alzo gli occhi al cielo. «Lo sai che odio quel soprannome».

«Eppure ti calza alla perfezione» ribatte.

Mugugnando, sposto l'attenzione sull'orizzonte arcobaleno. Sta per iniziare un nuovo giorno. Una sorta di rinascita. «Il regno sa».

«Il regno sa» mi fa eco Catum.

«Adesso tutti le daranno la caccia». Non riesco a reprimere l'entusiasmo che si fa strada nella mia voce. Dovrei essere preoccupato. Eppure, l'idea della morte imminente mi elettrizza.

Tutto quel sangue.

Tutte quelle urla.

Tutto per lei.

«È nostra» afferma il mio migliore amico. «Solo che loro ancora non lo sanno».

«Presto lo sapranno» dico sorridendo. «E anche lei».

«Indubbiamente». La voce di Catum si fa più profonda, la sua espressione si tinge di ferocia. «Che il divertimento abbia inizio».

Il mio sorriso si allarga. «Ci vediamo nelle grotte?».

Annuisce, mentre dei filamenti che sembrano fatti di cenere gli si avvolgono intorno alle gambe. Il suo potere sta prendendo vita. «Sai esattamente dove andrò».

«Vale lo stesso per te» replico.

«Buona caccia, Cappellaio».

«Buon lavoro con il nido, Liffo» rispondo, mentre lui sparisce in una nuvola di fumo.

Tutti abbiamo un ruolo in questo corteggiamento.

E finalmente è il mio momento.

Mi sfilo dalla tasca un mazzo di carte, le mie dita le mescolano rapidamente evitando i bordi affilati.

Il conto alla rovescia è iniziato.

Tic, tac.

Tic, tac.

Tic… tac.

AILSA

URLA E RINGHI MI INSEGUONO, mentre sfreccio attraverso il cortile.

Non sento più i piedi, le scarpe strette mi hanno bloccato la circolazione. Ma non posso fermarmi. *Non voglio fermarmi.*

Almeno il vestito mi sembra più largo, penso, senza preoccuparmi di determinarne il motivo. Non c'è tempo. Posso solo *correre*.

Se mi prendono, finirò a Monsterland. Dove il Re Argento mi *ingraviderà*.

Un brivido mi corre lungo la schiena, nonostante il calore che mi ribolle nelle vene.

Non voglio essere ingravidata.

Voglio… voglio solo essere libera. Voglio scorrazzare per la foresta con Bestia. Vivere un'esistenza spensierata.

«Ailsa! Fermati!».

Ignoro la voce e continuo a correre. Sempre più veloce. Senza una direzione in mente, solo… in avanti. Lontano. Ovunque, ma non qui.

Dei, la situazione è grave.

Qualcosa sibila accanto al mio orecchio, una sorta di sfrigolio che sembra riecheggiare tutto intorno a me.

Sussulto quando un'altra scossa elettrica attraversa l'aria, causando una serie di strilli e grugniti.

Cosa mi sta succedendo? Da quando ho il potere di controllare l'elettricità? È una sensazione estranea, come se quel dono non fosse effettivamente mio, ma mi ricoprisse dalla testa ai piedi.

Una sensazione impossibile.

Eppure, si scatena di nuovo quando qualcuno si avvicina. Come se si trattasse di uno scudo protettivo.

Tremo e inciampo, poi mi precipito in avanti nel tentativo di raggiungere i cancelli del distretto. Passi rapidi e pesanti riecheggiano alle mie spalle. Non so se quegli stivali appartengano a sentinelle o mostri. Non mi interessa. *Corro e basta.*

Mentre attraverso i cancelli di ferro, sento ancora una volta l'energia statica che mi circonda, creando una scarica elettrica nella mia scia. O almeno presumo che sia quella la ragione del ronzio che odo.

Grida risuonano dietro di me. Non mi volto per vedere quale sia la causa, sono troppo concentrata sugli alberi da cui mi separa solo qualche decina di metri.

La foresta.

La mia casa.

Il mio nascondiglio preferito.

A ogni passo mi sembra di liberarmi sempre di più da un peso che mi opprime, e ciò mi permette di aumentare la velocità man mano che mi avvicino alla linea degli alberi.

Mi abbasso sotto le fronde, per poi svoltare verso il sentiero che conosco a memoria. Solo che, appena prima di raggiungerlo, un enorme lupo bianco balza sul mio cammino.

Un grido mi si strozza in gola e inciampo, cercando di non cadere addosso a Bestia, ma è troppo tardi. Finisco sulla sua soffice pelliccia con un gemito, poi rotolo di lato verso un sempreverde.

Oh, no… Guardo verso il margine della foresta, aspettandomi di vedere i miei inseguitori. Ma non c'è nessuno. Almeno finché Bestia non mi blocca la visuale con il suo muso maestoso. Si abbassa per annusarmi il collo, un gesto che ha fatto fin dal nostro primo incontro.

Un brusio sommesso gli sfiora il petto, un suono che ricorda più delle fusa che un ringhio. Poi alza la testa e sembra indicarmi con un cenno di seguirlo.

È già capitato in passato, ma non credo che questo sia il momento giusto per una delle nostre avventure.

Sto per farglielo presente, quando uno squillo di tromba riecheggia poco distante, provocandomi un brivido.

Perché il suono è seguito dal mio nome, in un ordine che esige il mio ritorno immediato.

Bestia mi dà un colpetto con il muso e ripete quel cenno del capo.

«Non…».

Ringhia, interrompendo la mia protesta prima ancora che possa pronunciarla. Poi muove la testa nel medesimo gesto con uno sbuffo irritato.

Lo fisso.

Dove altro potrei andare?, mi domando.

«Va be…».

Un altro ringhio soffoca la mia risposta.

Aggrottando la fronte, stizzita, mi alzo da terra e gli indico il sentiero come per dirgli: "Vai, allora".

Per un attimo i suoi occhi trattengono i miei; sembra quasi che mi stia sfidando. Poi si volta lentamente nella direzione verso cui voleva che andassimo e mi conduce nel fitto del bosco.

Di tanto in tanto, si guarda alle spalle per assicurarsi che lo stia seguendo. E ogni volta che vede che ci sono, sembra accelerare il passo.

Non ho idea di dove stiamo andando, ma la tromba che risuona dietro di noi diventa sempre più debole man mano che ci addentriamo nella foresta, suggerendo che questa è la strada giusta. Almeno per ora.

Trascorrono i minuti, forse addirittura un'ora, prima che Bestia finalmente rallenti in prossimità di una caverna. Mi guarda, emettendo dal petto quella strana sorta di fusa.

«È la tua tana?» gli chiedo.

Si scrolla la pelliccia, lasciandomi nell'incertezza. *Che fosse un sì o un no?* Poi trotterella all'interno.

Arriccio le labbra, non so se sia il caso di seguirlo.

Un istante più tardi sbuca fuori con la testa, e potrei giurare che i suoi occhi verde chiaro trabocchino di esasperazione. Quando non mi muovo immediatamente, esce del tutto, cattura un lembo del mio vestito con le zanne e dà uno strattone.

L'abito si strappa e io strillo. Beh, era già praticamente ridotto a brandelli: non me n'ero accorta, presa com'ero dalla fuga, ma il tessuto si era lacerato fino all'altezza dei fianchi.

Non c'è da stupirsi che mi sembrasse così largo, penso, abbassando lo sguardo sui frammenti azzurri e bianchi. La mia biancheria intima è completamente esposta. A Bestia, comunque, non sembra importare. È troppo impegnato a trascinarmi nella caverna.

«Okay, okay!» esclamo. «Vengo!».

Non mi lascia andare, continuando a tirarmi e camminare all'indietro, facendomi barcollare.

«Smettila» sbotto.

Ringhia in risposta, continuando imperterrito a strattonarmi.

«Mi strapperai completamente il vestito, Bestia!».

Sono quasi sicura che abbia grugnito.

Poi si immobilizza. Le sue orecchie appuntite fremono,

gli occhi verdi trovano i miei. Emette un basso ringhio di avvertimento.

«Cosa c'è?» chiedo, riducendo istintivamente la voce a un sussurro.

Fa di nuovo quello strano cenno del capo. Visto che non mi muovo subito, mi gira intorno e mi dà un colpetto sul sedere con il muso, spingendomi verso la caverna.

«Sei un po' impaziente, eh?» borbotto.

Il lupo sbuffa.

A volte potrei giurare che mi capisca.

Forse è proprio così.

Sto per fare un commento al riguardo, quando lo squillo assordante della tromba riecheggia tra gli alberi, facendomi correre un brivido lungo la schiena.

Agisco senza riflettere, balzando nella caverna per nascondermi.

Bestia fa lo stesso, poi mi supera per immergersi ulteriormente nel buio. Lo seguo, ma le rocce sotto le suole sembrano risvegliare il dolore ai piedi. Ogni passo mi strappa una smorfia sofferente. Valuto l'idea di toglierle e camminare a piedi nudi.

Bestia deve notare la mia lentezza, perché torna verso di me. I suoi occhi brillano nell'oscurità, dandogli un'aria inquietante. Mi guarda, le sue labbra sono ritratte in un ringhio.

Poi la sua attenzione si sposta su qualcosa alle mie spalle, verso il rumore di una colluttazione.

«Ho trovato…».

Le parole si interrompono nel momento in cui Bestia si lancia in avanti e fa cadere a terra l'uomo che le ha pronunciate. Un violento scricchiolio riecheggia nella caverna, poi il suono di un gorgoglio mi fa indietreggiare.

Perché non è stato Bestia a emetterlo. Lo ha *causato*.

Non ho idea di che essere abbia appena abbattuto. Un mostro? Un umano? Un fae? Le scelte sono infinite.

Ma lo ha fatto con estrema precisione, confermando quello che ho sempre pensato: è una creatura letale.

Eppure, quando torna da me, si struscia sul mio fianco e mi invita di nuovo a procedere con un colpetto del muso.

Dovrei essere sconvolta da quello che ha appena fatto, soprattutto perché le prove gli macchiano le fauci, ma tutto ciò che provo è una sensazione di sollievo.

Mi sta tenendo al sicuro.

Bestia mi tiene *sempre* al sicuro.

È stato così per due anni.

E anche se so che probabilmente non dovrei, mi… mi fido di lui. È il mio unico amico. L'unico che si preoccupa per me nello stesso modo in cui io mi preoccupo per lui.

In un mondo dominato dal caos, fa' amicizia con il lupo, penso. *Le sue intenzioni sono sempre chiare.*

Tranne che in questo momento, quando si ferma presso una specie di laghetto nero.

Lo fissa come se fosse indeciso se attraversarlo a nuoto o cercare di girarci intorno, restando in equilibrio sul bordo di roccia.

Mi avvicino anch'io e mi inginocchio per testare l'acqua, curiosa di conoscerne la temperatura e magari anche la profondità.

Le mie dita sfiorano la superficie, solo che non si comporta come un liquido.

Sembra… sembra colla.

Ritiro la mano di scatto, e l'oscurità mi resta attaccata. Strillando, cerco di liberarmi da quella sostanza appiccicosa.

«Oh!» grido quando la colla nera come l'inchiostro inizia a *strisciarmi* lungo il braccio. «Cos'è?!».

Tento di alzarmi in piedi, di indietreggiare.

Ma urlo di nuovo quando la strana sostanza mi trascina nella pozza di ossidiana.

Il mio viso incontra il liquido, che soffoca le mie proteste. Vengo presa dal panico. Agito le braccia, provando ad allontanarmi, a darmi la spinta per sollevare la testa e tornare a respirare.

Ma non faccio che cadere verso il basso.

Affondando.

Annegando.

Il mio cuore batte all'impazzata, rimbombandomi nelle orecchie con un suono minaccioso e agghiacciante.

Non riesco a respirare.

Non riesco a nuotare.

Non riesco a fare altro che lasciare che la colla nera mi trascini giù, giù, *giù*.

Spero che Bestia non mi segua o cerchi di aiutarmi. È impossibile sfuggire a questo destino bizzarro. È così scuro. E pesante. E… e…

Aggrotto la fronte. *E non c'è più*, mi rendo conto, mentre la mia mano si ritrova improvvisamente ad agitarsi nel vuoto.

Muovo le braccia e scalcio, sorpresa dalla mia ritrovata libertà.

Cosa…?

Un altro strillo mi sfugge quando l'aria mi sferza in ogni direzione, i miei capelli si aggrovigliano nel vento e sono pervasa dalla sensazione di *cadere*.

«Oh!». Agito le braccia e le gambe tentando di afferrare qualcosa, *qualsiasi cosa*, per fermare la mia caduta.

Ma non c'è niente.

Solo altra oscurità.

Aria.

Il sibilo del vento.

L'abito mi svolazza intorno, le scarpe sono sparite

chissà dove a causa dello strano liquido colloso. Quello non mi dispiace. Ma vorrei sapere cosa…

Una luce accecante mi spinge a coprirmi gli occhi.

Poi tutto si interrompe con una violenta caduta nell'acqua, sottolineata da una miriade di schizzi.

Ansimando, lotto contro l'acqua gelida. Una sensazione poco piacevole. So nuotare, ma questo… È tutto così sconvolgente, così *impossibile* che… che non…

I miei polmoni bruciano per il bisogno di ossigeno, la mia bocca minaccia di aprirsi. Ma sono sommersa. Sono affondata in questo gelido mare. Sto anneg…

Qualcosa mi afferra il polso, tirandomi fuori dalle onde, e mi avvolge la vita.

Ansimando, accolgo con gioia l'aria fresca che mi accarezza il viso, e il mio petto si gonfia all'istante. Finalmente *respiro*.

«Va tutto bene, tesoro» mi mormora all'orecchio una voce profonda. «Sono qui».

Mi irrigidisco.

Non è stato *qualcosa* ad afferrarmi il polso, ma *qualcuno*. Qualcuno che mi ha avvolto un braccio muscoloso intorno alla vita.

Sbatto le palpebre nel tentativo di mettere a fuoco, di *vedere*, ma poi le richiudo di scatto quando l'acqua mi inonda gli occhi.

«Ssh» sussurra.

Non ho nessuna intenzione di obbedire. Non ho idea di chi mi stia toccando, come sia finita qui, o addirittura dove mi trovi!

Mi dimeno con violenza, guadagnandomi un grugnito da parte del mio rapitore.

O… *salvatore*, presumo. Mi ha salvata. Più o meno. Forse.

Ed è anche molto forte, come dimostrato dalle sue

braccia che si serrano intorno a me mentre mi trascina nell'acqua.

Non smetto di contorcermi finché non mi immobilizza su una spiaggia sabbiosa; il suo corpo atletico riesce facilmente a dominare il mio, nonostante il mio metro e settanta.

«Ailsa» dice. Il mio nome suona come una carezza, con quelle note baritonali.

Sbatto le palpebre. *Cosa…?*

Apro di nuovo gli occhi e metto finalmente a fuoco l'uomo che torreggia su di me.

O meglio, la *creatura*.

Mostro?

La sua faccia… è… è coperta dal trucco, la fa somigliare a un teschio. Inchiostro nero. Iridi nere. Lunghe ciglia nere. Folti capelli neri. È tutto *nero*.

A parte la zona che circonda gli occhi, che invece è bianca.

E le sue labbra… anche le sue labbra sono bianche.

Un grido mi risale la gola, ma viene soffocato dal suo palmo che mi copre la bocca. «Ailsa» dice di nuovo. Il fatto che conosca il mio nome mi fa battere il cuore ancora più forte. «Sei al sicuro. O almeno lo sarai presto. Ma ho bisogno che tu faccia silenzio. Sei atterrata in un luogo inaspettato».

Per usare un eufemismo.

Non mi sarei mai aspettata *nulla* di tutto questo.

Prima di tutto, scopro di essere un'omega – tra l'altro, sono ancora convinta che si tratti di un errore.

Poi attraverso la foresta con un lupo e lo seguo stupidamente in una caverna.

Dove finisco in una pozza nera.

Che si trasforma nel cielo.

Che alla fine diventa… *questo*.

I miei occhi saettano tutto intorno cercando di determinare cosa sia "questo", e mi rendo conto che la "spiaggia" non è affatto una spiaggia. È… è una nuvola.

No, non è esatto.

È bianca come una nuvola. Soffice. *Come cotone.*

E l'acqua da cui siamo appena usciti è rosso vivo. Non azzurra. Non trasparente. Nemmeno turchese. Ma *rossa.* Come il sangue.

Il mio sguardo vola verso gli alberi che punteggiano la spiaggia di cotone. Sono rosa, e al posto delle foglie sono coperti di fiori.

«Ora ti tolgo la mano dalla bocca» dice l'uomo sopra di me. «Ma devi fare la brava e non gridare, okay?».

Sbatto di nuovo le palpebre, un gesto istintivo nell'osservare quel folle dal viso di teschio. Sotto il trucco, riesco a scorgere degli zigomi ben definiti e una mascella squadrata, i suoi lineamenti mi attraggono nonostante il colore. O forse è il makeup a renderlo ancora più attraente.

Ho dei seri problemi, concludo.

Assottiglia gli occhi scuri come se mi avesse sentita. «Farai la brava bambina o ti comporterai come un coniglietto dispettoso?» insiste.

La sua domanda non mi piace, e glielo faccio notare inarcando un sopracciglio.

«Capisco» mormora. «Beh, sappi che più griderai, più verrai punita. Inoltre, le mie carte mi piacciono, e odierei doverle sprecare con i gremlin dei fiori».

Ora lo fisso e basta. Perché… Cosa? Carte? Gremlin dei fiori?

Sorride e toglie la mano, solo per sostituirla con un rapido bacio inaspettato. «Aspetta un attimo, tesoro» dice, spostandosi da me e alzandosi in piedi con un movimento fluido che non lascia dubbi sulla sua appartenenza a una specie soprannaturale.

Fischietta, e un mazzo di carte gli compare sul palmo. Inizia a mescolarle. Osservo i suoi gesti con la fronte aggrottata, non capisco cosa stia facendo o perché. Ma sicuramente ha qualcosa a che vedere con il suo commento su…

Una carta sfreccia nell'aria così velocemente da farmi sobbalzare.

E reprimo a stento un urlo quando si conficca nel collo di una creatura in avvicinamento, una creatura dalle zanne molto affilate.

«Cosa…».

Ne compare un'altra, abbattuta in un attimo da un rapido movimento del polso dell'uomo.

Si ode un chiacchiericcio che lo fa sospirare. «Vi rendete conto che ne ho altre cinquanta, vero?». Ricomincia a mescolare e lancia le carte in ogni direzione, eliminando tutte le creature alte mezzo metro con una precisione incredibile.

Fischietta per tutto il tempo, ma si interrompe quando il terreno inizia a tremare.

«Ah, cazzo» brontola. «Spioni». Si volta verso di me. «È ora di andare, bellezza».

«Non vengo da nessuna parte con te» ribatto annaspando all'indietro, ancora seduta sulla sabbia – *sulle nuvole* – e bloccandomi quando la mia mano incontra l'acqua.

Lui inarca un sopracciglio scuro, un movimento che fa allargare appena la tinta bianca intorno al suo occhio. «Non credo che tu comprenda appieno la scelta che stai compiendo, mio dolce coniglietto». Il suo sguardo mi accarezza il corpo. «Sei praticamente nuda, e un toro molto pericoloso e *molto eccitato* sta per sbucare fuori da quegli alberi. E benché sia bravo in molte cose, domare un uomo-toro non è tra queste. Mi capisci?».

Lo fisso. *Praticamente nuda?* Abbasso lo sguardo e schiudo le labbra nel rendermi conto di com'è ridotto il mio vestito. È... Praticamente non c'è più. Indosso soltanto la biancheria intima, resa trasparente dall'acqua.

Se solo il colore rosso avesse impregnato il tessuto...

Ma purtroppo non lo ha fatto.

Quindi... sì, sono praticamente nuda, proprio come ha detto lui. *Fantastico*.

«Allora, cos'hai deciso, tesoro?» mi domanda con uno strano accento, diverso da quello che ha usato finora. «Me o lui?». Indica gli alberi, dove un'enorme creatura con le corna attraversa il margine della foresta. Ha gli zoccoli e le gambe coperte di pelo, ma la parte superiore del suo corpo è quella di un uomo atletico. Almeno finché il mio sguardo non raggiunge il viso: un grosso muso dove spiccano due ardenti occhi rossi.

Occhi che osservano il massacro che si è consumato sulla spiaggia di cotone e che infine si posano su di me.

Mi fissa, e il vapore inizia a uscirgli dal naso in volute visibili anche a questa distanza.

«Tic, tac, dolce coniglietto» cantilena il mostro con la faccia di teschio. «Tic, tac».

KROLIC

Lancio un'occhiata all'orologio da polso, digrignando i denti. *Sbrigati, Craze.*

Si sta mettendo in mostra.

Nel tentativo di impressionare la nostra futura compagna.

Ma sta sprecando minuti preziosi. Più a lungo Ailsa rimane sulla spiaggia, meno tempo ci resta per garantire il suo futuro a Monsterland.

«Tic, tac» dice Craze, probabilmente perché percepisce la mia presenza nell'ombra con il mio orologio.

Già, tic, tac, penso rivolto a lui.

Purtroppo, non può udirmi. Ma mi sente eccome. Così come sente gli altri predatori in avvicinamento.

L'uomo-toro, come Craze chiama affettuosamente Brandt, è solo l'inizio.

Il profumo seducente di Ailsa si diffonderà in lungo e in largo, rendendola una calamita per ogni sorta di problema. E tutto perché il Re Impostore – quel bastardo non si merita di essere chiamato per nome – sta manipolando il sistema.

L'editto sull'elisir è una stronzata. Soprattutto perché induce un calore forzato.

Immagino sia un modo per assicurarsi di trovare un

omega, ma un vero re creerebbe una cerchia di compagni e *darebbe la caccia* a una potenziale partner.

I veri re non barano.

E non si impossessano del palazzo reale mentre il legittimo monarca è alla ricerca di una regina.

Eppure, eccoci qui.

Se l'impostore cattura Ailsa, la costringerà a riprodursi e consoliderà il suo dominio su Monsterland.

Non posso permettere che accada. Non *possiamo* permettere che accada.

È per questo che devi darti una mossa, Craze, cazzo, ringhio mentalmente.

Inclina la testa di lato. «Allora, principessa?» chiede alla nostra promessa.

Da quando l'ha incontrata, ha usato almeno una decina di soprannomi diversi, ognuno dei quali mi ricorda una delle sue tante personalità.

«Vuoi…».

Brandt ruggisce, interrompendo qualsiasi cosa Craze stesse per dire. Il mio amico si guarda alle spalle, proprio mentre il toro inferocito si lancia verso di loro.

«Che maleducato» commenta Craze, con gli occhi rossi della bestia puntati addosso. «Stavo offrendo alla signora la possibilità di scegliere, ma ora mi costringi ad agire».

Lancia una sfilza di carte che si conficcano nel torso di Brandt ed esplodono un attimo dopo.

«Che spreco» borbotta Craze. «Avrò bisogno di un altro mazzo».

Sta parlando delle sue carte, ma Ailsa non sembra ascoltarlo. È troppo occupata a fissare la spiaggia insanguinata.

Prendila e scappa, vorrei intimargli.

Purtroppo, abbiamo deciso che questa parte sarebbe

stata interpretata da Craze. È l'unico che non ha ancora trascorso del tempo con Ailsa. Non che Catum sia stato molto a contatto con lei, ma almeno ha potuto osservarla da lontano.

Nel frattempo, Craze è rimasto qui a spiare il Re Impostore. Il mio amico è un vero e proprio tuttofare. Le sue abilità principali ruotano attorno alla sopravvivenza, e ciò lo ha reso la scelta ovvia per giocare a nascondino con il falso monarca.

«Ailsa» mormora. Il suo tono si addolcisce: una delle sue personalità più affettuose è uscita a salutarla.

E finalmente la nostra futura compagna alza lo sguardo su di lui. Con un'espressione diffidente.

«So che tutto questo è difficile da accettare» dice. «Ma il tuo profumo ti rende un'esca in un gioco molto pericoloso. Dobbiamo scappare, perché qui non posso proteggerti in modo appropriato».

Oh, può proteggerla ovunque.

Ma rimanendo qui, sarebbe costretto a rivelare uno dei suoi lati più violenti, qualcosa che Ailsa non è ancora pronta a sperimentare.

Inoltre, quelle parti della natura di Craze non sono destinate a lei.

Il nostro diamante ha bisogno di amore e tenerezza. Protezione e pazienza. Piacere e comprensione.

Abbiamo una lunga strada da percorrere, e dobbiamo incamminarci rapidamente se vogliamo avere qualche possibilità di raggiungere il traguardo.

A proposito… Do un'altra occhiata all'orologio. *Saremo sicuramente in ritardo. Cazzo.*

«Non so neanche come ti chiami» sussurra Ailsa, osservando il mio migliore amico con quei suoi splendidi occhi azzurri.

Lui le sorride, tendendo la pelle dipinta di bianco

intorno alle labbra. «Craze de Capp, al tuo servizio». Si inchina e poi si raddrizza, mente un fruscio si ode tra gli alberi. E aumenta a ogni secondo che passa.

Orchi arancioni. Ne sento l'odore, il loro aroma agrumato è accompagnato dal fetore di frutta putrescente.

Due di loro sono noti per sostenere il Re Impostore. *I fratelli Pincopanco e Pancopinco.*

La notizia dell'arrivo di Ailsa si sta già diffondendo. Sapevamo che sarebbe successo. Ce lo aspettavamo. Era quello che *volevamo*.

Rivendicarla deve essere un evento pubblico. È l'unico modo per riconquistare il trono e dimostrare una volta per tutte che l'attuale re non è adatto a governare.

È un lupo solitario.

Mentre io ho una cerchia di alfa.

E presto avremo una compagna. Poi l'intero regno.

«Ti prego» dice Craze ad Ailsa, riportando la mia attenzione su di loro. «Ti prego, lascia che ti accompagni».

Sorrido. Craze non implora mai. Ma sa che dovrà usare molte carte per far fuori i due grossi orchi. E Craze odia sprecare i suoi giocattoli.

Ailsa sospira. «Dannazione, Bestia».

Le mie sopracciglia si sollevano e Craze piega la testa di lato.

«Che nomignolo interessante» le dice. «Molto meglio di "Cappellaio Matto"».

Ailsa lo fissa. «Cosa?».

«Il soprannome che mi hai appena dato. Mi piace». Poi aggrotta la fronte. «Non ci senti bene, tesoro? È per questo che siamo ancora qui?».

«Non… *No*. Ci sento benissimo. E non stavo parlando con te. *Tu* non sei il mio Bestia».

Il mio lupo interiore fa le fuse, sentendo il tono

possessivo con cui ha pronunciato le ultime parole. *Esatto, mia piccola compagna. Sono la tua bestia, più di quanto immagini.*

«Posso diventare una bestia per te, se vuoi» si offre Craze.

«Puoi trasformarti in un lupo?» domanda lei.

Il mio amico la fissa. «No, mio dolce coniglietto. Ma so essere un animale».

Quasi sbuffo. Non ha tutti i torti. Ma non sta parlando della forma fisica, bensì delle sue abilità sessuali.

E lei, ovviamente, non lo coglie.

Lo dimostra aggrottando la fronte e chiedendogli: «Dovrei avere paura di te?».

Craze ridacchia. «Probabilmente sì, ma non nel modo in cui credi». Le fa l'occhiolino, poi controlla di nuovo alle sue spalle. L'odore di frutta marcia è sempre più intenso. «Non ho nessuna voglia di giocare con Pincopanco e Pancopinco, Ailsa. Possiamo andarcene adesso?».

«Come fai a conoscere il mio nome?» insiste, ignorando l'urgenza nel suo tono.

«Cosa ne dici di un gioco?» replica. «Ogni volta che seguirai le mie indicazioni, risponderò a una domanda. A cominciare da quella che mi hai appena posto. In cambio, dovrai cominciare a correre».

Ailsa lo studia per qualche istante. «Mi dirai come fai a conoscere il mio nome se mi metto a correre?».

Craze sorride, ma io no. Perché ho colto il luccichio subdolo nello sguardo della nostra compagna. Ho trascorso gli ultimi due anni a conoscerla nella mia forma animale. E quello non è uno sguardo obbediente. È uno sguardo di sfida.

«Okay, correrò» aggiunge, alzandosi in piedi.

Poi si lancia lungo la spiaggia.

Il sorriso di Craze gli muore sulle labbra. «Non era

quello che intendevo» borbotta. Poi si lancia all'inseguimento.

Ailsa ha scelto il percorso peggiore possibile.

Ringhiando, torno in forma di lupo e corro dietro a entrambi.

Ora c'è solo un modo per distrarla.

Mi precipito attraverso il bosco fino alla spiaggia, e lancio un ululato che la spinge a fermarsi bruscamente.

Si gira proprio mentre raggiungo il margine della foresta, con gli occhi sgranati. «Bestia!».

Inclino la testa nel modo che so che lei trova adorabile e aspetto che inizi a correre verso di me.

Così, mia piccola compagna. Vieni da me.

Supera Craze – che mi sta fulminando con lo sguardo, perché sicuramente è convinto di avere tutto sotto controllo, quando invece è evidente che non è così – e si lancia verso di me.

Aspetto che sia a qualche metro di distanza, poi mi volto e corro verso la foresta.

«Aspetta!» grida.

Lo faccio, ma solo per spingerla a seguirmi nella direzione giusta.

«Cosa stai facendo?» chiede Craze.

Le sue parole sono rivolte più a me che ad Ailsa.

Ma è lei a rispondere, dicendo: «Sto seguendo il mio animale domestico!».

«Animale domestico?» ripete Craze.

Poi scoppia a ridere.

Perché ovviamente trova quel termine molto divertente.

Sono un re. Il *legittimo* re di tutti gli alfa e beta che vivono nel nostro reame. E questa piccola omega adorabile mi considera il suo animale da compagnia.

Non mi importa.

Sarò tutto ciò che vuole, purché mi scelga. Purché *ci* scelga.

Non si tratta solo di ciò che è, ma *della persona* che è. Una distinzione che il Re Impostore non è in grado di comprendere.

Prenderà Ailsa con la forza, la scoperà finché non porterà in grembo il suo erede, poi la presenterà a tutta Monsterland come la sua preziosa fattrice.

Ma un legame di accoppiamento va oltre la riproduzione. Significa rispettarsi reciprocamente. Vincere il suo cuore. *Sposare la sua anima.*

Questa è la lezione che Monsterland ha bisogno di imparare di nuovo.

Ed è anche la ragione per cui abbiamo lasciato che bevesse l'elisir.

Nonché il motivo per cui abbiamo dato inizio al gioco.

La sua accettazione ricorderà a Monsterland del nostro passato.

E la sua scelta ne definirà il futuro.

Trotterello ancora un po', poi mi lancio un'occhiata alle spalle. Ora è sulla strada giusta. Così, corro a tutta velocità.

«Bestia!» grida, facendomi sorridere internamente.

Quel nome mi piace.

Non ha idea di quanto possa essere *bestiale.*

Ma presto lo scoprirà.

Molto, molto presto.

AILSA

Ci sono alberi viola ovunque, con le foglie decorate da sfumature cremisi. Non ho mai visto niente di simile, ma non ho tempo per valutare quanto siano strani. Perché sto cercando Bestia.

È scappato pochi minuti fa, scomparendo in questa zona del bosco. Eppure ora non riesco a vederlo da nessuna parte. Mi sforzo di andare più veloce, mentre quello strano uomo con la faccia da teschio, *Craze*, mi segue.

Monsterland, penso, superando delle nuvole che somigliano a funghi che aleggiano tra gli alberi. *Sono sicuramente a Monsterland.*

Bestia deve avermi seguita attraverso il portale. Tuttavia, la sua pelliccia bianca non era macchiata di rosso a causa dell'acqua. E non era nemmeno bagnato.

Proprio come me e il mio vestito, mi rendo conto, aggrottando la fronte.

Scuoto il capo.

Niente di tutto questo ha senso. Ma d'altro canto, non dovrebbe averlo.

Sono sempre stata affascinata dal reame di Monsterland, anche se in modo un po' morboso. Gli altri ne parlavano spesso con riverenza, sperando che un giorno sarebbero stati invitati alla corte del Re Argento.

Però non era ciò che desideravo. Avevo solo voglia di sperimentare qualcosa di diverso.

Beh, ho sperimentato più che abbastanza.

Sono pronta a tornare a casa, penso. *Devo solo trovare Bestia e…*

Il terreno mi sparisce da sotto i piedi, strappandomi un grido. Inizio a vorticare giù, giù, giù, sempre più giù.

I capelli mi sferzano il viso, rendendomi difficile vedere e respirare. Agito forsennatamente le braccia e le gambe, un po' come quando ho attraversato il portale. *Oh, no, non di nuovo!*

Tutto si muove più in fretta, con l'aria che mi turbina attorno, finché ogni cosa non cessa di colpo.

E mi ritrovo sospesa in un… in… *Dei, cos'è?!* È qualcosa di appiccicoso, come la sostanza collosa della pozza, ma è… è composto da strani filamenti. Le mie membra ne sono avviluppate, è come se fosse una bizzarra ragnatela vischiosa.

Comincia ad allungarsi lentamente, il mio peso mi trascina verso il terreno nero sottostante.

Dove c'è Craze, con le mani sui fianchi e un'espressione annoiata. «Facciamo due chiacchiere mentre sei appesa lassù» dice. «Sei finita a Monsterland, dolcezza. Niente è ciò che sembra. Ogni cosa è un trucco. E tu, mio caro coniglietto, sei una fonte di guai».

Lo fulmino con lo sguardo. «Non sono la tua *dolcezza* o il tuo *caro coniglietto*, o qualsiasi altro soprannome tu mi abbia affibbiato» lo informo. «E l'unico guaio in cui mi trovo è collegato a… a… Beh, non lo so. Ma non sono un bel niente per te. Sono solo me stessa. Ailsa. Umana. E… Ah, lasciami andare!».

L'ultima parte è rivolta a qualunque cosa mi tenga stretta. Il lamento mi esce affannoso, mentre lotto contro l'elastico che mi tiene prigioniera in aria. Tutto ciò che riesco a ottenere è di allungarlo un po' di più, ma non abbastanza per raggiungere il suolo.

Tutto questo è ridicolo, penso con rabbia. *Assolutamente folle!*

«Sei indubbiamente qualcosa per me, Ailsa» risponde Craze. La sua voce è l'epitome della calma. Il che è davvero ingiusto, vista la situazione. Perché io non sono *affatto* calma.

«Non ti conosco nemmeno» sibilo.

«No, è vero» risponde. «Ma presto mi conoscerai».

«No».

«Sì» ribatte. «Perché questo è il nostro gioco».

«Che gioco?» gli chiedo a denti stretti, tentando ancora una volta di districarmi da quelle maglie appiccicose. È inutile, ma non posso limitarmi a restare appesa qui. È… è una sconfitta.

E non sarò sconfitta.

Ho affrontato troppe avversità nella vita per accettare un simile destino.

«Tu obbedisci ai miei ordini e io rispondo alle tue domande, ricordi?».

«Obbedire?» ripeto. «Non ricordo di aver acconsentito a *obbedire* a un bel niente».

Sorride. «Okay, potrei aver formulato la frase in maniera un po' diversa. In ogni caso, ti devo una risposta».

Lo guardo. «Cosa?».

«Ti ho chiesto di scappare dalla spiaggia e lo hai fatto. Anche se non nella direzione o nel modo che intendevo, ma ti sei messa a correre. Perciò è giusto che ti dica come faccio a conoscere il tuo nome».

Oh. Non… non so cosa dire, così mi limito a fissarlo. Onestamente non mi aspettavo che mi rivelasse qualcosa. I soprannaturali di solito si comportano come se io non esistessi, e gli umani che ho conosciuto non erano molto meglio.

«È stato il tuo *animale domestico* a dirmi il tuo nome» spiega con un ghigno.

Ecco. Questa è in linea con il tipo di risposta condiscendente a cui sono abituata. Alzo gli occhi al cielo e torno a dedicarmi alla sostanza appiccicosa che mi tiene prigioniera.

«È molto divertente, tra l'altro» continua quell'uomo inutile. «Il fatto che definisci Krolic un animale domestico, intendo. Non c'è un'unica persona, in tutti i regni, che potrebbe riferirsi a lui in questo modo e rimanere in vita. Ma tu non sei una persona qualsiasi, vero?».

«Krolic?» ripeto, irrigidendomi.

«Il tuo Bestia» mormora Craze, attirando il mio sguardo verso di lui. «Il suo vero nome è Krolic».

Mi acciglio. «È... è anche il tuo lupo?» Bestia viaggiava spesso tra Monsterland e il mio regno? È per questo che mi ha portata nella caverna, per aiutarmi a fuggire?

O... o mi ha condotta lì per consegnarmi al mio destino?

Che Bestia mi abbia tradita?

Craze scoppia a ridere, il suono si riverbera lungo la mia spina dorsale. Non è spiacevole, ma è leggermente inquietante. Forse perché non trovo nulla di divertente in questa situazione.

Sono mezza nuda e appesa a testa in giù a Monsterland, dopo aver scoperto di essere un'omega.

Oh, e il mio unico amico, un lupo, potrebbe aver tradito la mia fiducia.

No, non è *affatto* divertente.

«Krolic è il mio migliore amico» dice Craze, continuando a ridacchiare. «E il suo lupo non è certo il mio animale domestico».

«Il suo lupo?» ripeto. «Bestia è l'animale domestico del tuo migliore amico?».

Significa che Bestia appartiene a Krolic?

Ma allora perché… perché è venuto a trovarmi, se ha già una casa?

«Suppongo che sia corretto» risponde lentamente Craze, poi scuote la testa. «In ogni caso, ho risposto alla tua domanda sul motivo per cui so come ti chiami. Cos'altro vuoi sapere, Ailsa?».

Aggrotto la fronte. «Cosa mi chiederai in cambio di una risposta? Perché sono bloccata quassù, non è che possa fare molto».

«Sì, di solito è quello che succede quando ci si imbatte in un Albero Gommoso».

«Un Albero Gommoso?». Osservo i filamenti che mi tengono sollevata in aria. Sono rosa, e immagino che possano ricordare dei rami, solo che sono elastici. *E appiccicosi come… la gomma.*

«Sì. Ho preso lo scivolo delle nuvole». Indica una nebbiolina alla sua destra. «È molto più veloce, quando ci si getta da una scogliera».

Ci si getta…? Alzo lo sguardo e mi rendo conto che le radici dell'albero da cui sto penzolando sono a una trentina di metri *sopra* di me.

Dei… «Non l'ho neanche visto» sussurro.

«Lo so». La voce di Craze riporta la mia attenzione su di lui. Incrocia le braccia sul petto e chiede: «Vuoi che ti dica come scendere da lì?».

«Ehm… sì. Sì, grazie».

Sorride. «Okay. Ridi».

Lo fisso. «Cosa?».

«Ridi» ripete.

«Non capisco».

«È un'azione tipicamente suscitata da qualcosa di divertente» spiega come se fossi un'idiota. Anche se non lo dice in tono accondiscendente, ma come un dato di fatto.

«No, so cosa significa ridere. È solo che non capisco come possa aiutarmi a scendere» ribatto, esasperata. Non a causa sua – okay, forse un po' anche a causa sua – ma da tutta questa folle esperienza.

«Prova» mi esorta. «Prova a ridere e vedi cosa succede».

«Non sono dell'umore giusto per ridere» replico a denti stretti.

«Mmh». Si tamburella con l'indice sul mento. «Beh, una canzone potrebbe andare bene. Sai cantare?».

«Sei serio?».

«Di solito no, ma in questo momento sì». Mi rivolge un rapido sorrisetto. «Preferisci che ti canti io qualcosa?».

Quest'uomo è pazzo, concludo, restando a fissarlo con gli occhi spalancati.

«Lo prendo per un sì» mormora, poi piega la testa all'indietro e… e inizia a *cantare*.

Schiudo le labbra, sorpresa, quando la melodia inquietante raggiunge le mie orecchie. Ha una voce profonda e ipnotica. Sono talmente rapita che non mi rendo neanche conto di muovermi, finché non sento il ramo appiccicoso strisciarmi sul polso.

Sconcertata, lo guardo, per poi sussultare quando capisco che mi sta *rilasciando*. Peccato che sia ad almeno cinque o sei metri da terra.

«Craze…».

Non dà segno di avermi sentita, troppo assorbito dalla sua canzone. Non capisco una parola di quello che sta dicendo. Si tratta di un linguaggio che non conosco.

«Craze!» provo di nuovo, stavolta più forte.

Mi ignora, e la sua voce sembra farsi più sonora.

Tremo, la melodia oscura tesse una sorta di incantesimo sul mio essere. Sono praticamente ipnotizzata dalla sua voce, che mi suscita una malsana attrazione nei suoi confronti.

«Craze» insisto, mentre l'Albero Gommoso mi libera un braccio e, dopo qualche istante, anche la gamba sinistra. «Sto per cadere!». So che è proprio questo lo scopo della sua canzone, ma sono troppo in alto!

Strillo quando anche l'altro braccio si libera. Ora sono appesa soltanto per la caviglia destra.

Merda, merda, merda!

Mi copro la testa quando la sostanza appiccicosa mi lascia andare completamente, facendomi precipitare verso il suolo.

Dove mi aspettano due braccia robuste.

Trasalisco, sorpresa di sentire di nuovo la presa di Craze intorno al corpo. È diverso da quando ero nell'acqua, soprattutto perché ora sono consapevole della sua presenza. Della sua voce. Del suo sorriso. *Delle sue carte letali*.

Ma quando mi sorride, non provo nessuna paura. Mi sento solo… sollevata.

Perché non mi sono spezzata il collo.

Sono ancora viva.

E per un attimo mi limito a respirare.

«Ehi, bellezza» dice con un luccichio intenso negli occhi scuri. Poi fa una smorfia. «Scusa, intendevo *Ailsa*». Aggrotta la fronte. «Ma sei veramente bella». Un barlume di meraviglia sottolinea le sue parole, il suo sguardo mi accarezza i lineamenti.

«Grazie» rispondo istintivamente. Non so se lo sto ringraziando per il complimento o per avermi presa al volo o per tutto quello che è successo finora. Però… però mi sento davvero grata nei suoi confronti.

«Non c'è bisogno di ringraziarmi, Ailsa. Ti prenderò sempre» promette, una dichiarazione che mi suscita un brivido. Perché sembra quasi che stia giurando di proteggermi.

Anche se… potrebbe essere interpretata come una minaccia.

L'oscuro luccichio nelle sue iridi rende impossibile capirlo.

«Perché mi stai aiutando?» chiedo, studiando la sua espressione. Ma tutto ciò che vedo è il trucco da teschio.

Riesco però a scorgere un accenno di fossette, quando mi sorride di nuovo. «Cosa ne dici di un altro gioco, eh?». Parlando, inizia a camminare. E mi trasporta come se non pesassi nulla. «*Quid pro quo*: io rispondo a una delle tue domande, e tu rispondi a una delle mie. Inoltre, per un po' mi lascerai alla guida».

Mi acciglio. «In che senso, lasciarti alla guida?».

«Voglio portarti in braccio» chiarisce. «I Campi di Cioccolata Calda sono pericolosi, e non voglio rischiare che pesti una bomba di caramello».

«Una…?». Sto per ripetere l'ultima parte, ma scuoto la testa. Che senso ha? Se continuo a ripetere ogni cosa strana che gli esce dalla bocca, diventerò un pappagallo. Così, invece di domandargli chiarimenti su cosa siano esattamente i "Campi di Cioccolata Calda", opto per una strada diversa. «Dove stiamo andando?».

«Queste sono due domande» mormora. «Accetta le regole del gioco e risponderò a una».

«Perché dev'essere un gioco?».

«Ora sono tre. Ma per questa ti concederò una risposta omaggio» dice, guardandosi intorno prima di compiere un lungo passo.

Non mi preoccupo di abbassare lo sguardo e vedere cosa sta facendo. Mi concentro su di lui, ignorando il muscolo che si contrae nella sua mascella.

«Mi piace giocare» spiega. «Ma onestamente, voglio

che partecipi a questo gioco perché così potrò conoscerti meglio».

«Perché?» chiedo, sconcertata. «Perché io?».

«Questa è un'altra domanda ancora, Ailsa. Prima mi devi almeno una risposta».

«Non ho accettato di giocare» gli faccio notare.

«Ed è per questo che non sono obbligato a rispondere a nessuna delle tue domande» ribatte con un altro sorriso. «Quindi la scelta è tua. Vuoi giocare con me o no?».

CRAZE

Il coniglietto mi fissa, nei suoi occhi azzurri vorticano confusione e stanchezza. È stata una giornata molto impegnativa per lei, caotica addirittura, e purtroppo le cose non miglioreranno.

Perché ora è a Monsterland. Nulla sarà mai più come prima.

Scavalco un'altra bomba di caramello mentre aspetto che Ailsa prenda la sua decisione. Sembra avere un talento speciale per scegliere i percorsi più pericolosi: prima dirigendosi verso i fratelli Pincopanco e Pancopinco, invece di scappare da loro, e poi lanciandosi dritta contro un Albero Gommoso, che l'ha fatta atterrare nei Campi di Cioccolata Calda.

Lo scopo di farle bere l'elisir era di rendere nota la sua presenza, e ora il mio compito è di mostrarla in giro abbastanza da far girare la voce sulla sua vera natura. Non troppo, però: non vogliamo che venga ferita o che sia rapita da uno dei tirapiedi del Re Argento.

Insomma, è come camminare sul filo del rasoio. Ma ci sono abituato. Peccato che il mio dolce coniglietto abbia la propensione a saltellare continuamente fuori dal seminato.

Per questo ora la sto trasportando tenendola stretta tra le braccia, per impedire che causi una valanga di cioccolato o qualcosa del genere.

La poverina è già mezza nuda. Il caramello bollente sulla pelle sarebbe… sarebbe un male.

«Va bene» dice, attirando il mio sguardo sulla sua bocca. «Starò al gioco. E ora è il mio turno di chiederti qualcosa».

Mi fermo a metà di un passo e la fisso con un sopracciglio inarcato. Tecnicamente, ha appena risposto alla mia domanda, e di conseguenza ora è il suo turno.

«È la seconda volta che usi le mie parole contro di me» osservo. La prima quando le ho detto che avrei risposto alla sua domanda, se mi avesse obbedito. E lei che ha fatto? Si è messa a correre. Per carità, ha obbedito, seppure a modo suo. «Sei molto scaltra».

Una caratteristica che apprezzo.

E che qui le farà molto comodo.

«Chiedi pure, Ailsa» dico, attento a non chiamarla "coniglietto" o in qualsiasi altro modo. A quanto pare, non ama i soprannomi. È un peccato, perché ne ho già in mente diversi, ognuno adatto all'umore del momento.

Coniglietto per quando è ora di giocare.

Splendore o *bellezza* quando voglio dimostrarle il mio affetto.

Bambolina per il sesso.

Forse, se la seduco in maniera appropriata, mi permetterà di usare l'ultimo. Ma anche *dolcezza* e *principessa* le stanno bene. *Mia regina*. Ah, le possibilità sono infinite.

«Perché mi stai aiutando?» chiede, mentre ricomincio a camminare.

«Perché sei la chiave di tutto» rispondo. «E volevo un'opportunità per conoscerti».

«Perché? E cosa intendi con "la chiave di tutto"?».

«Queste sono due domande» sottolineo. «Dimmi il tuo frutto preferito, e risponderò a una».

Mi guarda stranita. «Il mio frutto preferito?».

«Sì, Ailsa. Qual è il tuo frutto preferito?».

La sua confusione è adorabile. Sono contento che la distragga da tutto il resto e che continui a concentrarsi su di me, mentre cerco un modo per allontanarci in sicurezza dal campo. Se avesse la minima idea di dove è atterrata, probabilmente sarebbe paralizzata dalla paura.

Invece, mi fissa con uno sguardo che conosco bene: pensa che io sia pazzo.

Benvenuta alla festa, coniglietto, penso, in attesa di una risposta.

«Ciliegie» dice infine. «Il mio frutto preferito… sono le ciliegie. Anche se le ho mangiate una volta sola. Quindi immagino… immagino che mi piacciano molto anche le pere. Più precisamente, quelle che crescono sul retro della tenuta della baronessa Clarice».

Baronessa, sono sul punto di ripetere ad alta voce, ma mi trattengo e sbuffo internamente.

Ailsa pensa che il mio mondo sia strano, ma onestamente, trovo il suo ancora più bizzarro. La disparità di ricchezze, la predilezione per le abilità magiche, il disprezzo verso gli esseri umani… Nulla di tutto ciò ha alcun senso per me.

Gli umani sono rari.

Proprio come gli omega.

Dovrebbero essere protetti. *Rispettati.*

Ah, questa è una conversazione per un altro giorno. Forse. Perché ora devo una risposta al mio coniglietto.

«Mi hai chiesto perché voglio conoscerti» dico lentamente, per darle la possibilità di obiettare e riformulare la domanda. Quando non lo fa, aggiungo: «Voglio conoscere la mia potenziale compagna».

«Potenziale…». Spalanca gli occhi. «*Cosa?*».

Sorrido, per nulla sorpreso dalla sua reazione. «È un'altra domanda? Perché se vuoi che ti risponda, dovrai dirmi qual è il tuo fiore preferito».

«Sei serio?» farfuglia.

«Credo di averti già risposto prima» commento.

«Non…». Scuote la testa. «Okay, come ti pare. I girasoli. Sono gialli e hanno un buon profumo».

Fiori del sole, penso. So che quelli che abbiamo qui non sono esattamente la stessa cosa, ma sono comunque simili. Anche *raggio di sole* sarebbe un bel soprannome per il mio coniglietto. I suoi lunghi capelli biondo platino ricordano proprio dei raggi luminosi.

Purtroppo, i soprannomi non sono permessi.

Non ancora, almeno.

«Cosa intendi con "potenziale compagna"?» chiede.

Non le rispondo subito: il margine del campo richiede tutta la mia attenzione. Proseguo con cautela, tentando di condurci verso un sentiero libero da rampicanti elettrici.

L'ultima cosa che voglio è toccare per sbaglio quelle corde contorte che pendono dai cactus lì vicino.

Ailsa ci ha fatto deviare abbastanza dal percorso, ma quando avremo attraversato quel deserto infuocato, saremo di nuovo sulla strada giusta per raggiungere le grotte prima del tramonto.

Poi il divertimento avrà inizio.

«Cosa…?». La domanda incompleta di Ailsa mi spinge ad abbassare gli occhi su di lei. Non sta più guardando me, ma le scariche elettriche che sfrigolano tra i viticci. «Sono… cavi elettrici?».

«Più o meno» dico. «Ma non esattamente. Sono vive. E amano dare la scossa».

Una si agita man mano che ci avviciniamo, e una bocca si apre a un'estremità sibilando. Ailsa stringe la presa intorno al mio collo.

«Sì, non sono molto amichevoli» mormoro, superando con cautela la creatura. «La maggior parte del Deserto Arancio è così, ma dobbiamo attraversarlo per poter raggiungere i funghi dall'altra parte».

Ailsa deglutisce. «Non… non voglio stare qui. È tutto un errore. Sono… sono solo un'umana».

«Non lo sei» ribatto. «Sei un'omega. Krolic ti ha trovata due anni fa. Abbiamo aspettato che prendessi quell'elisir affinché anche tutti gli altri lo sapessero».

Inizia a scuotere la testa prima ancora che riesca a finire. «Non posso essere un'omega».

«Perché no?» chiedo, mentre ci infiliamo sotto un arco di roccia rossa per entrare ufficialmente nel deserto.

«Perché sono *umana*».

«Anche gli umani possono essere omega» puntualizzo. «Ecco perché l'editto del Re Cremisi si applica a tutte le creature. È una questione di anima, non della specie di appartenenza».

Le diventerà chiaro quando avrà più informazioni su Monsterland.

Io sono un alfa, così come Catum e Krolic. Ma apparteniamo a specie differenti.

«Re Cremisi?». Arriccia il naso. «Intendevi il Re Argento?».

«No, intendevo proprio Cremisi» borbotto, girando intorno a un cactus particolarmente grosso. È grande come una piccola casa e probabilmente al suo interno c'è un grufospino. Se dovesse uscire a darci fastidio, sarei costretto a mettere giù Ailsa e sprecare un'altra carta. Entrambe le azioni mi dispiacerebbero immensamente.

«È stato il Re Argento a emanare l'editto».

«No, è stato il Re Cremisi, fingendo di essere il Re Argento» la correggo. «È un equivoco diffuso. Ma presto ci aiuterai a chiarirlo».

«Io?».

«Sì, tu» mormoro. Sento i peli sulla nuca danzare in segno di avvertimento.

Maledizione, sospiro.

«Non è un buon momento» informo il grufospino che sta cercando di avvicinarsi di soppiatto alle nostre spalle.

Ailsa aggrotta la fronte.

Senza darle la possibilità di farmi domande, la poso delicatamente a terra e dico: «Resta qui, per favore».

Poi mi volto per occuparmi del grufospino.

No.

Come non detto.

Grufospini. Plurale.

In un attimo ho in mano le carte e le mie dita iniziano automaticamente a mescolarle. «Non credo che apprezziate i giochi di prestigio, vero? Perché ho qualche trucchetto che potrebbe piacervi».

O almeno piacerà a me.

Grugniscono, con i loro nasi simili a quelli dei maiali che occupano gran parte della loro piccole teste.

Uno di loro trascina uno zoccolo sul terreno, mentre un altro flette le spine che gli ricoprono le braccia.

«Lo prendo per un no» commento. «Okay, allora».

Lancio una carta e la guardo trapassare il petto di uno di loro.

«Ecco, questo è il problema con le distinzioni tra alfa, beta e omega» spiego ad Ailsa in tono leggero. «Nel nostro mondo, non importa che tipo di mostro sei; finirai per rientrare in una delle tre categorie. E la compatibilità riguarda la categoria, non la specie».

Scaglio un'altra carta, abbattendo anche il secondo grufospino.

«Quindi, essendo un'omega, umana o meno, a Monsterland puoi essere reclamata da un alfa. Ed è per questo...». Uso un'ultima carta, che si conficca nel grosso collo del terzo grufospino. «... che ti stanno dando la caccia».

Mi giro verso la mia potenziale compagna e mi acciglio non trovandola dove l'avevo lasciata.

Ovviamente è scappata.

Studio il deserto e la vedo una decina di metri più in là, che sta correndo verso la Giungla Prataiola.

«Sei proprio un coniglietto cattivo» cantileno, e la mia voce viene portata dal vento. «Fa' attenzione, cara Ailsa, perché così rischi di risvegliare il predatore che è in me».

Un predatore che ama gli inseguimenti, penso, lanciandomi sulla sua scia.

«Corri quanto vuoi» dico. «Perché quando ti prenderò – e ti prenderò, Ailsa – ti darò una piccola lezione di buone maniere».

AILSA

Oh, dei, dove sto andando?

Non sarei dovuta scappare. Ma vedendo la disinvoltura con cui Craze ha ucciso quelle… quelle creature…

Rabbrividisco.

Non ha battuto ciglio. Si è limitato a lanciare qualche pugnale. O erano carte?

Non lo so.

Non mi interessa.

Ho solo bisogno di fuggire.

Anche se non so dove. La strana sabbia arancione mi brucia i piedi. E sono praticamente nuda. Non è l'abbigliamento giusto per correre nel deserto.

Ma vedo qualcosa di verde in lontananza. Potrebbe essere un buon segno.

Il mio stomaco brontola, d'accordo con me, ricordandomi che oggi non ho mangiato niente.

Non sono neanche sicura che "oggi" sia lo stesso giorno in cui ho bevuto l'elisir.

È successo tutto così in fretta.

Niente di tutto ciò dovrebbe essere possibile.

Eppure… eccomi qui.

Le affermazioni di Craze iniziano a rimbalzarmi nella mente.

«Anche gli umani possono essere omega. È una questione di anima, non della specie di appartenenza».

«Alfa, beta o omega».

«La compatibilità riguarda la categoria, non la specie».

«Quindi, essendo un'omega, umana o meno, a Monsterland puoi essere reclamata da un alfa».

L'ultima frase mi suscita un brivido. Gliel'ho sentito dire dopo che avevo già iniziato a correre. Mi ha quasi fatta fermare. Ma poi ho capito che anche lui potrebbe essere uno di quegli alfa, visto che mi ha definita una potenziale compagna.

Non… non so come mi sento al riguardo. Sembra… un po' strano. Mi ha dato molte informazioni. E si è dimostrato protettivo nei miei confronti. Ma ci siamo appena incontrati. Non posso essere la sua compagna. O la sua potenziale compagna. O qualsiasi altra cosa.

Perché sto scappando.

Verso…

Verso…

Non lo so.

Sto scappando e basta!

Sento che mi sta seguendo, sento le sue risatine sommesse e percepisco il suo profumo speziato alla cannella.

Dei, perché mi piace il suo profumo?

E perché sembra che mi stia vorticando intorno? *Reclamandomi*?

È dietro di me?, mi domando. Potrei giurare di sentire il suo respiro caldo sulla nuca, le sue dita che mi accarezzano i capelli.

Mi volto di scatto per affrontarlo.

Ma non è lì.

Non è da nessuna parte.

Eppure, riesco a *udirlo*. A *sentire il suo odore*. «Cosa mi sta succedendo?» sussurro, girandomi di nuovo e trasalendo nel ritrovarmi addosso a una parete di calore virile.

Indietreggio con uno strillo, ma qualcuno mi stringe i fianchi in una morsa.

Il fumo mi solletica le narici mentre alzo di scatto il viso.

E vedo due affascinanti occhi castani che mi fissano di rimando.

Occhi che riconosco.

Occhi che ho incrociato appena prima che il mondo finisse sottosopra.

«Maestro Liffo» ansimo.

«Salve, signorina Marvel» risponde. La sua voce è un dolce brusio che mi fa girare la testa. «Dove corri, eh?».

«Non…». Deglutisco. «Cosa…? Come…?». Scuoto la testa, cercando di schiarirmi le idee.

Perché lui non dovrebbe essere qui.

Io non dovrei essere qui.

Ma ci troviamo entrambi in questo deserto rovente. E lui indossa un elegante abito nero.

Un abbigliamento che, con il caldo che fa, ha senso quanto i jeans e la giacca di pelle di Craze.

Pensare a Craze mi spinge a guardarmi intorno per vedere che fine abbia fatto, ma d'un tratto mi rendo conto che è dietro di me.

«Mi stavi cercando, coniglietto?» mormora. Le sue labbra sono talmente vicine al mio orecchio che sento il calore del suo respiro.

Stavolta non posso neanche protestare per il soprannome. Sono letteralmente senza parole. Faccio addirittura fatica a respirare.

«Pensavo che ci saremmo incontrati alle grotte» aggiunge, avvolgendomi un braccio intorno alla vita.

Il Maestro Liffo non mi lascia andare, continuando a stringermi i fianchi.

Essere tra loro è *inebriante*. Travolgente. E stranamente rassicurante.

Non sento più il caldo torrido, nemmeno sui piedi nudi. Il che è strano, considerando l'ambiente e la mia quasi totale nudità.

«C'è stato un cambio di programma» dice una terza voce, attirando la mia attenzione su un uomo dai folti capelli argentati.

È più vecchio del Maestro Liffo e di Craze di una ventina d'anni almeno, ma i muscoli che si flettono sotto la sua camicia bianca e aderente mi dicono che è in forma quanto gli altri due.

«C'era da aspettarselo» commenta Craze. «E presumo che non abbia nulla a che vedere con il desiderio del nostro coniglietto di essere inseguito?».

L'uomo con i capelli argentati sorride, i suoi occhi verde chiaro incontrano i miei. «No, ma più tardi possiamo riprendere la caccia». C'è un ringhio nel suo tono che mi fa rovesciare lo stomaco.

Ma sono i suoi occhi a catturarmi.

Mi ricordano quelli di… di… «*Bestia*» boccheggio.

Fa un passo avanti, la sua espressione è seria. «Riconoscermi immediatamente in forma umana dimostra ancora una volta quanto abbia ragione su di te, Ailsa» dice. Mi posa una mano sulla guancia, accarezzandomi il labbro inferiore con il pollice.

Rabbrividisco. Non solo a causa del suo tocco, ma anche nel capire che Bestia è un uomo. Un mutaforma. *Un mostro*.

Ho sempre saputo che non era un lupo normale: era troppo grosso, a dir poco spettacolare.

Ma questo…

Questo non me lo sarei *mai* aspettato.

Oh, dei. Forse sto sognando, penso, nuovamente in preda alla confusione.

Sono circondata da tre uomini che trasudano una tale virilità da mozzarmi il fiato. Ogni respiro mi inonda le narici con un miscuglio dei loro odori: fumo, pino, spezie. È… Non…

Perché tutto d'un tratto sono così sensibile agli odori? E perché annusarli mi fa venire voglia di gettarli a terra e rotolarmi su di loro?

Il pollice di Bestia abbandona la mia bocca, sostituito dalle sue labbra.

Dalle sue *labbra*.

Seducenti, carnose, soffici… eppure al tempo stesso anche feroci ed esigenti. Una contraddizione che mi sconvolge.

Cosa sta succedendo?

Perché mi sta baciando?

E perché glielo sto permettendo?

È veloce. Troppo veloce. E non usa nemmeno la lingua. Ma è come se si lasciasse dietro un marchio, una sensazione rovente che mi infiamma l'anima.

Cosa mi sta succedendo?, mi domando per l'ennesima volta. Dovrei gridare. Cercare di svegliarmi. Fare *qualsiasi cosa*, a parte starmene qui ad ammirare i suoi begli occhi verdi, mentre gli altri due maschi mi stringono come se fossi di loro proprietà.

«Ora fai la brava e segui quello che ti diciamo, okay?» mormora Bestia. «Va bene, Ailsa? Puoi fare la brava?».

Lo fisso. Le sue parole dovrebbero sembrarmi accondiscendenti, ma non è così. È… è la sua voce. Quello strano brusio che ricorda delle fusa. Quasi un ringhio. Qualcosa che non sono in grado di definire. Mi spinge a obbedire. A *compiacerlo*.

E infatti mi ritrovo ad annuire.

Lui sorride, un sorriso talmente bello che riesco a malapena a pensare.

E poi mi bacia di nuovo. Rapidamente. Solo una carezza delle sue labbra sulle mie.

Mi sciolgo.

È una follia, penso.

Ma mi tremano le gambe, e il mio cervello è completamente in pappa.

Questo luogo mi sta facendo andare fuori di testa.

O forse sto veramente sognando.

Dei, spero proprio che sia un sogno.

Lo spero davvero? Voglio davvero che finisca?

Non… non lo so.

«Catum ti coprirà» mi dice Bestia. «Non opporti».

Catum?, ripeto tra me e me. *Chi è Catum?*

Le mani del Maestro Liffo mi risalgono i fianchi, superando il braccio di Craze, fino a cingermi il viso. «Guardami, signorina Marvel».

Deglutisco e faccio come mi dice, ipnotizzata dalla sua voce e dalla sua presenza. Bestia è indietreggiato, ma sento ancora i suoi occhi su di me.

E Craze è ancora premuto sulla mia schiena, il suo petto massiccio vibra dolcemente alle mie spalle. Non so come faccia a emettere quel suono o perché, ma è molto rilassante.

«Che brava omega obbediente» mormora il Maestro Liffo. «Sono orgoglioso di te, signorina Marvel».

«Vedrai com'è brava quando scappa» borbotta Craze.

«Non scapperà da me» ribatte il Maestro Liffo. «Vero, dolcezza? Farai tutto quello che ti dico».

Sono sul punto di abbassare il mento, l'istinto di annuire prevale su ogni pensiero razionale.

«Perché stai barando» sottolinea Craze.

«Sono *affascinante*» esclama il Maestro Liffo.

Craze sbuffa. «Se è così che vuoi chiamarlo…».

«Dateci un taglio» interviene Bestia. «Non abbiamo tempo per i vostri giochetti. Coprila, Catum».

Il Maestro Liffo sospira, disegnandomi una linea con i pollici sotto gli occhi. «È un peccato coprire tutta questa bellezza…». Una strana energia mi scalda la pelle mentre le sue mani scivolano lungo il mio collo, dirette verso le spalle.

Craze mi lascia andare, permettendo ai palmi del Maestro Liffo di sfiorarmi le braccia, l'addome e i fianchi.

Smetto di respirare, il mio corpo non mi appartiene più.

Perché non riesco a credere che mi stia toccando in questo modo.

L'ho sognato. Ci ho fantasticato sopra. Tutto a causa della sua voce. Un'ossessione proibita, che mi sono sempre detta che non sarebbe mai diventata realtà. Era anche un desiderio sciocco, considerato che non lo conoscevo nemmeno.

Ma ora che ho visto il suo viso, che ho sperimentato il suo tocco, la mia mente è andata in corto circuito. Sembra tutto molto reale. *Troppo* reale.

Si accovaccia davanti a me, scendendo con le mani lungo le mie gambe nude e le caviglie. Craze mi afferra i fianchi e mi regge, mentre il Maestro Liffo mi solleva un piede per far scorrere i polpastrelli dal tallone alle dita.

Rabbrividisco quando cambia gamba, ripetendo il gesto.

È una follia, penso senza fiato. *Questo posto, questa scena, tutto! Sto… sto impazzendo.*

Siamo ancora nel Deserto Arancio, eppure non sento più alcun calore. Solo una nebbiolina fredda che mi accarezza la pelle.

Alzo il braccio per esaminarla, sorpresa dal tessuto nero che mi copre fino al polso. È… è traslucido.

Lancio un'occhiata al resto del corpo e vedo che mi copre fino ai piedi come una sorta di abito che mi ricorda un po' il fumo. E in effetti sembra fatto di aria, eppure si muove come un vestito. E nasconde completamente la mia biancheria intima.

Il Maestro Liffo mi solleva la gonna per mostrarmi un paio di ballerine che mi calzano alla perfezione. «Come…?». Mi interrompo, non so nemmeno cosa voglio chiedere.

Ho almeno una decina di domande che mi affollano la mente.

E un'altra decina di frasi che vorrei pronunciare.

«È pronta» annuncia il Maestro Liffo raddrizzandosi.

«Pronta per cosa?» sbotto.

«Per andare a cena» risponde facendomi l'occhiolino. Indietreggia di un passo e mi porge il braccio. «Vieni, signorina Marvel».

«Non…». Sposto lo sguardo da lui a Bestia. «No. Non andrò da nessuna parte con voi».

Sento Craze ridacchiare alle mie spalle. «Vedo che lo stupore sta finalmente scemando. Ci è voluto un po' di più di quanto mi aspettassi».

Le sue parole mi irritano. Compio un mezzo giro su me stessa e lo guardo in faccia. «Scusami, ma sono spiazzata da… da…». Indico Bestia, poi il Maestro Liffo, e infine tutto il resto della scena. «È troppo».

«Lo è» concorda. «Per fortuna, hai tre persone felici di aiutarti ad affrontarlo».

«Ad affrontare cosa, esattamente?» chiedo. La mia voce è sempre più acuta. Voglio solo… *urlare*. Scappare. Nascondermi. *Svegliarmi*.

«Sei la prima omega che entra a Monsterland da più di

mille anni» dice Bestia. «Il reame è pieno di alfa affamati e beta annoiati. Ora sono tutti interessati alla tua presenza».

«Non sono un'omega» ribadisco a denti stretti. Quante volte devo ripeterlo?! «Sono un'umana».

Craze scuote la testa. «Le ho già spiegato che la specie non importa, ma…». Mi indica con un cenno della mano, agitandola come ho fatto prima verso Bestia e il Maestro Liffo.

«E non sei un'omega qualsiasi» continua Bestia, comportandosi come se io e Craze non avessimo aperto bocca. «Sei la *nostra* omega. Quella a cui abbiamo dato la caccia per secoli. E ci aiuterai a riconquistare la corte di Monsterland».

CATUM

Il profumo di Ailsa è come una droga. Vorrei avvicinarmi al suo collo, inspirare e *mordere*.

Ma mi trattengo, seppur a stento, e osservo le emozioni che si rincorrono sul suo bel viso.

Non ha idea di quanto sia importante per noi, di quanto sia preziosa, di quanto sia *rara*.

Il rifiuto è inciso nei suoi lineamenti, oscurando tutte le altre reazioni. Almeno finché la curiosità non inizia a farsi strada, facendole incurvare leggermente all'ingiù le labbra carnose. «Cos'è la corte di Monsterland?» chiede in un tono affannoso che mi fa subito pensare al sesso.

Fiamme, quanto la desidero. Voglio strapparle di dosso il vestito che le ho appena avvolto intorno al corpo, rimuovere i resti dell'abito rituale e divorare ogni centimetro di lei con la lingua.

È un bisogno viscerale che implora di essere soddisfatto da due fottuti anni. Da quando ho assunto il ruolo del *Maestro Liffo*.

Dovrei correggerla e rivelarle il mio vero nome, ma adoro la riverenza con cui mi chiama "maestro".

«La nobiltà dei mostri» le spiega Krolic. «È tradizione che il re e la sua cerchia di alfa diano la caccia a una compagna omega. In assenza del re, la corte dovrebbe essere protetta. Ma un impostore si è intromesso durante la nostra assenza. E con il tuo aiuto, lo smascheremo».

«Non…». Scuote la testa. «Non capisco. Come faccio ad aiutarvi a smascherarlo…? Cos'è che dobbiamo smascherare, esattamente? Voglio dire, chi?».

«Ci riprenderemo il trono del Re Argento» dice Krolic, facendo un altro tentativo. «E ti renderemo la Regina di Monsterland».

«*Io*?». Lo fissa a bocca aperta. «Vi siete dimenticati che sono umana?».

Krolic le cattura il mento tra il pollice e l'indice, poi avvicina il viso al suo. «Lo dici come se ci fosse qualcosa di male a essere umani, Ailsa».

«Non… non ho nessun valore» farfuglia. «Niente poteri. Niente di niente».

«Non hai idea di ciò di cui sei capace, piccola compagna» mormora lui. «Ma te lo mostreremo. Ti aiuteremo. E ti proteggeremo».

«Non vi conosco nemmeno!» sbraita, completamente fuori di sé. Non posso biasimarla: ha affrontato una montagna di cambiamenti nel giro di un giorno.

«Hai passato gli ultimi due anni a conoscermi» le ricorda Krolic. «Solo che ero nella mia forma di lupo. Craze è una novità per te, ma sappiamo entrambi che Catum non lo è. Sono due anni che lo sogni».

«Non è vero!» balbetta. Le sue guance si tingono di rosso.

«Piccola bugiarda» mormoro con un sorrisetto. «Hai una mente piuttosto maliziosa, signorina Marvel». Lo so perché ho assistito a quei sogni, e forse li ho anche influenzati un po'. «Sei nostra da quando Krolic ti ha fiutata per la prima volta. Ora faremo in modo che tutta Monsterland lo sappia».

«Tutto questo è folle» sussurra. «*Folle*».

«Benvenuta nel caos, coniglietto» dice Craze facendole l'occhiolino. «Scusa, *Ailsa*».

Aggrotto la fronte. «Cosa c'è che non va con "coniglietto"?».

«Alla nostra compagna non piacciono i soprannomi» mi informa.

«Beh, è un peccato» rispondo, tornando a guardarla. «Perché ci sono molti modi in cui mi piacerebbe chiamarti, signorina Marvel». A cominciare da "mia".

Un adorabile rossore le colora di nuovo le guance. «Non... I soprannomi non mi dispiacciono. È solo che... che non vi conosco. Nessuno di voi. E in ogni caso, perché ne stiamo parlando? Non sono una persona importante. Figuriamoci una *regina*. Sono un'umana. Ailsa Marvel. Nient'altro. Semplicemente io».

«E invece sei tutto» ribatte Krolic, che ancora le stringe il mento. «Capisco che il tuo mondo non ti abbia rispettata o non ti abbia fatta sentire una regina, ma ti prometto che con noi sarà tutto il contrario. Dacci solo un po' di tempo per mostrartelo, Ailsa».

Lei deglutisce visibilmente, osservandolo con un'espressione assorta, prima di lanciare un'occhiata a me e poi a Craze. «È una follia» dice di nuovo. E sospetto che continui a ripeterselo anche nella mente.

«Come ho detto, benvenuta nel caos» mormora Craze ammiccando. «Ora sei a Monsterland, Ailsa».

«Dove diventerai una regina» aggiunge Krolic. «La *nostra* regina».

Ailsa scuote la testa ma non apre bocca. Sembra sconvolta e incapace di formulare una frase di senso compiuto.

Ciò significa che è giunto il momento di andare.

«Ricorda quello che ha detto Krolic sul fare la brava» la avverto, invocando un portale con un movimento del polso. «Il Villaggio del Tè non è un luogo dove gli omega possono aggirarsi da soli».

«Andiamo alla Taverna?» chiede Craze, inarcando le sopracciglia scure.

Annuisco. «Sì, hai sentito Krolic: cambio di programma».

Craze non fa domande, limitandosi a scrollare le spalle. «Bene, così dopotutto berrò quel tè violetto».

«Tu e il tuo maledetto tè» borbotta Krolic, allontanando la mano dal viso di Ailsa.

Craze ghigna. «È buonissimo».

«È un viaggio psichedelico» puntualizza Krolic.

«Ed è per questo che è buonissimo» conclude Craze.

Krolic scuote il capo. «In ogni caso, tieni le carte a portata di mano. Probabilmente ci serviranno».

«Le mie carte sono sempre pronte, K» dice Craze, tirando fuori dal nulla il mazzo e iniziando a far scorrere le carte tra le dita.

Ailsa trasalisce. Deve aver visto quelle piccole armi in azione. Non ho idea di chi abbia fatto fuori Craze nelle ultime ore, da quando sono arrivati a Monsterland, ma di sicuro si tratta di più di una manciata di mostri.

Le cose non sono andate secondo i piani.

Beh, non è del tutto vero.

Volevamo che tutti sapessero della presenza di Ailsa, e abbiamo raggiunto il nostro scopo. Ma avremmo preferito evitare che il Re Cremisi reagisse così rapidamente, sguinzagliandoci dietro i suoi tirapiedi.

È una vergogna che alcuni abitanti del regno siano diventati così ingenui. Sono stati irretiti dal fascino dell'impostore e credono che sia il loro leader.

È ridicolo.

I più anziani sanno come funzionano le cose a Monsterland: un vero re dà la caccia alla sua preda.

Ma l'impostore preferisce inviare i suoi scagnozzi.

È un insulto che pensino davvero che lui sia il Re Argento.

Incontro lo sguardo del vero Re Argento e gli rivolgo un cenno del capo. «Siamo al tuo servizio, maestà».

Krolic grugnisce. «Fanculo, secondo».

Le mie labbra si increspano in un sorriso. «Hai sentito, Craze? Sono io il suo secondo in comando».

Craze incrocia le braccia sul petto. «Solo perché preferisce me come sicario».

«Siete due bambini» ringhia Krolic, spostando lo sguardo su Ailsa. «Vieni con me, mia regina. Ti accompagnerò alla Taverna».

Lei sembra pronta a protestare.

Ma Krolic si limita ad alzare un sopracciglio argentato, fissandola con uno sguardo intenso, e lei china leggermente il capo in segno di sottomissione.

Reprimo un sospiro. Questo è il lato di lei che ho conosciuto per due lunghi anni. Voglio la donna focosa che si nasconde sotto. Quella che solo pochi istanti fa ha espresso il suo dissenso.

Mi avvicino, le prendo il mento come ha fatto Krolic, e la spingo a incontrare i miei occhi. «Tu non ti pieghi a nessuno, signorina Marvel» mormoro. «Tu sei una regina. La nostra regina».

Sbatte le palpebre, stordita. «Ma… ma continuate a dirmi che devo *obbedire*».

Sorrido. «C'è una bella differenza tra voler obbedire e piegarsi a qualcuno, dolcezza. La prima merita una ricompensa. La seconda… la seconda non accadrà mai».

«Ha ragione» dice Krolic, che ancora le tende la mano. «Ti ho chiesto di fare la brava e obbedire perché vogliamo tenerti al sicuro, non perché vogliamo controllarti. È diverso».

«Ma come faccio a fidarmi di voi?» sbotta. «Tu… tu sei… *Bestia*».

«Sono Krolic» la corregge. «Ma anche il tuo Bestia, sì».

«Quindi mi… mi hai *mentito*» lo accusa. «Pensavo che fossi un lupo!».

«Beh, sono un lupo, Ailsa. Un mutaforma, per essere precisi. E sono anche il legittimo Re Argento».

Lo fissa. «Tu…». Deglutisce. «Oh, dei, vuoi *ingravidarmi*». Fa un passo indietro, allontanandosi dal portale che ho creato.

Lancio un'occhiata a Craze. «Te l'avevo detto che avevi esagerato».

«E io ti ho detto che non capisco questa reazione». Incrocia le braccia sul petto. «L'elisir dovrebbe renderla insaziabile e spingerla a implorare per avere i nostri nodi, non dovrebbe esserne spaventata».

«No… nodi?» ripete lei. «Cos'è un nodo?».

«Non siete di nessun aiuto» ci informa Krolic.

«Non credo che ci sia molto da fare» ribatte Craze. «È terrorizzata da noi».

«"Terrorizzata" è una parola grossa» precisa Ailsa. «"Confusa" e "sopraffatta" descrivono meglio la situazione. Ora, cos'è un nodo? E perché hai mentito sull'essere un lupo?».

«Sono due domande molto diverse» osserva Craze. «Prima dicci il tuo colore preferito».

Lo fisso, sconcertato dal suo atteggiamento. Ma non è una novità: Craze mi disorienta spesso con le sue affermazioni caotiche.

Fissa Ailsa e muove la mano come a esortarla a rispondere.

«Dei, sei insopportabile» gli dice. «*Viola*, okay? Adoro il viola. Ora dimmi cos'è un nodo!».

«Preferirei mostrartelo» mormora.

«Craze» lo rimprovera Krolic.

«Sono solo onesto».

Forse un po' troppo onesto, penso.

«Non ho mentito sul fatto di essere un lupo» dice Krolic, ignorando Craze e concentrandosi sulla nostra promessa. «*Sono* un lupo. Un mutaforma. Non ti ho mentito. Non ho nemmeno provato a ingannarti. Volevo solo conoscerti, e per me era più sicuro farlo nella mia forma animale».

«Proprio come io ho assunto il comando del tuo distretto per poterti stare vicino» intervengo. «Per quanto riguarda i nodi, lo scoprirai più avanti. Riguardano il sesso». Le stringo di nuovo il mento, attirando il suo sguardo su di me. «E nessuno ti *ingraviderà* senza il tuo consenso, va bene?».

Mi studia. «Ma… ma la voce ha detto che il re vuole ingravidarmi».

«Ed è così» ammette Krolic. «Tuttavia, ciò accadrà solo con il tuo permesso».

«Quella *voce*…». Lancio un'occhiataccia a Craze, che mi sorride, per poi riportare la mia attenzione su Ailsa. «Quella voce si riferiva all'impostore che siede sul trono. Il Re Cremisi vuole costringerti a portare in grembo il suo erede, in modo da consolidare il suo dominio su Monsterland».

Krolic fa una smorfia sentendo pronunciare il nome dello stronzo che si è impossessato del suo regno. Appartiene a una diversa linea di sangue, che in teoria si era estinta.

Purtroppo, abbiamo scoperto a nostre spese che non è così.

Ma invece di riappropriarci del trono, abbiamo continuato a dare la caccia alla nostra compagna. Solo che non ci eravamo aspettati che ci sarebbero voluti secoli per trovarla.

E ora la nostra casa è molto diversa da com'era un tempo.

Tracima di debolezza, di creature scioccamente devote al Re Cremisi.

«Non ho nessuna intenzione di costringerti a fare nulla» aggiunge dolcemente Krolic. «Gli ultimi due anni ne sono la prova. Ti ho seguita nei boschi per tenerti compagnia. Il tuo regno non sarà folle come questo, ma ci sono pericoli ovunque. Soprattutto per una rara omega».

«Se sapevi cos'ero, ammesso che ti creda su questo, perché mi hai fatto bere l'elisir?» chiede.

«È stato l'impostore a emanare l'editto sull'elisir» spiega Krolic. «E volevamo essere certi».

«Volevamo anche assicurarci che tutti sapessero della tua esistenza» aggiungo. «E qui torniamo al portale». Indico il vortice oscuro. «Siamo attesi alla Taverna».

Krolic controlla l'orologio e impreca. «Sì, e siamo anche molto in ritardo».

Craze si limita a infilarsi le mani nelle tasche dei jeans e dondolarsi sui talloni. «Allora, Ailsa?» le domanda. «Entrerai nel portale, o continuerai a correre nel Deserto Arancio?».

L'uso del nome formale di quest'area di Monsterland mi fa storcere il naso. Soprattutto perché non è appropriato.

Okay, è arancione.

Ma sicuramente non profuma di agrumi.

È più come una palude, mi ricorda la muffa e il muschio. Sono tentato di avvicinarmi ad Ailsa solo per inalare di nuovo il suo dolce aroma.

Nell'attimo in cui ha bevuto l'elisir, la sua fragranza seducente ha preso vita. Sono quasi caduto a terra, al tempo stesso famelico e senza parole. Mi ci è voluto uno sforzo enorme per non afferrarla e mettere in pratica le sue fantasie perverse.

Ailsa ci osserva tutti e tre con un'espressione indecisa, abbassando poi lo sguardo sull'abito che ho forgiato per lei. Serve a mascherare il suo odore. A tutti, ma non a noi.

Gran parte del regno ha percepito il suo profumo seducente. Sanno che è qui. Ora è il momento di renderla difficile da trovare.

E ciò significa nasconderla in bella vista.

Nessuno si aspetterà che soggiorni al Villaggio del Tè.

Non dopo tutti gli indizi che abbiamo disseminato nelle grotte.

È questa la chiave per sopravvivere a Monsterland: avere sempre un piano A, B, C, D e Z.

Ailsa imparerà. Le insegneremo tutto quello che c'è da sapere. E nel frattempo la proteggeremo.

Krolic le tende ancora una volta la mano. «Ti prego, mia regina».

«Non sono la tua regina» ribatte.

«Visto? I soprannomi non le piacciono» interviene Craze con la sua solita voce cantilenante, che rende impossibile capire quale personalità abbia il sopravvento in questo momento. Potrebbe essere quella giocherellona, oppure quella omicida. Per fortuna, piacciamo alla maggior parte di loro.

«Niente "principessa". Niente "coniglietto". Niente "splendore", anche se è bellissima» continua il mio amico scuotendo la testa. «Un vero peccato. Ho in mente così tanti soprannomi...».

Ailsa lo fissa sconcertata. «Non sei per niente a posto».

«Beh, mi pare ovvio» conferma con un sorrisetto. «Ma almeno ci sento bene. A differenza tua».

Lei spalanca gli occhi. «Io ci sento benissimo».

«Allora perché siamo ancora qui?» ribatte.

«Perché non ho idea di cosa stia succedendo davvero. E non so perché dovrei fidarmi di voi».

«Beh, ti ho salvata dall'Oceano Insanguinato, ti ho aiutata a liberarti dall'Albero Gommoso, ti ho portata in braccio attraverso i Campi di Cioccolata Calda affinché non venissi accidentalmente bruciata viva da una bomba di caramello, e ho messo fuori combattimento quei tizi laggiù, per evitare che ti trascinassero nella loro casa di cactus. Cos'altro devo fare per guadagnarmi la tua fiducia, Ailsa?».

Ah, cazzo. Conosco questo lato di Craze. È il suo lato più scontroso, quello che ha poca pazienza e che detesta essere trattato con sufficienza. Di solito spunta fuori quando si sente frustrato o incredibilmente annoiato. Sospetto che ora si tratti di un miscuglio dei due.

«Sei proprio una bambina capricciosa, eh?» prosegue Craze, con il risultato che Krolic lascia cadere la testa all'indietro con un sospiro. Perché anche lui sa che ora è impossibile fermare il nostro amico.

«Una bambina capricciosa?» ripete Ailsa. «Sono letteralmente *caduta* in questo posto a causa di uno di quei portali e da allora ogni cosa ha cercato di uccidermi».

«Nessuno vuole ucciderti, Ailsa. Solo scoparti. Sei un'omega che sta per andare in calore. Qui ogni cosa vuole *accoppiarsi* con te». Incrocia le braccia sul petto, nei suoi occhi scuri brillano lampi dorati.

È un avvertimento.

Un segno che una parte più selvaggia di Craze è uscita a giocare.

Sia io che Krolic facciamo un passo avanti, ma Craze alza una mano per bloccarci. «Statene fuori».

«Dobbiamo proprio andare» gli fa notare Krolic.

«Oh, davvero?!» replica Craze. «Dillo a quell'omega

ingrata che continua a mettere in discussione le nostre intenzioni».

«Penso di avere tutto il diritto di mettere in discussione le vostre intenzioni» sbotta lei. «Non è colpa mia se non fai altro che sprecare le tue domande per conoscere dettagli frivoli come i fiori e i colori».

Craze inarca le sopracciglia. «Non c'è niente di *frivolo* nelle mie domande, Ailsa».

Fa un passo verso di lei, e Ailsa indietreggia.

Ma Craze le afferra i fianchi e le impedisce di allontanarsi.

«Voglio sapere che frutta darti da mangiare al mattino, e ora so che ti piacciono le ciliegie» dice, cogliendola alla sprovvista.

«Non…».

«Volevo sapere quali fiori regalarti quando ti faccio arrabbiare» continua, interrompendola. «E ora so che ti piacciono i fiori del sole, o i girasoli, come li chiami tu. Inoltre, so di che colore sarà la camicia che indosserò domani, visto che so che ti piace il viola. Sono dettagli importanti, tesoro. Non *frivoli*».

Lei schiude le labbra, incapace di parlare.

«E ho risposto alle tue domande con onestà. Eppure hai il coraggio di dire che non puoi fidarti di me!». Sospira e scuote il capo. «Di sicuro sai come far sudare un alfa, Ailsa. Ci sto provando. Ci stiamo provando tutti. Ma un briciolo di apertura da parte tua non guasterebbe».

Non ha tutti i torti, ma non ci sta andando piano con lei.

Tuttavia, un accenno di comprensione brilla negli occhi della nostra promessa, dissipando lo shock inciso nel suo viso. «Hai… hai ragione».

«Lo so, ma grazie per averlo ammesso» risponde. «Ora possiamo andare, per favore?».

CRAZE

Sono troppo severo con lei. Lo so. Tuttavia, non è il momento di essere pazienti. I grufospini si sveglieranno presto, le mie carte li hanno messi fuori combattimento solo per un po'.

L'unico che ho ferito gravemente è stato Brandt, ma anche lui sopravvivrà.

E poi inizierà a dare la caccia ad Ailsa.

Così come tutte le altre creature del regno.

C'è un motivo se Krolic e Catum hanno deciso di modificare il piano. Avremmo dovuto giocare nelle grotte. La Taverna era un'opzione di riserva.

Se vogliono che Ailsa stia alla luce del sole, significa che il Re Cremisi ha reagito con più veemenza di quanto ci aspettassimo.

Va bene. Anche noi abbiamo i nostri assi nella manica.

Inoltre, il Re Cremisi fa affidamento sui suoi scagnozzi, mentre noi sulla lealtà reciproca.

Darei la vita per Krolic e Catum.

E sono certo che loro farebbero lo stesso per me.

Ora tutti e tre faremo ciò che è in nostro potere per proteggere Ailsa.

Incluso comportarci duramente, se necessario.

Il suo sguardo azzurro sostiene il mio, i capelli biondi le fluttuano intorno al volto come se fossero agitati da un vento invisibile. È così eterea e non se ne rende nemmeno conto, una dea che cammina tra noi.

Un giorno lo capirà.

Ah, se potessi tornare indietro nel tempo e uccidere ogni singola persona che l'ha umiliata perché era "semplicemente un'umana", lo farei. Decapiterei tutti e le servirei le loro teste su un piatto d'argento.

Perché vale molto più di quanto creda.

E trascorrerò l'eternità a dimostrarglielo.

«Per favore?» ripeto – una frase che uso raramente, ne sono consapevole. La maggior parte delle donne, anzi, anche la maggior parte degli uomini fa quello che dico nel momento in cui apro la bocca.

Ma non Ailsa.

Lei è stata una sfida fin da quando è piombata nel nostro reame.

Spero che continui a esserlo. È divertente cercare di conquistarla, anche se un po' faticoso.

«Va bene» dice con un'espressione sconfitta. «Andiamo… andiamo nel buco nero vorticante».

«Nel portale» la correggo. «E ci condurrà al Villaggio del Tè».

«Ne parli come se sapessi di cosa si tratta» borbotta lei.

«È un villaggio di beta che servono gli alfa» spiego. «Il

punto forte è la Taverna. È sia un ristorante che una sorta di albergo».

Ed è anche un ottimo posto dove ascoltare le voci che circolano a Monsterland, carpendo informazioni sulla corte reale.

Grazie all'abito creato da Catum, nessuno saprà chi è Ailsa né farà caso a lei. È intessuto dello stesso tipo di magia che Catum ha usato su di sé e su Krolic ogni volta che visitano il reame.

Tutti e tre abbiamo trascorso molto tempo alla Taverna.

Siamo delle facce note.

Ma nessuno ci conosce realmente.

Ci vedono solo come un trio di alfa. E ora ci vedranno come un trio di alfa che ha trovato una bella beta con cui intrattenersi.

Almeno così ci leveremo di torno le beta che hanno espresso la volontà di unirsi al nostro nido.

Oh, abbiamo giocato, certo.

Ma non da quando abbiamo scoperto l'esistenza di Ailsa.

Negli ultimi due anni, è stata l'unica donna che abbiamo desiderato. Anche nel mio caso, nonostante non l'avessi mai vista nel mondo dei mortali. Ma Krolic e Catum mi hanno raccontato abbastanza da suscitare il mio interesse.

E ora che l'ho incontrata, non ho dubbi: è destinata a essere nostra.

Il nostro attraente coniglietto è il mix perfetto di ribellione e sottomissione.

«Quindi è… è come il mio distretto?» domanda, riportandomi alla nostra conversazione sul Villaggio del Tè.

«No, non somiglia per nulla a casa tua» interviene

Krolic. «Questa è Monsterland. Tutto ti sembrerà strano, finché non imparerai a conoscerla meglio».

«E… tornare a casa non è un'opzione». Lo dice come un'affermazione, non una domanda.

Ma annuisco comunque. «Ora è questa la tua casa, Ailsa. Sei sempre stata destinata a venire qui. Noi ti abbiamo solo dato una piccola spinta».

«Per non farti finire nel palazzo» aggiunge Catum. «Non mentivo sul Re Cremisi: ti avrebbe presa senza il tuo consenso, Ailsa».

«Beh, voi continuate a portarmi in giro senza il mio consenso» ribatte lei.

«Intendeva che ti avrebbe *scopata* senza il tuo consenso» chiarisco. «Il Re Impostore ti avrebbe messa in gabbia finché non fossi entrata in calore, poi avrebbe ringhiato per farti sottomettere a lui e ti avrebbe scopata finché non fossi rimasta incinta del suo erede». Una descrizione brutale ma accurata.

Ma lei mi fissa come se fossi io il mostro, e non quello che sta cercando di *salvarla* dal mostro.

«Non è un luogo facile in cui vivere» proseguo. «Ma sarà tuo. Il Re Impostore, invece, non la vedrebbe allo stesso modo. Ti sfoggerebbe come se fossi poco più di un animale domestico tenuto al guinzaglio. Noi, invece, ci inchineremo a te come nostra regina. Dacci l'opportunità di dimostrartelo, Ailsa».

«Ho già detto che entrerò nel portale» borbotta con un pizzico di esasperazione nel tono. «Non posso darvi altro. Non… non ancora».

«Mi sembra un giusto compromesso» mormoro. Il mio umore migliora all'istante, un sorriso mi incurva le labbra all'insù. «Fammi sapere quando sarai pronta a scendere a compromessi anche sui soprannomi».

Mi lancia un'occhiata che dice che non succederà mai.

Ciò non fa che risollevarmi ulteriormente lo spirito, e il mio sorriso si allarga di conseguenza. «Oh, mi piaci proprio» la informo. «Cosa ne pensi di "gattina", invece di "coniglietto"?».

Si acciglia senza aggiungere altro.

«Nessuno dei due, allora?» sospiro. «Almeno lascia che ti chiami "splendore", Ailsa. È solo un aggettivo. Un aggettivo molto accurato».

«Sei proprio...». Si interrompe e sembra cercare la parola giusta.

«Matto?» suggerisco. «Me lo dicono spesso».

«Hai finito di flirtare?» mi chiede Catum. «Perché questo portale sta sprecando una montagna di energia».

«Avresti potuto chiuderlo durante la discussione» osservo. «Ma volevi far colpo sulla nostra promessa con i tuoi poteri. Ergo, è un *tuo* problema».

«Sto iniziando a essere d'accordo con Ailsa: sei veramente insopportabile» mi informa in tono piatto.

«Ah, "insopportabile" mi sembra troppo definitivo» commento. «Preferisco di gran lunga "imprevedibile". O anche "interessante"». Sollevo ripetutamente le sopracciglia, rivolgendomi a lui e poi ad Ailsa. «Cosa ne pensi?».

«Matto» afferma. «Matto va bene».

Il divertimento mi scalda le viscere. «Non sai quanto, splendore». Tento di usare quel nomignolo per vedere se si oppone.

Quando non dice nulla, sorrido.

«E che splendore sia, allora».

Ailsa sospira. «Adesso possiamo andare?».

«Siamo sempre potuti andare» replico. «Il portale è lì».

Alza le mani e si avvia a grandi passi verso il buco nero, ma Krolic le blocca la strada. «Lascia che ti scorti, per favore» dice, porgendole il braccio. «Sarà più semplice.

E voglio essere sicuro che l'incantesimo di Catum funzioni».

«Funziona» conferma Catum.

Krolic lo ignora. «Ti prego, mia regina».

Ailsa sospira di nuovo e accetta il suo braccio. «Okay. Va bene, *Bestia*».

Gli occhi verdi di lui si illuminano nel sentirsi chiamare così, e i suoi poteri gli si propagano attorno come onde di energia.

A qualcuno piace essere la sua bestia, penso.

Non può sentirmi.

Ma non ce n'è bisogno.

Perché percepisce la mia ilarità, e l'occhiata arrogante che mi lancia dice che non gli importa.

Senza aggiungere altro, accompagna la nostra promessa attraverso il portale di Catum.

«Non capisco perché lui possa chiamarla "regina" e io no» commento in tono leggero.

«Non sei il suo re» mi fa notare Catum.

«Ciò non significa che non sia la mia regina» borbotto.

«La nostra regina» mi corregge. Poi si stringe nelle spalle. «Quella donna è un enigma che sarà bello risolvere».

«Se è un eufemismo per il sesso, sì, sono d'accordo».

Catum sbuffa. «Non riesci a pensare ad altro».

«Stai forse insinuando che per te non è così?» gli domando, inarcando le sopracciglia.

«Il mio nodo pulsa per lei da due lunghissimi anni» risponde. «Ogni notte, quando mi sognava, era quasi impossibile resistere alla tentazione di materializzarmi nella sua stanza e far avverare le sue fantasie».

«Sei fortunato ad aver avuto quei due anni» mormoro. «Io ho avuto solo qualche ora con lei, e non sembra che le piaccia molto».

«Sta attraversando una serie di cambiamenti difficili da comprendere» dice. «Dalle tempo».

«Vorrei poterlo fare» sussurro. «Lo vorrei davvero».

Ma il tempo non è dalla nostra parte.

Tic, tac.

«È meglio che andiamo» dice Catum.

Annuisco.

Poi scivolo nel portale per unirmi a Krolic e alla nostra regina nel Villaggio del Tè.

Tic, tac.

Il minaccioso conto alla rovescia mi risuona nella mente.

Deve riecheggiare anche tra i pensieri di Krolic, perché quando metto piede sulla strada acciottolata sta controllando l'orologio. Catum mi segue a ruota, e il portale si dissipa alle sue spalle.

«Dunque?» ci esorta.

Krolic sorride. «È ora di giocare».

Sorrido a mia volta. Le sue parole sono musica per le mie orecchie.

Adoro giocare. E lo faccio molto bene.

Tiro fuori le carte e inizio a mescolarle. «Facci strada, K».

AILSA

Finora, il Villaggio del Tè è il posto più normale che abbia visto a Monsterland. Voglio dire, a parte il fatto che siamo seduti all'interno di una tazza da tè più grande della villa della baronessa Clarice.

Guardo il soffitto colorato, notando la forma che ricorda il coperchio di una tazza da tè.

E ovviamente stiamo tutti bevendo da tazze da tè.

Impossibile fraintendere il tema.

Solo che non è ciò che sembra.

Prendo il muffin che ho sul piatto e arriccio le labbra di lato. Perché non è un muffin. Ne ha solo l'aspetto. Il sapore, invece, è quello degli spaghetti.

E il tè? Sì, neanche quello è realmente tè. È qualcosa di frizzante e un po' troppo dolce per le mie papille gustative.

Bestia – *Krolic* – mi dà un po' d'acqua, probabilmente l'unica cosa "normale" che c'è sul tavolo. Tutti e tre hanno qualcosa di strano nel piatto.

Beh, il Maestro Liffo non ha niente. È appoggiato alla parete alle sue spalle, celato nell'ombra, e sta fumando la pipa.

Craze sta sorseggiando una tazza di qualcosa che gli fa venire il singhiozzo ogni tre o quattro secondi.

E Krolic… sta mangiando un piatto di terra. O almeno

sembra che sia terra. Ha detto che in realtà si tratta di una qualche specie di carne. Me ne ha offerta una cucchiaiata, ma ho rifiutato.

«Ehi, bello» mormora una donna dai lunghi capelli rossi, avvicinandosi a Craze. A un certo punto, ha cambiato makeup: ora richiama una maschera bianca con gli occhi circondati di nero.

Inarca un sopracciglio, facendo allungare il trucco nero verso la fronte. «Ti sembra che stia facendo shopping, tesoro?» dice, con un accento diverso dal solito. È la seconda volta che lo usa, e mi domando cosa significhi.

Craze si è definito "imprevedibile". Sì, sembra piuttosto accurato.

La donna snella si stringe nelle spalle. «Magari sono io che ho voglia di fare shopping».

«Mmh» mormora, posando la sua tazza sul tavolo e sporgendosi verso di lei. «E cosa stai cercando?».

Aggrotto la fronte. Craze ha passato tutta la giornata a dire che sono la sua compagna predestinata, e ora ha il coraggio di mettersi a flirtare con un'altra davanti a me?

Che maleducato.

«Un po' di divertimento» risponde in tono seducente la nuova arrivata.

«Definisci "divertimento"» dice. Il mazzo di carte gli compare nella mano, facendomi correre un brivido lungo la schiena. Ho visto cosa sanno fare quelle carte. E non è niente di buono.

Il Maestro Liffo sbuffa una nuvola di fumo e afferma: «La mia idea di divertimento è il silenzio».

«Non stavo parlando con te» lo rimbecca Craze. «Stavo parlando con la signora».

Krolic sospira, appoggiandosi all'indietro e mettendo il braccio sullo schienale della mia sedia. È accanto a me, dall'altro lato c'è il Maestro Liffo.

Craze è seduto di fronte a me, offrendomi un'ottima visuale delle sue sceneggiate con la rossa.

Lei si china verso Craze; le sue unghie lunghe gli si posano sullo sterno e iniziano a tracciare un sentiero verso l'alto, mentre le sue labbra carnose pronunciano parole che non riesco più a sentire.

Perché sta toccando Craze.

Lo sta *toccando*.

Una parte di me prende vita, una parte che fino a questo momento mi era assolutamente ignota. Una parte di me che vorrebbe strapparle la mano e fargliela mangiare.

Sbatto le palpebre. *Che diavolo era?*

Perché lo sta ancora toccando?, penso un attimo dopo. *Non è suo. Non può toccarlo.*

Non è nemmeno mio, ricordo a me stessa. E una parte di me ringhia.

Tutti e tre gli alfa si voltano verso di me.

Oh. Okay. Quindi ho emesso quel suono a voce alta. Bene.

Craze inclina la testa, i suoi occhi scuri brillano peccaminosi nella luce fioca. «Vuoi conoscere la mia definizione di "divertimento"?» chiede, mescolando il mazzo.

«Sì, mi piacerebbe» mormora la rossa. «Mi piacerebbe *molto*».

Ma lui non le risponde.

Il suo sguardo è su di me, e inarca un sopracciglio.

Non stava parlando con lei. Lo stava domandando *a me*.

Voglio saperlo?

No. No, non voglio.

Perché non è mio.

E la mia reazione è… ridicola.

Ma è stata una giornata molto lunga. No, una

settimana. Non lo so neanche più. È… è tutto *troppo*. Sono esausta. Non voglio lasciarmi trascinare nei suoi giochetti.

Sono sul punto di dirglielo, quando l'unghia della donna gli sfiora la mascella, diretta verso la bocca.

Lui stringe i denti, dimostrando di non aver apprezzato quel gesto. Tuttavia, la rossa dev'essere ignara della sua reazione, perché prova a toccargli di nuovo le labbra.

Craze si muove così in fretta che capisco a stento ciò che sta succedendo. Ma poi la donna si stringe al petto la mano sanguinante, *e priva delle dita*, e grida.

Krolic scuote la testa.

Il Maestro Liffo si limita a continuare a fumare la pipa, è il ritratto della noia.

E Craze mi fissa dicendo: «La mia idea di divertimento implica qualsiasi cosa ti faccia piacere, splendore. Per quanto riguarda ciò che non apprezzi, beh, non ho problemi a occuparmene per te».

Pulisce la carta su un tovagliolo, rimuovendo il sangue dai bordi affilati. Quando ha finito, getta il tovagliolo sporco in direzione della rossa, che è fuori di sé dalla rabbia.

«Sei pazzo» sibila.

«Perché sei ancora qui?» le domanda lui. «Pensavo di essere stato chiaro».

La donna gli ringhia contro.

Craze si limita a inarcare un sopracciglio.

«Fottuto Cappellaio Matto» sbraita, poi si allontana a grandi passi.

«Odio quel soprannome» borbotta Craze, prendendo la sua tazza.

«Eppure ti descrive alla perfezione» commenta Krolic.

«Vaffanculo, K». Craze finisce il tè e ne ordina un altro con un cenno della mano.

Un soffio d'aria incantata turbina intorno al tavolo, mentre la sua tazza viene riempita magicamente.

Non capisco esattamente come funzioni; è stato Krolic a ordinare per me quando siamo arrivati. Ma mi incuriosisce. Perché la magia mi suscita una sensazione piacevole. È quasi come se mi rendesse felice. Il che è molto strano, perché non ho mai percepito la magia prima d'ora.

Tuttavia, sto imparando a non essere sorpresa da ciò che accade a Monsterland.

Qui niente è ciò che sembra.

Inclusi questi tre, penso, osservandoli.

Vogliono che mi fidi di loro, e finora mi hanno dato alcune ragioni per farlo. Ma ciò non significa che sia pronta ad affidarmi completamente a tre *alfa*.

Dei, solo *pensare* a quel termine mi scatena un fremito interiore.

A giudicare dalle parole di Craze e da qualche commento di Krolic, ho capito che sono una cerchia di alfa. Non so esattamente cosa significhi, ma mi considerano la loro compagna omega e sembra che vogliano condividermi.

Anche questo pensiero mi fa rabbrividire. O forse è la magia che aleggia ancora intorno al tavolo.

Non… non lo so.

Così mi limito a… mangiare il mio muffin che sa di spaghetti.

Krolic sussurra qualcosa e agita la mano, facendo apparire un vassoio di alimenti rotondi. Ciascuno ha un buco al centro.

Li osservo con la fronte aggrottata, ma Craze si illumina. «Oh, pizze ciambelle! Ottima scelta».

«Ho pensato che ad A sarebbero piaciute» dice.

“A” è il mio soprannome.

Così come “K” sta per Krolic.

Non mi hanno spiegato il motivo dietro questi nomi in codice, ma sospetto che abbia a che fare con il Re Argento. O Re Cremisi, come lo hanno chiamato Craze e il Maestro Liffo.

«Provane una» dice Craze, riportando la mia attenzione sul piatto.

Stringo le labbra, valutando se rifiutare o meno. Ma ho ancora fame, e il muffin agli spaghetti non mi ha riempito lo stomaco. Che, come a confermarlo, brontola sonoramente.

Craze spinge il piatto verso di me. «Dai, splendore. Fidati di me. Le adorerai».

«Come fai a saperlo?» gli domando. «Finora ti ho detto solo che mi piacciono le ciliegie e le pere».

«Mmh, è vero» ammette. «Allora dimmi cosa pensi della pizza».

«Uhm…». L’ho provata un paio di volte, di solito fette già fredde lasciate lì dalle figlie della baronessa Clarice. «Non è male». Preferisco gli spaghetti, perché sono più facili da riscaldare e non altrettanto gommosi.

Ma prendo comunque una ciambella per accontentarlo.

E forse anche per soddisfare la mia curiosità.

Quando la mordo, un sapore meraviglioso mi esplode sulla lingua, al punto che mi ritrovo a gemere deliziata. Perché *wow*, è buonissima. Ne mangio in fretta un altro po’ e chiudo gli occhi, godendomi quel gusto prelibato.

Finisce troppo presto, così ne afferro subito un’altra.

Ed è allora che mi accorgo che tutti e tre gli uomini mi stanno fissando.

Il calore mi striscia lungo il collo e appoggio la

ciambella davanti a me. «Uhm». Mi schiarisco la voce. «Sono buone».

Non dicono nulla per un lungo istante, la tensione intorno al tavolo sembra aumentare.

«Non riesco a decidere se preferisco sentirla ringhiare o gemere» mormora Craze. «Entrambi hanno il loro fascino».

Il calore ha raggiunto le mie guance, incendiandole. «Non… non volevo ringhiare». Il gemito, invece, non posso rimangiarmelo. Perché quella ciambella si merita tutti i gemiti del mondo.

«Non preoccuparti, splendore. Non mi è dispiaciuto vederti reagire così. Anzi, ho apprezzato la tua possessività».

Lo fulmino con lo sguardo. «Non è stata una reazione possessiva. Era… Mi è solo uscito così». E visto che non voglio dargli altre spiegazioni, mi sforzo di cambiare argomento, aggrappandomi alla prima cosa a cui riesco a pensare. «C'era davvero bisogno di mozzarle le dita? Potevi semplicemente dirle di smettere di toccarti».

Okay, ora sembro davvero gelosa.

E non lo sono.

Craze non mi appartiene. Nessuno di loro mi appartiene. Li ho appena incontrati!

Mi schiarisco di nuovo la voce e tento di mettere le cose in chiaro, mormorando: «Volevo solo dire che…».

«Era un ringhio possessivo» mi interrompe Craze. «E sì, Ailsa, ho dovuto tagliarle le dita. Ha toccato qualcosa che appartiene alla mia regina, un gesto irrispettoso che non sarà mai tollerato».

Lo fisso. «Non… non so cosa rispondere».

«Non devi rispondere niente» mormora. «Sono tuo, Ailsa. Chiunque la veda diversamente incontrerà un simile destino. Se non peggiore».

Resto a bocca aperta. Non può essere serio.

Ma se lo dicessi ad alta voce, ripeterebbe che ne abbiamo già parlato: di solito no, non lo è. O qualcosa del genere.

Perché quest'uomo è completamente pazzo.

Non c'è da stupirsi che la rossa gli abbia dato del matto.

«Inoltre...» continua, agitando la mano. «Quella donna è una vedova nera mutaforma. Le dita le ricresceranno nel giro di qualche ora. O anche più in fretta, se si trasforma. Onestamente, avrei dovuto farle di peggio. Ma non volevo spaventarti».

«Ha ragione» interviene Krolic. «Avrebbe dovuto farle di peggio».

Il Maestro Liffo, che ancora si trova nell'ombra, soffia un anello di fumo e aggiunge: «Sì».

Non so cosa dire.

Così, mi limito a osservare l'anello di fumo che si allontana fluttuando, per poi aggrottare la fronte quando inizia a circondare il nostro tavolo nell'area più appartata della Taverna. Una nebbiolina gli brilla intorno, scendendo fino al pavimento e creando una barriera trasparente. Allungo il dito e la sfioro, incuriosita.

L'energia sfrigola in risposta, attraversandomi il braccio con una scarica elettrica. Tiro indietro la mano di scatto e alzo lo sguardo. La nebbiolina si sta diffondendo anche sopra le nostre teste.

«Cosa...?». Mi interrompo, un brivido mi corre lungo la schiena. La magia sembra calda. Intenzionale. *Protettiva.*

Come faccio a saperlo?, mi chiedo, e d'un tratto mi gira di nuovo la testa.

È stata una giornata troppo lunga.

Troppo estenuante.

Troppo intensa.

Troppo *caotica.*

«Lo scudo è pronto» ci informa il Maestro Liffo con un sospiro. «Ora possiamo parlare liberamente. Ma ricordatevi che possiamo ancora essere visti».

Craze annuisce, sporgendosi in avanti. «Cos'è successo con le grotte?».

AILSA

Il Maestro Liffo e Krolic riferiscono a Craze che il Re Cremisi ha inviato i suoi tirapiedi nelle grotte prima del previsto.

«Non c'era abbastanza tempo per mettere in sicurezza la tana» continua Krolic. «Perciò abbiamo sparso diversi brandelli dei suoi abiti nelle grotte per tenerli impegnati».

«Una volta che Brandt e gli altri si sveglieranno, però, diranno dove si trovava davvero» fa notare Craze.

«È ciò su cui contiamo» commenta il Maestro Liffo, fumando la sua pipa. «Costringerà gli scagnozzi di Cremisi a disperdersi e correre in tutte le direzioni, mentre noi resteremo qui».

«Piano B, allora» conclude Craze.

«Sì, piano B» conferma Krolic, sollevando la sua tazza. «Sperando di non dover passare al piano C».

«O D o Z» mormora Craze, bevendo il resto del tè, per poi posare i suoi occhi scuri su di me. «Hai qualche domanda, Ailsa? Sono sicuro che tu ne abbia almeno una decina».

«Cosa vuoi sapere in cambio?» chiedo, incapace di trattenere il sarcasmo. «Magari la mia verdura preferita?».

Ridacchia. «O magari la tua posizione preferita».

Aggrotto la fronte. «La mia posizione preferita per fare cosa?».

Si limita a sorridere. «Immagino che lo scopriremo insieme, eh?».

«Non ho la più pallida idea di cosa tu stia parlando».

«E questo lo rende ancora più divertente, splendore» commenta. «Ma chiedi pure. Niente giochetti. Niente richieste. Chiedi e basta».

Sono tentata di fargli notare che gli ho appena fatto una domanda e lui l'ha schivata completamente.

Ma non mi interessa parlare di *posizioni*. Mi interessa molto di più quello di cui stavano discutendo: i loro piani e il Re Cremisi.

«Non capisco come abbia fatto a salire al potere» dico. «O perché… perché dovrei… crederci». Man mano che proseguo, le mie parole sono sempre più esitanti, la ruga sulla fronte sempre più profonda.

Non… non ho tutti i torti a mettere in dubbio i loro racconti.

Eppure, mi sembra sbagliato.

Soprattutto quando vedo le narici di Krolic fremere.

«Mi… mi dispiace» mormoro, deglutendo. «È solo che…».

«Non c'è bisogno di scusarsi, Ailsa» mi interrompe, catturandomi il mento e costringendomi a guardarlo. «Hai tutto il diritto di dubitare di noi».

Il suo pollice mi accarezza il labbro inferiore, il suo sguardo è intenso.

«Cosa ne dici di una storia?» suggerisce. «Ti racconterò cos'è successo e poi risponderò a qualsiasi domanda tu abbia».

«Credo… credo che potrebbe aiutare» ammetto, impietrita dal suo tocco. Non ha lasciato andare il mio mento e mi sta… mi sta accarezzando. Il suo sguardo segue il movimento, come se fosse ipnotizzato dalla mia bocca.

Il suo viso mi fa sentire allo stesso modo.

Quegli occhi affascinanti. Le lunghe ciglia argentate. I capelli folti. Rughe appena accennate che gli decorano il volto senza farlo sembrare vecchio, solo… sofisticato. Virile. *Potente*.

«C'era una volta…» inizia, una frase che strappa una risata a Craze e uno sbuffo al Maestro Liffo. Ma tutto ciò che riesco a fare è fissargli la bocca.

Perché più continua a parlare, più vengo trascinata nel suo racconto.

Comincia quando era un giovane sovrano. «Non ho ereditato il titolo» spiega. «Non è così che funzionano le cose a Monsterland. Ma il mio diritto di nascita ha contribuito, e soprattutto mi ha preparato a occupare quella posizione».

«Il punto è essere l'alfa più forte» interviene Craze. «Quello con il nodo più grosso».

Il Maestro Liffo emette una risatina nasale. «Se fosse vero, sarei io il re».

Krolic ignora entrambi. «È una questione di potere, Ailsa. Gli alfa sono forti per natura. Tuttavia, ce ne sarà sempre uno più forte degli altri. Mio padre faceva parte della cerchia di compagni della famiglia reale, ma non era il re. Mia madre, però, era la regina. Per questo sono nato avvantaggiato».

Annuisco. Finora ho capito tutto.

«Ma non ero figlio unico» prosegue. «Ho due fratelli e una sorella. Tutti potenti a modo loro, come c'è da aspettarsi con genitori come i nostri. Però sono sempre stato il più dominante. Non solo rispetto ai miei fratelli, ma anche a tutti gli altri. È per questo che il regno è passato a me».

«E dopo qualche tempo, ha conosciuto noi» si intromette Craze, guadagnandosi un'occhiataccia da

Krolic. Craze alza le mani. «Scusa. Sto solo cercando di arrivare in fretta alla parte più interessante».

L'espressione di Krolic non cambia. «Vuoi continuare tu?».

«E raccontarle di come Catum ti ha fatto il culo in un combattimento?» chiede Craze. «Sì. Sì, mi piacerebbe molto».

«Non direi che gli ho fatto il culo» mormora il Maestro Liffo. «Semmai che ho… dimostrato qualcosa».

«Facendogli il culo» ribadisce Craze. «Catum voleva che il nostro re capisse che solo perché non era stato sfidato, non significava necessariamente che fosse il più forte».

«Non è per questo che abbiamo lottato, de Capp».

Craze alza gli occhi al cielo. «E invece sì, Liffo. Volevi togliergli quel palo dal culo e usarlo per picchiarlo. *Parole tue*».

«Un pessimo riassunto di quello che ho detto» borbotta il Maestro Liffo. «Volevo solo un po' di rispetto. Tutto qui».

«E te lo sei guadagnato» interviene Krolic. «A differenza di qualche altro alfa seduto a questo tavolo».

Craze sbuffa. «Mi sono guadagnato il tuo rispetto quando ti ho restituito le tue preziose rocce».

«Erano pietre laviche» dice Krolic a denti stretti. «E siamo usciti completamente dal seminato».

Craze si sporge in avanti, guardandomi negli occhi. «Mi sono introdotto nella sua stanza e ho preso alcuni dei suoi beni più preziosi. Anch'io volevo dimostrare qualcosa».

«Che voleva un posto nel letto del re» commenta il Maestro Liffo.

Krolic scuote la testa, ma Craze sorride. «Non è esattamente quello che volevo». Torna a guardarmi. «Volevo una compagna. *Una donna*. Per quanto bello possa essere il nodo di Krolic, non ho mai voluto giocarci. Ho già il mio. Che si adatta perfettamente alla…».

«Smettila» lo interrompe Krolic. «Ha bisogno di conoscere la storia del nostro regno, prima di parlare della nostra cerchia e di cosa implica».

Craze gli lancia un'occhiata. «Allora è il caso di passare alla parte su Cuore».

Il nome fa trasalire Krolic. «Fiamme, Craze» sbotta il Maestro Liffo.

«Cuore è mia sorella» dice Krolic a denti stretti, spostando di nuovo la sua attenzione su di me. Ha smesso da un po' di accarezzarmi, ed è un bene, perché ora ha entrambe le mani strette a pugno appoggiate sul tavolo. «Anche lei è un'alfa. Ma non è fisicamente forte quanto me o i nostri fratelli. Perciò si è sempre sentita… trascurata. Come se valesse meno».

«Stai cercando di giustificarla per essere diventata una stronza fuori di testa» dice Craze. Una scintilla di fuoco attraversa il tavolo, costringendo Craze a scacciarla. Lancia un'occhiataccia al Maestro Liffo. «Attento, o il nostro scudo andrà in fumo».

«Smettila di fare il cretino e lascia che Krolic finisca il suo racconto».

Krolic ignora entrambi e ricomincia a parlare, spiegandomi di come la sorella abbia orchestrato diversi attacchi, tra cui quello che ha ucciso i loro genitori e la loro cerchia di compagni.

«È stata imprigionata» dice, deglutendo. «O almeno così pensavamo».

Procede raccontandomi di come sia diventato re dopo la dipartita della famiglia reale, di come abbia incontrato Craze e Catum – un nome che faccio fatica a pensare, figuriamoci a usare, visto che per due anni l'ho chiamato

Maestro Liffo – e di come siano diventati una cerchia di compagni.

«Cos'è una cerchia di compagni?» domando. Voglio essere sicura di aver capito. Continuano a usare quel termine, ma non sono certa di aver compreso esattamente a cosa si riferisca.

«Gli alfa formano una cerchia per proteggere al meglio i loro compagni» spiega. «Ci sono molti più alfa che omega».

«Per usare un eufemismo» mormora Craze.

Krolic non gli dà retta e continua: «La maggior parte degli alfa si raggruppa in cerchie con un simile livello di potere o con le stesse abilità. Più forte è la cerchia, meglio è. Soprattutto per un re. Per questo Catum è chiamato spesso il mio Secondo, mentre Craze è il mio Sicario».

«O almeno le cose stavano così finché tutti non hanno dato per scontato che fossimo morti» mormora il Maestro Liffo. «K, dobbiamo rendere le cose un po' più interessanti. Ci sono troppi corvi che ci osservano».

Aggrotto la fronte sentendo parlare di corvi, ma Krolic sembra capire, perché stringe i denti. «Maledetti guardoni. Hai qualche suggerimento?».

Il Maestro Liffo si sporge in avanti, permettendomi finalmente di vedere il suo viso, non più avvolto nell'ombra. I suoi lineamenti affascinanti sono incisi in linee severe, i suoi folti capelli sono elegantemente arruffati. Ma sono i suoi occhi a catturarmi. Nelle iridi scure brillano intense promesse.

«Ho bisogno che ti metti a cavalcioni su di me, signorina Marvel» dice.

Resto di sasso. «Cosa?».

«Vieni qui e siediti su di me. Fingerò di baciarti, mentre Krolic continuerà con il suo racconto».

«Oh, mi piace come si sta evolvendo la situazione» commenta Craze.

Il Maestro Liffo mi tende la mano. «Adesso, signorina Marvel».

Rabbrividisco, il suo ordine mi attraversa con una vibrazione sonora. «Perché?» chiedo in un sussurro, afferrandogli il palmo.

Mi aiuta ad alzarmi e mi tira verso di sé, ma non risponde finché non mi accomodo sulle sue cosce. «Perché ho creato la barriera per proteggere la nostra conversazione da orecchie indiscrete. Di solito, qui lo si fa solo quando si prendono determinati accordi. Accordi che non si desidera che qualcun altro possa sentire».

Mi stringe i fianchi e mi solleva.

«Apri le gambe, signorina Marvel» dice, facendomi tremare di nuovo.

Obbedisco e sussulto quando l'aria fredda mi accarezza la pelle, sembra che l'abito di fumo che ha intessuto per me si apra intorno alle mie cosce.

Mi sistema su di sé in una posizione intima che mi inonda le vene con una sensazione rovente. Non so se se ne sia accorto; se è successo, non lo dà a vedere, proseguendo invece a spiegare le sue strane azioni.

«Abbiamo chiacchierato troppo a lungo senza che succedesse nulla, e gli altri avventori hanno iniziato a notarlo». Il suo tono è dolce, molto diverso dal modo in cui le sue mani fameliche mi stringono al suo corpo. «Quindi io e te daremo loro qualcos'altro su cui concentrarsi, mentre Krolic finisce il suo racconto».

Il suo palmo scende dai miei fianchi alla schiena, risalendola fino alla nuca, dove affonda le dita tra i miei capelli.

Gli afferro le spalle, più che altro per reggermi, mentre con il braccio opposto mi circonda la vita.

«Dal loro punto di vista, sembra che ti stia baciando» dice, inclinandomi leggermente la testa di lato. «Continueremo per una decina di minuti, poi andremo nella nostra stanza per proseguire con la nostra messinscena».

Rafforza la presa su di me, il suo respiro si infrange sulle mie labbra schiuse.

«Quando ti dirò di muovere appena i fianchi, fallo» aggiunge, sfiorandomi il naso con il suo. «Nel frattempo, fa' la brava e ascolta Krolic».

Non so come si aspetti che possa concentrarmi in una situazione del genere.

Sono sul suo grembo.

Avvinghiata alle sue spalle muscolose.

Con la bocca a mezzo centimetro dalla sua.

E perdipiù vuole che *muova* i fianchi.

È… è… *dei*… È tutto come nei miei sogni. Solo che in qualche modo è ancora più eccitante, perché ci sono altre persone che ci guardano.

Tra cui Krolic e Craze.

Il primo si schiarisce la voce – o almeno credo che si tratti di Krolic, perché poi riprende il racconto da dove l'aveva lasciato il Maestro Liffo. Dalla presunta morte della loro cerchia.

«Quando mio fratello maggiore è morto, è diventato chiaro che c'era qualcosa di strano» dice Krolic. «Era impossibile che si trattasse di una coincidenza. Ma quando ho capito chi era il colpevole, ormai era troppo tardi. Mia sorella era fuggita, o forse non era mai stata imprigionata davvero, e stava creando ogni sorta di problema in giro per il regno».

La bocca del Maestro Liffo accarezza la mia, spostandosi poi verso la mia guancia e tracciando un sentiero rovente fino all'orecchio. «Concentrati sul nostro re, signorina Marvel».

Vorrei dirgli quant'è difficile obbedire. Soprattutto quando sento il calore del suo corpo che pervade il mio.

«Cuore ha creato una sorta di cerchia di compagni, ma con un unico alfa. Un alfa appartenente a una famiglia rivale. Un mostro di nome Cremisi». Sento Krolic digrignare i denti pronunciando quel nome, ma non riesco a vederlo, perché il Maestro Liffo mi tiene il viso rivolto verso il suo.

E la sua bocca sta… Mi sta coprendo la gola di baci.

Dei, come fa a essere così bello?

«Solo che io non sapevo nulla di tutto questo, perché ero in viaggio con loro a caccia di un'omega» continua Krolic. «Sono stato richiamato solo dopo la morte di mio fratello maggiore, Spaten. È stato allora, come ho detto, che ho capito che c'era qualcosa che non andava. È diventato subito evidente che la nostra famiglia era sotto attacco, cosa che mia sorella ha sottolineato uccidendo l'altro nostro fratello. E lasciandomi come ultimo bersaglio».

Mi irrigidisco, ascoltando con attenzione.

Ma la bocca del Maestro Liffo torna sulla mia, e stavolta mi bacia davvero.

Dolcemente.

Solo una carezza sulle labbra.

Anche se con abbastanza pressione da lasciarmi senza fiato.

«Rilassati, signorina Marvel» sussurra. La sua presa sui miei capelli si allenta appena, il suo pollice mi sfiora la nuca. «Dall'esterno, deve sembrare che tutto questo ti stia piacendo».

«Non so, da qui mi sembra piuttosto presa» commenta

Craze, la cui voce è più bassa del solito. «Ma forse è perché sento il suo odore».

Krolic non risponde a nessuno dei due, dicendo invece: «Dopo aver capito che la responsabile di tutto era mia sorella, abbiamo finto di ritirarci per poterci organizzare e fare il punto della situazione».

Per un attimo rimane in silenzio, e il Maestro Liffo ne approfitta per ordinarmi: «Bisogna che ti strusci su di me, signorina Marvel».

«Strusciarmi?» ripeto, deglutendo a fatica.

Il suo braccio si serra intorno alla mia vita, poi abbassa la mano verso il mio sedere. «Avanti» mi esorta.

Sono tentata di allontanarmi, ma la sua presa d'acciaio me lo impedisce.

«Obbedisci, Ailsa» mormora Krolic, abbassando la voce di un'ottava.

Non so cosa stiano cercando di farmi né cosa vogliano ottenere, eppure sento il corpo piegarsi alla loro autorità.

Una sensazione… *terrificante*. Eppure è anche piacevole. Troppo piacevole. Come se stessi tentando di raggiungere qualcosa, anche se non so esattamente di cosa si tratti.

«Brava, piccola» mi loda Krolic, facendomi venire la pelle d'oca.

Perché mi sta guardando.

Tutti mi stanno guardando.

E la bocca del Maestro Liffo è ancora una volta sulla mia, un sorrisetto si forma sulle sue labbra carnose. «È fantastico sentirti muovere così, signorina Marvel».

Rabbrividisco, incapace di rispondere. Incapace di *pensare*.

E poi Krolic riprende a parlare.

Qualcosa sulla sorella.

Sul regno.

Qualcosa su quando Cuore ha fatto la sua mossa.

«Abbiamo aspettato di vedere cosa avrebbe fatto perché sospettavo che ci fosse qualcun altro coinvolto, e avevo ragione» sta spiegando Krolic. Le sue parole mi vorticano intorno.

Posso sentirlo.

Posso capirlo.

Ma concentrarmi… concentrarmi è una sfida.

Soprattutto quando il Maestro Liffo mi cattura il labbro inferiore tra i denti, mordendolo delicatamente.

«Il suo partner è uscito allo scoperto rubandomi il trono. È stato allora che sono venuto al corrente della nuova cerchia di cui faceva parte Cremisi». Krolic sembra più burbero di prima, e non riesco a capire se è arrabbiato o se prova qualcosa di completamente diverso.

«Cremisi è salito al trono con la scusa di essere il vero Re Argento» mormora il Maestro Liffo sulle mie labbra. «E Monsterland ha semplicemente accettato la sua rivendicazione».

Inizio a scuotere la testa, confusa dalle sue parole.

Ma stringe la presa, obbligandomi a strusciarmi di nuovo su di lui.

Craze geme. «*Lame*, con la gonna che svolazza, sembra proprio che tu la stia scopando».

«Forse è così» ribatte il Maestro Liffo con un sorrisetto. «Quanto ne saresti geloso?».

«Immensamente» risponde Craze in tono dolente. «Sono già geloso, maledetto».

«Bene» commenta il Maestro Liffo, per poi succhiarmi il labbro. «Okay, dobbiamo andare di sopra».

«Sì» concorda Krolic. «Continueremo nella nostra stanza».

Nella nostra stanza, penso, stordita. *Perché è al singolare?*

KROLIC

Parlare della mia famiglia mi ha messo di cattivo umore.

O forse l'irritazione è stata provocata dalla visione della mia regina che si strusciava sul mio migliore amico.

Perché voglio essere *io* quello su cui si siede a cavalcioni, fingendo di scopare.

Lune, è veramente stupenda. I suoi lunghi capelli biondi erano una provocazione: non desideravo altro che afferrarli, per poter reclamare la sua bocca.

Proprio come stava facendo Catum qualche minuto fa al piano di sotto.

Ora ha la mano appoggiata sulla parte bassa della schiena di Ailsa e la sta guidando lungo il corridoio, diretto verso la nostra stanza.

Qui siamo tra le nuvole, ma lei non se ne è accorta. Le finestre sono tutte oscurate, segno che è tarda notte.

Potrà ammirare il panorama domattina.

Sono sicuro che la confonderà, come tutto ciò che ha visto finora.

Cazzo. Abbiamo ancora molto di cui discutere, ma sento che è esausta. A parte una ciambella e qualche sorso d'acqua, si è nutrita a malapena. Ho già ordinato qualche snack da far portare in camera. Spero che mangi un altro po', prima di dormire.

E domani continueremo a parlare.

Per esempio, dell'impatto che avrà la sua scelta sul futuro del regno.

Perché se dovesse decidere di andare dal Re Impostore e da mia sorella e unirsi alla loro cerchia, non farà che rafforzare le loro rivendicazioni.

Gli omega significano tutto nel nostro mondo, e per troppo tempo siamo rimasti senza. Mia madre è stata l'ultima.

Sospetto che in realtà si stiano nascondendo, un modo per punire Monsterland per quello che è successo. E di certo l'editto del Re Impostore non ha aiutato. Il fatto che finga di essere me aggiunge un ulteriore livello di crudeltà a tutta la faccenda.

Non ha mai mostrato il suo volto.

Sceglie di farsi vedere in pubblico solo in forma animale: un lupo bianco, esattamente come il mio.

Avrei potuto smascherarlo secoli fa, ma se c'è una cosa che ho imparato dalle azioni di mia sorella è che lasciare il trono incustodito mette a rischio l'intero regno.

Ci era sembrato più saggio restare a osservare da lontano e cercare un'omega, in modo da riprenderci Monsterland come una cerchia completa.

Solo che non mi aspettavo che ci sarebbe voluto così tanto.

Sembra una prova elaborata, destinata a dimostrare che la nostra gente è ancora degna di adorare gli omega.

Ecco perché abbiamo agito con molta cautela, assicurandoci di corteggiare adeguatamente la nostra compagna, senza prenderla con la forza.

A differenza del Re Impostore.

E Cuore, penso cupamente. È raro che mi riferisca a lei come a mia sorella. Solo "Cuore".

Lei, d'altro canto, preferisce essere chiamata Regina

Cuore. Le è sempre piaciuto, nonostante non sia mai stata realmente regina.

Craze digita un codice per aprire la porta della nostra suite, poi entra per accertarsi che sia tutto a posto, mentre noi tre aspettiamo in corridoio.

Ailsa si guarda attorno con la fronte aggrottata, ma non dice nulla. Prima di rimuovere la barriera che schermava la nostra conversazione, Catum le ha raccomandato di fare silenzio e rimanere al suo fianco.

Finora si è comportata esattamente così.

Per fortuna, l'abito fumoso maschera la sua identità. Altrimenti, chiunque sarebbe riuscito a percepire la sua deliziosa eccitazione.

Purtroppo, però, sono immune dalla sua magia, perché Catum si è assicurato che fossimo in grado di sentire l'odore di Ailsa.

Ciò significa che al momento ho l'acquolina in bocca.

Perché alla nostra omega è piaciuto stare a cavalcioni di Catum.

Forse lei non se ne è resa pienamente conto, ma noi sì. Il suo aroma sensuale è come una droga. Vorrei soltanto inginocchiarmi davanti a lei, sollevarle la gonna e banchettare tra le sue cosce.

Craze ricompare sulla soglia e ci rivolge un cenno con il mento, dandoci il via libera.

Catum spinge delicatamente Ailsa all'interno, poi inizia a tessere i suoi incantesimi fumosi in tutta la stanza.

È incredibilmente potente. Discende da una linea di sangue unica, ferrata nella magia oscura. Quando ha finito di creare un altro velo protettivo, si gira verso di me per sciogliere il sortilegio intrecciato nei miei vestiti.

Vengo pervaso da una sensazione di leggerezza. Ora sono libero dalla maschera che cambia il mio aspetto agli occhi di tutti gli abitanti del regno, fatta eccezione per le persone presenti nella suite.

Anche Catum ne indossa una simile, e così Ailsa.

L'unico esente è Craze.

Ma questo è perché Craze si occupa personalmente di qualsiasi camuffamento, come il makeup che richiama un teschio per celare i suoi lineamenti.

Invece di andare a lavarselo via, si appoggia allo stipite della porta della camera da letto padronale e incrocia le braccia sul petto. «Ailsa, vuoi farti una doccia?» le domanda.

Lei lo fissa con quei suoi enormi occhi azzurri. «Cosa?».

«È un aggeggio che si usa per lavarsi» chiarisce.

«So cos'è una doccia».

«Allora perché sei confusa?» ribatte.

«Non…». Ailsa scuote la testa come se cercasse di schiarirsi la mente. «Perché dovrei lavarmi?».

Craze si stringe nelle spalle. «Per lavarti via i residui dell'Oceano di Sangue, dell'Albero Gommoso, dei Campi di Cioccolata Calda e del Deserto Arancio? Per avere qualche minuto per te stessa? Per farti uno shampoo?». La osserva da capo a piedi. «Per depilarti?».

Resta a bocca aperta. «*Cosa*?».

Lui si acciglia. «Sai, sto iniziando a preoccuparmi seriamente del tuo udito». Si stacca dallo stipite per avvicinarsi ad Ailsa. «Vuoi una mano nella doccia? Magari con il rasoio?».

«*No*» sbotta. «E il mio udito funziona benissimo. È solo che… che tu…». Sospira. «Non importa. Sì, penso proprio che mi farò una doccia. Per lavare via *te* dalla pelle».

Craze sorride. «Stai forse suggerendo che ti ho marchiata, splendore?».

Ailsa emette un suono furioso che mi ricorda il ringhio

di un cucciolo e si avvia verso la cucina. Sto per farle notare che non è la strada giusta, quando si blocca sulla soglia e si dirige verso il soggiorno.

«*Uffa!*». Alza le mani in un gesto frustrato e fa un mezzo giro su se stessa. «Dov'è la doccia?».

Craze sorride. «Attraverso la camera padronale, Ailsa». Prima che possa chiedergli di essere più preciso, indica la porta alle sue spalle. «Qui a destra. Non puoi sbagliare».

Sembra pronta a mettersi a discutere, ma si morde la lingua e marcia nella stanza.

Poi si chiude la porta alle spalle sbattendola con forza. Scuoto il capo.

«Perché continui a provocarla?» domando a Craze. Ma sollevo una mano prima che possa rispondere. «No, lascia stare». Non voglio una spiegazione. Anche perché so che per me non avrà alcun senso.

È un miracolo che facciamo parte della stessa cerchia: il suo approccio nei confronti della vita è diametralmente opposto al mio.

Okay, forse è per questo che siamo compatibili. Lui pensa sempre fuori dagli schemi, mentre io sono la voce della ragione.

E Catum è l'osservatore.

«Ci sono alcuni corvi» ci informa quest'ultimo in tono piatto, ignorando tutto quello che ci stavamo dicendo io e Craze. «E anche degli avvoltoi».

"Corvi" e "avvoltoi" sono dei termini con cui indichiamo i leccapiedi e le spie reali.

«È per questo che la Taverna è famosa» gli fa notare Craze. «Perché credi che abbia sempre un conto aperto qui?».

«Perché sei ossessionato dal tè violetto» risponde Catum.

Craze solleva una spalla. «Sì, anche per quello».

«In ogni caso, Catum ha ragione. C'erano troppi occhi al piano di sotto. Stanotte dovremo stare all'erta» dico.

«Stai suggerendo di fare dei turni?» chiede Catum.

Annuisco. «Forse uno di noi dovrebbe anche…».

La porta della camera da letto si apre di scatto. Ailsa è sulla soglia, agitata. «Questo fumo non se ne va!». Lo dice a denti stretti; la sua frustrazione è palpabile e sembra pronta a lasciare il passo all'isteria.

«Catum, toglilo» mormoro. «Vado a prepararle un bagno. Craze…».

«Ti riferirò tutto quello che scoprirò» mi interrompe, anticipando la mia richiesta, e va verso la porta.

«Grazie» dico.

Si limita a rivolgermi un cenno della mano e sparisce in corridoio.

Quando la porta si chiude, l'abito di Ailsa è sparito. Di solito, Catum intreccia la sua magia nel tessuto dei nostri vestiti, ma lei era praticamente nuda nel Deserto Arancio. Per questo è stato necessario creare quell'indumento fumoso.

Ma rimuovendo l'incantesimo l'ha spogliata.

Se essere mezza nuda la infastidisce, non lo dà a vedere. O forse non se n'è ancora accorta.

Perché sembra un po' persa.

«Ailsa» mormoro, avvicinandomi a lei.

Mi guarda senza dire nulla, ma la disperazione che mi è parso di cogliere aumenta.

«Mi occupo io del bagno» si offre Catum, superandola ed entrando nella camera.

Annuisco, anche se il mio amico mi ha già voltato le spalle, e faccio un altro passo verso di lei.

Quando non sussulta né indietreggia, la prendo lentamente tra le braccia. Affonda il viso nel mio petto, e ho come l'impressione che il suo corpo si sciolga sul mio.

Le faccio le fusa. Un suono che conosce bene, perché l'ho emesso molte volte per lei, in forma di lupo.

Mi afferra la camicia e si aggrappa a me. Le tremano le spalle, è sopraffatta da tutte le emozioni che l'attraversano.

«È stata una giornata impegnativa» sussurro. «Mi dispiace, piccolina».

L'ho chiamata in quel modo un'infinità di volte nella mia testa, ma mai ad alta voce.

Non reagisce, avvinghiandosi ancora di più a me.

«Avrei voluto mostrarti la mia vera identità fin dal principio» ammetto. «Ma dovevo aspettare. Dovevamo fare le cose per bene».

«Non so nemmeno cosa significhi» mormora.

«Lo so». Le bacio la testa. «C'è ancora molto da spiegare, ma è stata una lunga giornata. Hai bisogno di mangiare e riposarti. Permetterai a me e a Catum di prenderci cura di te, Ailsa?».

Non risponde. È come se fosse troppo stanca per prendere una decisione.

Ma aspetto.

Perché è la cosa giusta da fare.

Rabbrividisce. «Bestia» sussurra, strusciando il viso sul mio petto.

Aveva già dormito con me nella foresta, di solito con la testa appoggiata sulla mia spalla. La tentazione di riportarla a casa era forte, ma non potevo rischiare che si svegliasse e mi trovasse in forma umana.

Inoltre, sarei stato nudo.

E quello l'avrebbe sicuramente turbata.

«La vasca è pronta» ci informa Catum alcuni minuti più tardi.

Annuisco e sollevo Ailsa, portandola nella camera da

letto. «Puoi prendere il vassoio, quando arriva?» chiedo a Catum. Dovrebbe essere qui a momenti.

«Sì» risponde.

Ailsa è accasciata su di me e ha gli occhi chiusi. «Devi essere sveglia per il bagno».

Mugola qualcosa.

«Se non riesci a stare sveglia, allora lo farò con te».

Un altro mugolio.

«Capisco». Entro in bagno. Ne conosco ogni magico dettaglio. Dopotutto, siamo stati assidui frequentatori della Taverna.

Almeno finché non ho trovato Ailsa.

È passato un po' di tempo dall'ultima volta che ho soggiornato qui. Ma non è cambiato nulla.

Nella doccia c'è tutto ciò che le serve, così come nei cassetti del lavandino. Catum ha già riempito la vasca con i sali, scegliendo un profumo di braci fumanti, la sua fragranza preferita. Io avrei preferito qualcosa di un po' più legnoso, ma va bene lo stesso.

Appoggio Ailsa sul bancone di marmo, poi le catturo il mento per costringerla ad alzare lo sguardo su di me. «Entrerò nella vasca con te». Non si tratta di una minaccia né di una domanda, glielo dico solo per informarla.

Lei non mi risponde, limitandosi a fissarmi con l'aria mezza addormentata.

Almeno finché non faccio un passo indietro e mi tolgo la camicia.

Perché a quel punto i suoi occhi si spalancano e iniziano a osservare ogni centimetro del mio torso.

Quando mi sbottono i jeans, si lecca le labbra.

Non so se sia consapevole delle sue reazioni. È probabile che la stanchezza alteri la sua percezione della realtà, mescolandola alla fantasia.

Abbasso la cerniera, calcio via le scarpe e mi sfilo i pantaloni, per poi chinarmi e liberarmi anche dei calzini.

Con addosso soltanto i boxer neri, mi avvicino a lei e rimuovo ciò che resta della sua biancheria intima sfilacciata.

Ailsa deglutisce. «Non l'ho mai fatto prima».

«Fatto… cosa, piccolina?».

«Questo». Indica alternativamente me e lei. «Tu… tu e il Maestro Liffo siete stati i primi a baciarmi. E anche Craze».

Sorrido. «Primi e ultimi» affermo. «O almeno è ciò che spero». Le sistemo i capelli dietro le orecchie. «E stasera non faremo nient'altro. Voglio solo lavarti».

La sollevo di nuovo e lei si aggrappa alle mie spalle, per poi tremare quando mi avvicino alla vasca.

Dal suo sguardo traspare una mancanza di fiducia che mi spezza il cuore. Me lo merito, ma lo detesto. Farò tutto ciò che posso per cancellare quell'espressione dal suo viso.

Salgo i gradini che conducono al bordo, poi ne scendo altrettanti per immergermi. La vasca è enorme: potrebbe ospitarci comodamente tutti e quattro, le panchine che la circondano sono sufficienti per almeno cinque o sei alfa.

Mi siedo accanto al pannello di controllo, sistemando Ailsa sulle mie ginocchia.

L'acqua è scaldata dalla magia, la vasca è regolata da uno dei tanti incantesimi della Taverna. Catum ha dovuto soltanto premere un paio di pulsanti, regolare la temperatura e aggiungere i sali.

Ailsa non dovrebbe essere sorpresa da nulla di tutto questo. Anche se non ha esperienza diretta con questo tipo di magia, ne è al corrente da tutta la vita.

La sua datrice di lavoro, se così si può definire la baronessa Clarice, appartiene a una specie soprannaturale.

Così come le sue figlie. Ailsa dev'essere stata esposta a qualsiasi tipo di incanto.

Ma sembra comunque sulle spine.

Anche se sospetto che non sia dovuto al bagno magico, quanto all'inaspettato viaggio a Monsterland.

«Cerca di rilassarti» mormoro, poi cerco di alleggerire un po' la tensione. «Non è la prima volta che ci facciamo le coccole».

«Sì, ma eri un lupo» borbotta.

«Vuoi che mi trasformi?» suggerisco. «Mi sarà difficile lavarti i capelli, ma lo farò, se ti fa sentire più a tuo agio».

Mi guarda. «È un po' troppo profondo per un lupo».

«Sono un lupo grande e grosso, tesoro».

Sbuffa, poi scuote la testa. «Va… va bene così».

«Sicura?» domando. «Vuoi che accenda i getti?».

«Magari dopo aver mangiato» interviene Catum, entrando in bagno con il vassoio in mano. Il suo sguardo scivola immediatamente sul seno della nostra omega. Deglutisce, famelico.

Lo capisco. Provo lo stesso anch'io.

E non ho dubbi che se ne renda conto anche Ailsa, visto che ce l'ho duro come il marmo.

Catum appoggia il vassoio sul bordo della vasca.

Poi inizia a spogliarsi, le sue intenzioni sono chiare.

Ailsa si raddrizza ancora di più, con la schiena praticamente incollata al mio petto, mentre guarda Catum togliersi i gemelli e la giacca. Poi è il turno del gilet nero. Seguito dalla cravatta. È solo quando inizia a sbottonarsi la camicia color ossidiana, che Ailsa si ricorda di respirare.

Ridacchio, divertito dalla sua reazione. «Ti piace quello che vedi, Ailsa?».

Il fremito con cui reagisce alla mia domanda mi strappa un'altra risatina.

«Non è un problema se lo desideri» le sussurro, per poi

premerle un bacio sul collo, dove il suo battito scalpita. «Va bene desiderare chiunque di noi».

«O tutti e tre» aggiunge Catum, slacciandosi la cintura.

Ailsa si affonda le unghie nelle cosce, sta praticamente vibrando.

«So che è una sensazione molto intensa» dico. «I tuoi istinti di omega si stanno rivelando». Le bacio di nuovo il collo. «Proprio come i nostri istinti di alfa si stanno risvegliando per te».

Li sento pulsare nel nodo.

Non sono mai stato dentro a un'omega, non ho mai *scopato* sul serio.

Oh, abbiamo fatto i nostri esperimenti.

Ma solo una vera omega può accogliere i nostri nodi.

Questa sarà la prima volta per tutti.

Tuttavia, ero sincero: stasera non le faremo nient'altro. Ci prenderemo cura di lei e basta. Catum l'ha capito, perché resta con i boxer.

E si unisce a noi nella vasca.

CATUM

Le emozioni che si susseguono sul volto di Ailsa spaziano dallo shock, all'eccitazione, al terrore.

Quest'ultimo mi dà sui nervi.

Non ha niente da temere da parte nostra. Non la costringeremmo mai a fare nulla. Sarà sempre lei a scegliere.

Invece di toccarla come muoio dalla voglia di fare, mi siedo di fronte a lei e a Krolic e mi concentro sul vassoio. «Penso che questi funghi ti piaceranno» le dico.

Arriccia il naso. «Non mi piacciono i funghi».

Le sorrido. «Fidati, non sono funghi normali. Provane uno, signorina Marvel. Fallo per me».

Ne prendo uno e glielo porgo. Lei lo fissa, osservandone le strane sfumature viola, poi si sporge per afferrarlo con la bocca, non con la mano.

La vista delle sue labbra avvolte attorno al cappello viola mi fa contrarre l'inguine per l'eccitazione. È un gesto innocente da parte sua, eppure è così sensuale che sono tentato di afferrarle i capelli e tirarla sulle mie ginocchia.

Purtroppo, lei rimane sulle cosce di Krolic.

E senza dubbio questo lo sta uccidendo ancora più di quanto stia uccidendo me, perché la nostra promessa ha iniziato a *gemere*.

Fiamme, il modo in cui reagisce al cibo è incredibilmente erotico.

«È davvero buono» dice, occhieggiando il vassoio. «Sa di ciliegia, ma… ma è anche diverso».

«Ciliegie ricoperte al cioccolato» mormoro, scegliendo un altro fungo. «Come puoi vedere, qui niente è come sembra».

Anche se nel suo mondo esiste la magia, non è come quella di Monsterland.

Siamo solo uno dei tanti reami interconnessi, un caos reso ancora più problematico dalle nostre distinzioni tra alfa, beta e omega.

Le porgo un altro fungo, e quando lo accetta le sfioro il labbro con il pollice.

Poi prendo un bicchiere d'acqua. Quello è normale. Almeno secondo i suoi standard, perché qui da noi l'acqua non è considerata normale.

La nostra dolce omega ha così tanto da imparare.

E non vedo l'ora di insegnarle tutto quello che so.

Geme di nuovo quando le do un terzo fungo. Chiude gli occhi e lascia cadere la testa all'indietro, posandola sulla spalla di Krolic. Le labbra del mio amico le accarezzano la guancia, il suo braccio le avvolge la vita.

Ailsa trema, sembra quasi ubriaca.

Non si tratta di funghi allucinogeni, sono semplice cibo. Ma sospetto che la nostra omega stia cominciando a sentire gli effetti del calore.

Ho diluito l'elisir prima di darglielo. Se avesse bevuto quello preparato dal Re Cremisi, l'estro l'avrebbe colta poche ore dopo il primo sorso.

Ma noi volevamo avere il tempo di ottenere il suo consenso. Per sedurla. Per adorarla.

Per darle la possibilità di dire di no.

Se ci rifiuterà, la proteggeremo per tutta la durata del

ciclo. Non sarà facile. Anzi, sarà orribile. Ma almeno ne varrà la pena, perché sarà al sicuro e libera di compiere le sue scelte.

Però faremo di tutto per convincerla, e glielo dimostro dandole un quarto e poi un quinto fungo.

Vogliamo amarla. E ci assicureremo che lo sappia.

Dopo il sesto fungo – sono sicuro che Krolic li abbia scelti sapendo che, nel suo mondo, il suo frutto preferito è la ciliegia – le faccio bere un po' d'acqua. E sorrido vedendola accasciarsi in grembo al nostro re.

Le bacia la tempia, continuando a tenerla stretta a sé e accarezzandole il fianco con la mano libera.

Io distendo le braccia sul bordo della vasca e mi godo lo spettacolo. In particolare la vista del suo seno meraviglioso appena sotto il pelo dell'acqua. I suoi capezzoli rosei si sono induriti, sembrano implorare di essere assaggiati.

Fiamme, che delizia.

Forse ci permetterà di divorarla, prima di andare a dormire.

«Puoi passarmi il soffione?» chiede Krolic. Le sue parole sono rivolte a me, non alla nostra omega. Ma trasalisce come se si fosse dimenticata della mia presenza.

Sorrido, divertito dal suo stato di abbandono, e allungo la mano verso il soffione, premendo nel frattempo il pulsante di accensione.

Krolic lo prende con la mano libera.

Ailsa guarda l'oggetto con diffidenza mentre lui glielo avvicina alla testa. Poi si irrigidisce quando Krolic lo usa per bagnarle i lunghi capelli biondi. Il colore si scurisce un po' sotto l'acqua.

Anticipando la prossima mossa di Krolic, afferro il flacone di shampoo e glielo passo prima ancora che possa domandarmelo.

Gliene spalma un po' sulla testa, strappandole un gemito, e inizia a pettinarle le ciocche con le dita.

La magia prende vita intorno a noi: l'acqua si filtra da sola, all'istante, mentre Krolic risciacqua i capelli di Ailsa.

La procedura si ripete con il balsamo, e di nuovo con il sapone che le spalma sul collo e sulle braccia.

«Mettiti a cavalcioni su di me» le ordina. Il mio cazzo inizia a pulsare, ripensando al momento che abbiamo condiviso.

È stato bellissimo avere Ailsa su di me, è come se il calore delle sue cosce mi avesse marchiato.

Ed è stato tutto così naturale. È incredibilmente sensuale, ma non se ne rende neanche conto.

E lo dimostra ancora una volta, obbedendo a Krolic senza esitare.

La nostra ragazza non è per niente timida. È un miracolo, considerando la sua mancanza di esperienza. Ma chiaramente sta dando libero sfogo all'istinto, seguendolo come dovrebbe fare qualsiasi omega.

Cazzo, non riesco a credere che sia finalmente qui. *Nuda.* Immersa in una vasca da bagno con noi.

È come un sogno, uno dei tanti che ho condiviso con lei nel corso degli ultimi due anni.

Non le ho mai instillato quelle fantasie, ma me le sono godute. Ha sempre reagito visceralmente alla mia presenza, confermando ancora una volta il suo essere un'omega.

Ciò che il Re Impostore non capisce è che non è necessario un elisir per identificare un'omega. L'alfa giusto ne farà emergere i tratti.

O, nel nostro caso, la cerchia giusta.

Anche se Craze non era presente, sono state le nostre dinamiche ad accendere il fuoco interiore di Ailsa.

Krolic la guarda negli occhi e solleva la saponetta,

avvicinandogliela al collo. Poi inizia a tracciare un sentiero verso i suoi seni. Seni che sono completamente esposti, perché si è inginocchiata sulle sue cosce, senza sedersi.

Cazzo, non riesco a vedere cosa sta facendo, eppure *so* cosa sta facendo. E questo mi eccita ancora di più. Perché lei non lo sta fermando, anzi.

Si sta *inarcando* verso di lui. Dandogli maggiore accesso. Concedendogli l'opportunità di esplorare il suo corpo con la scusa di lavarla.

Dopo un po', Krolic abbandona il suo seno per avventurarsi verso l'ombelico. Poi le sue mani spariscono sotto l'acqua, dove le afferra i fianchi e la tira a sé.

Il sapone si dissolve e la magia permea l'aria, mentre l'acqua si ripulisce ancora una volta. Sento l'incantesimo viaggiare lungo la mia spina dorsale come se fosse un cavo elettrico, una sensazione che mi fa ribollire il sangue nelle vene.

È così inebriante, penso, assorbendo il potere e custodendolo con il mio.

«Sei assolutamente perfetta, Ailsa» dice Krolic. Le accarezza la schiena, risalendo verso la nuca, e le guida il viso verso il suo.

Lei asseconda i suoi movimenti, il suo corpo sembra fatto apposta per quello di lui.

Provo una stretta al ventre osservandoli, le mie viscere bruciano di desiderio.

Un desiderio che non ha fatto che aumentare per due lunghi anni.

Fin dal primo momento in cui ho visto Ailsa Marvel. I suoi capelli biondo platino mi hanno ricordato quelli di un angelo. Ma poi ho scorto i suoi lineamenti mozzafiato e ho concluso che era più una succuba che un essere celestiale.

Una creatura sensuale sotto spoglie angeliche.

Ora non è più così angelica, penso, mentre piega il capo di lato e porge, forse inconsciamente, il collo a Krolic. Lui lo morde delicatamente e i suoi occhi verdi incontrano i miei. C'è un senso di trionfo nel suo sguardo, ma è un trionfo intriso di rispetto. Perché sa che si tratta di un dono, sa quanto siano preziose le attenzioni della nostra omega.

È esausta.

Sopraffatta.

Eppure gli sta regalando, *ci* sta regalando, questo momento. Forse per sfuggire alla realtà. O forse perché le sembra giusto.

In ogni caso, non ce ne approfitteremo. La faremo stare bene, le mostreremo come sarà la vita con i suoi alfa che si prendono cura di lei.

«Non so cosa sto facendo» mormora Ailsa in tono ansimante.

«Stai esistendo» risponde Krolic. «Stai *imparando*».

Le cattura la bocca prima che possa ricominciare a parlare e cambia leggermente posizione, in modo da offrirmi una visuale migliore del bacio.

Cazzo, è veramente eccitante osservarli mentre lui la divora.

Io e Krolic non siamo mai stati intimi; abbiamo sempre preferito condividere le donne, piuttosto che scoparci a vicenda. Lo stesso vale anche per Craze. Ma questo non significa che non possa godermi lo spettacolo.

Anzi, non fa che alimentare il desiderio che provo per lei.

Krolic le schiude le labbra con la lingua, strappandole un sussulto scioccato. Non è mai stata baciata né toccata, è chiaro. Non vediamo l'ora di cancellare ogni traccia di innocenza.

Perché nessuno di noi è innocente.

Siamo mostri.

Creature dall'immaginazione perversa e dai bisogni selvaggi.

E sono passati più di due anni dall'ultima volta che uno di noi ha ceduto all'istinto.

Questa donna stupenda è nostra. Nostra da divorare, marchiare, *scopare*.

Ma Krolic ci va piano con lei, la sua bocca le mostra con delicatezza come baciare. Le spiega dolcemente cosa fare con le labbra, con la lingua, con i *denti*.

Stringo il bordo di marmo, la necessità di toccarmi cresce a ogni istante che passa.

Ce l'ho talmente duro che riesco a malapena a pensare.

Tuttavia, mantengo il controllo. Per Ailsa. Mi sforzo di lasciar trasparire una calma che non sento. Un'occhiata alle mie mani mi tradirebbe, ma è talmente concentrata su Krolic da essere a stento consapevole della mia presenza.

Ma come se potesse udire i miei pensieri, apre gli occhi e mi guarda, dimostrando che mi sbagliavo.

Sa che sono qui.

E le piace che li stia osservando.

Come quando ho giocato con lei al tavolo: anche allora le piaceva essere guardata.

«Credo che la nostra omega sia un'esibizionista» commento. «Buono a sapersi, signorina Marvel. Perché personalmente sono un po' un voyeur».

Rabbrividisce. «Non so cosa significhi».

Già, dubito che conosca molti di questi termini. «Significa che guardarti baciare Krolic mi eccita, proprio come ti fa bagnare sapere che anch'io sono qui».

«Farmi bagnare?». Aggrotta la fronte. «Siamo in una vasca».

Krolic ridacchia. «Sta parlando del fatto che sei bagnata tra le cosce, piccolina».

Le sue guance assumono un'adorabile sfumatura di

rosa. «*Oh*». Cerca di divincolarsi dal suo grembo e Krolic glielo permette, perché nel frattempo la afferro e la faccio sedere a cavalcioni sulle mie ginocchia. «*Oh!*».

Le catturo la nuca e le avvolgo un braccio intorno alla vita. «Chissà se sai di ciliegie ricoperte di cioccolato» mormoro, stringendo la presa quando prova di nuovo a spostarsi. «Posso assaggiare, signorina Marvel?».

Smette di dimenarsi; le sue pupille si dilatano e il suo sguardo scende sulla mia bocca. «Dev'essere un sogno» mormora.

«Lo prendo come un complimento» dico, coprendo la poca distanza che separa i nostri visi. Poi rendo il suo sogno realtà con la lingua, schiudendole delicatamente le labbra e baciandola come volevo fare al piano di sotto.

Lentamente. Almeno all'inizio.

Un'introduzione sensuale.

Che però si fa sempre più intensa. E ci rappresenta sempre di più.

Dopo qualche minuto, sta fremendo su di me, stritolandomi tra le sue cosce e aggrappandosi alle mie spalle. Mi conficca le unghie nella pelle, lasciando segni che mi rivendicano come suo. Tutto mentre le domino la bocca.

«Avevo ragione» le sussurro sulle labbra. «Anche se le ciliegie al cioccolato non hanno mai avuto un sapore così delizioso». La bacio di nuovo prima che possa rispondere, insinuando le dita tra i suoi capelli e tenendola stretta a me.

Ah, adoro la sensazione delle sue tette premute sul petto. Così piene, così sode, con i capezzoli duri. Non vedo l'ora di morderli. Succhiarli. E poi morderli di nuovo.

Fiamme, il suo seno avrebbe un aspetto meraviglioso, coperto da gocce di cera bollente.

Le asciugherei per ammirare le macchie rosa che le lasceranno sulla pelle, poi scaccerei il dolore con la lingua.

Sarà una sessione avanzata, che richiederà alla nostra piccola omega di comprendere l'arte del dolore e del piacere.

Le insegneremo tutto.

Le mostreremo come raggiungere l'apice dell'estasi.

E poi ci prenderemo cura di lei.

La nostra dolce omega. La nostra *regina*.

Le catturo il labbro inferiore tra i denti e lo mordo un po' più forte. Lei reagisce con un ansito.

Allora capisco che non teme un po' di dolore, quando è in preda alla passione. «Il nostro re aveva ragione» le dico. «Sei davvero perfetta, signorina Marvel».

AILSA

Dev'essere un sogno.

Forse… forse sto ancora dormendo e il mio compleanno è domani. Non oggi. La cerimonia non è ancora avvenuta. Mi sono persa in una strana realtà onirica, immersa in una gigantesca vasca da bagno. E due uomini incredibilmente attraenti mi stanno lavando.

Ha molto più senso, no?

Ciò significa… che va bene baciarli. Toccarli. Fare… fare altre cose innominabili con loro.

Perché è a questo che servono i sogni: a fantasticare su come potrebbe essere la vita.

E questa fantasia mi piace molto.

La lingua del Maestro Liffo danza con la mia in una carezza sensuale che mi fa vedere le stelle. È un'esperienza così irreale. Intensa. *Bollente.*

Ogni parte di me brucia, le mie membra fremono a causa di un bisogno represso che non riesco a definire.

Ma qualsiasi cosa sia, mi piace. Ne voglio ancora. Non voglio che finisca mai.

Avvolgo le braccia intorno al collo del Maestro Liffo, come faccio spesso nei sogni, premendo il corpo sul suo. Lui reagisce con un ringhio che si riverbera nel mio petto, e i miei capezzoli si induriscono con rinnovato desiderio.

Voglio sentire la sua bocca lì. Ovunque. Su tutto il mio

corpo. Voglio che memorizzi la mia pelle, assaggi la mia eccitazione e alimenti le fiamme che divampano dentro di me.

È una necessità così estranea. Non la capisco, ma la accetto.

Perché è un sogno, mi dico. *Dei,* deve *trattarsi di un sogno.*

Spiegherebbe tutto.

O forse è solo più facile credere che sia tutto un sogno, per godermi quello che mi fa stare bene, anche se solo per un po'.

È come se avessi trovato un interruttore nel mio cervello, che posso semplicemente spegnere.

Perché mi importa solo della lingua del Maestro Liffo.

E lo sguardo di Krolic, penso rabbrividendo, perché percepisco che mi sta osservando. Che *ci* sta osservando. Mi fa sentire viva. Desiderata. *Speciale.*

Mi struscio sul Maestro Liffo come ho fatto al tavolo, e sussulto quando una bizzarra sensazione mi attraversa la spina dorsale come una scossa elettrica.

Ce l'ha duro, mi rendo conto. So cosa significa grazie ai miei sogni precedenti. *Ma ora sembra che sia molto più grosso.* Non so come sia possibile, visto che ho sempre fantasticato sulle sue dimensioni e non sono mai state… così.

L'acqua che ci circonda fa ben poco per stemperare il calore che mi sta sbocciando tra le gambe; la sua eccitazione è pronunciata anche attraverso il tessuto dei boxer.

Una parte perversa di me vorrebbe strappargli via gli ultimi brandelli di stoffa, liberarlo e cavalcarlo. Un desiderio sfrenato e insolito, ma nei miei sogni sono molto più avventurosa del normale.

Non so neanche come mi vengano in mente certe idee.

Non sono mai stata esposta al sesso nel corso della mia breve esistenza. Solo qualche commento qui e là da parte delle figlie della baronessa Clarice. Trascorrere l'adolescenza nella loro tenuta mi ha permesso di ascoltare di nascosto tutte le loro fantasie sui ragazzi.

Ero lì anche quando si sono innamorate per la prima volta.

Ero lì quando hanno perso la verginità.

Ero lì quando hanno condiviso le loro esperienze.

Ma non… non ho mai voluto sperimentare, almeno finché non ho sentito per la prima volta il Maestro Liffo parlare.

E ora… ora non riesco a pensare ad altro mentre mi bacia. Mi tocca. Mi *stringe.*

Dei. Ho perso la testa.

Ma chi se ne importa?

Qui è tutto strano. Fuori dall'ordinario. *Irreale.*

Mi struscio con più veemenza su di lui, determinata a godermi il sogno e dimenticare ogni concetto di realtà. Voglio sentirlo sotto di me. Voglio sentire il suo calore premuto sulla mia parte più sensibile.

Ma le labbra che si sono posate sulla mia spalla mi ricordano che non c'è soltanto lui. Anche Krolic è qui. Il mio Bestia. Solo che è in forma umana. E che forma…

Grazia sensuale, una raffinatezza dettata dall'età.

Mi cattura il mento tra le dita e avvicina il mio viso al suo per baciarmi, mentre la bocca del Maestro Liffo si sposta sulla mia gola.

E la lingua di Krolic si insinua tra le mie labbra, ravvivando le fiamme che già mi infuriano dentro. Mi sta tirando indietro la testa, costringendomi a piegarmi in un modo che mi farebbe perdere l'equilibrio… se il Maestro Liffo non mi stringesse a sé, tenendomi a cavalcioni delle sue cosce, con il seno a un respiro dal suo volto.

Gemo quando le sue labbra si avventurano sul mio petto, quando si chiudono intorno a un capezzolo e lo succhiano, suscitando una reazione molto più potente di quanto sia mai accaduto nei miei sogni precedenti.

«Ti piace, piccolina?» chiede Krolic. «Ti piace che Catum adori le tue tette?».

Un brivido si fa strada nelle profondità del mio essere, le sue parole sembrano risvegliare una parte di me che non sapevo esistesse. Una parte che vuole di più. La parte che mi fa ansimare: «Sì».

«Mmm» mormora sulla mia bocca. «Che brava ragazza». Mi bacia di nuovo, con più passione, dominando la mia lingua mentre il Maestro Liffo gioca con il mio capezzolo.

Grido quando lo morde, scioccata dal dolore.

Per poi dimenarmi quando la sua lingua cancella ogni sofferenza.

«Non esagerare» lo avverte Krolic, un basso ringhio sottolinea le sue parole.

«Sto solo testando i suoi limiti» risponde il Maestro Liffo. «L'ho colta di sorpresa, non le ho fatto veramente male».

Krolic mi distrae con un altro bacio, spostando la mano sulla mia gola. Mi sento posseduta. Completamente alla loro mercé.

È una follia.

Ma non riesco a fermarmi.

Lo voglio.

Ogni parte di me brucia di desiderio, un desiderio acceso da sogni infiniti.

Mi svegliavo spesso eccitata, sperando che fosse reale. So che domattina sarà lo stesso. Ma per ora, decido di abbandonarmi alla fantasia, concedendomi di sperimentare la sensazione di essere presa da due uomini.

«Spostiamoci sul letto» suggerisce il Maestro Liffo sul mio seno.

Krolic mormora il suo assenso, poi abbandona le mie labbra ed esce dalla vasca.

Il mio sogno termina troppo in fretta, facendomi mettere il broncio. Non mi basta. *Non voglio svegliarmi. Ti prego, non costringermi a svegliarmi.*

Come se potesse udirmi, Krolic si china e mi solleva, avvolgendomi in un mare di morbido candore. *Un asciugamano*.

«Qui c'è qualcuno ubriaco di lussuria» commenta il Maestro Liffo con una risatina, uscendo a sua volta dalla vasca. «Sei bellissima, signorina Marvel».

Un brivido mi percorre la schiena. Adoro quando mi chiama così. Adoro quanto suoni formale. *Dominante*.

«Assolutamente bellissima» continua, per poi catturarmi la bocca con la sua.

Il petto di Krolic vibra, stretto a me, mentre il Maestro Liffo mi bacia con passione.

È inebriante.

È il sogno più bello che abbia mai fatto.

Il tempo sembra fermarsi, come spesso accade nelle fantasie, e un attimo dopo mi ritrovo sul letto con il Maestro Liffo che mi divora la bocca e Krolic che mi esplora il seno.

«Ti faremo star bene» afferma il Maestro Liffo sulle mie labbra.

Non ho idea di cosa significhi, ma gli credo. Perché mi sento già meravigliosamente. E mi sento apprezzata. Come se per una volta valessi davvero qualcosa.

Non mi era mai capitato prima.

E sono felice di provarlo almeno in sogno.

Mi bacia di nuovo, esigendo che mi concentri sulla sua lingua, mentre Krolic mi morde e succhia i capezzoli.

Ogni carezza, ogni *tocco*, mi fa bruciare sempre di più.

Un inferno che si scatena nel momento in cui Krolic si

avventura più in basso, verso un punto che ho esplorato solo in privato.

Sussulto quando la sua lingua raggiunge il mio sesso, accarezzando gli strati più intimi del mio luogo sacro.

Oh, dei…

Non… non ho mai saputo di potermi sentire così. La sua lingua ha un impatto infinitamente maggiore delle mie dita, ed è anche più *esperta*. Come se me lo avesse fatto un milione di volte.

E forse è così.

A questo punto, non riesco più a distinguere l'alto dal basso. Il giusto dallo sbagliato. La realtà dalla fantasia.

«Che sapore delizioso» commenta. La sua voce è un brusio che vibra sul mio bocciolo sensibile. Mi lecca di nuovo e ringhia, facendomi sussultare. «Il tuo clitoride sta praticamente pulsando, piccolina. Vuoi che te lo succhi e ti faccia stare bene?».

Quella parte ignota di me mi spinge a sussurrare: «*Sì*».

«Sei proprio brava, signorina Marvel» dice il Maestro Liffo sulla mia bocca. «Adoro quanto sei perfetta e vogliosa». Mi zittisce con un bacio prima che possa pensare a una risposta, poi Krolic mi cattura il clitoride tra i denti e lo morde delicatamente.

Urlo.

Gli altri due ridacchiano.

E improvvisamente sto *volando*.

O almeno è ciò che mi sembra, come se la mia anima avesse abbandonato il mio corpo, librandosi in un ardente oblio.

«Cazzo» mormora in tono affannoso il Maestro Liffo, stringendomi la gola. «È la scena più maestosa che abbia mai visto».

Non ho idea di cosa stia parlando, perché non riesco a

vedere nulla. Sto… sto annegando in un oceano di lava, ogni onda che mi lambisce la pelle mi fa urlare.

Solo che non fa male.

È piacevole.

Molto piacevole.

«Ora tocca a me» dice il Maestro Liffo, e d'un tratto è Krolic a baciarmi, mentre lui lecca un sentiero bollente lungo il mio seno e verso l'ombelico.

Praticamente mi sciolgo quando sento i suoi palmi sulle mie cosce, che spalanca con decisione.

Poi la sua bocca è *proprio lì*, a leccarmi e mordermi dove poco prima c'era Krolic. Solo che il Maestro Liffo aggiunge le mani, infilandomi un dito dentro per esplorarmi come nessuno ha mai fatto. Nemmeno io. Eppure… eppure mi sta reclamando. Marchiando. *Scopando.*

Il tutto mentre Krolic domina la mia bocca.

La sua mano mi stringe la gola, bloccandomi mentre mi divora, e mi costringe ad assaggiare il mio sapore sulla sua lingua.

È dolce. Seducente. Quasi… irresistibile.

Mi abbandono a lui e al Maestro Liffo, godendomi questo sogno senza fine e amando le sensazioni che suscitano nel profondo del mio essere.

Calore.

Elettricità.

Passione.

Gemo, urlo, mi contorco, *imploro*. Perché voglio di più. E non voglio che finisca.

«Così, piccolina» mi sussurra Krolic sulle labbra. «Vieni di nuovo per noi».

Le sue parole hanno effetto immediato: mi travolgono con un'ondata di estasi indotta dall'agonia.

La mia visuale si oscura ancora una volta, facendomi

precipitare in un regno di tenebra. Tremo incontrollabilmente.

Sono puro piacere, e il piacere è me.

E d'altro canto non mi sono mai sentita così leggera. Così viva. Così *consapevole.*

Ma non è reale, penso, sognante. *Solo una bellissima… fantasia.*

A meno che non lo sia.

A meno che… a meno che non sia caduta davvero a Monsterland.

A meno che non sia davvero un'omega.

Sbadiglio, incapace di analizzare la situazione in questo momento. Sono troppo esausta. Troppo sazia. *Troppo soddisfatta.*

«Dormi, signorina Marvel» mi mormora all'orecchio il Maestro Liffo. «Ti proteggeremo mentre riposi».

«Ti proteggeremo sempre» dice Krolic, con le labbra che accarezzano le mie. «Ora sei nostra, Ailsa».

«Nostra» ripete il Maestro Liffo. «Buonanotte, piccola. E sogni d'oro…».

CRAZE

È STATA UNA NOTTE LUNGHISSIMA.

Ma vedere Ailsa nuda nel letto rende tutto più sopportabile.

Krolic e Catum sono usciti a cercare un gatto di nostra conoscenza, lasciandomi delle istruzioni ben chiare: sorvegliare Ailsa.

Non c'è stato bisogno di dirmelo due volte.

Un solo sguardo alle lenzuola, per non parlare del suo dolce profumo, mi hanno fatto capire che finora l'hanno *sorvegliata* per bene.

La nostra piccola omega ha ancora le guance arrossate.

«È stupenda quando viene» sono state le parole di commiato di Catum. *«Buon divertimento»*.

Oh, mi divertirò eccome.

Ma prima voglio lavare via l'odore di morte dalla mia pelle.

È un aroma che indosso di proposito, destinato a respingere. Proprio come la mia maschera.

È così che mi nascondo qui.

Non indosso il mio vero volto da… secoli. A volte mi chiedo se le mie diverse personalità siano destinate a rimanere. Ormai si manifestano con naturalezza, attraversando la mia mente con una rapidità a cui non riesco a stare dietro.

Ah, beh. Così è la vita, immagino.

Chiudo a chiave la porta della suite e preparo un trucco con le carte per assicurarmi che nessuno possa entrare senza andare incontro a morte certa.

Poi predispongo una trappola simile vicino alla porta della camera da letto padronale. Voglio intrappolare il mio splendido coniglietto, nel caso decidesse di andare in giro prima che io abbia finito di fare la doccia. Non le farà male, la catturerà e basta.

Il che potrebbe rivelarsi piuttosto divertente. Era così carina appesa all'Albero Gommoso. E sarebbe ancora più accessibile, visto che praticamente verrebbe legata alla porta.

Mmh, mugolo tra me e me, per poi saltellare verso la doccia.

È grande quanto la vasca da bagno che c'è accanto, un vero spreco di spazio. Chi ha bisogno di panchine nella doccia?

Inclino la testa di lato. *Beh, a dire il vero…* Riesco a pensare a qualche modo per usarle. Prendo mentalmente nota degli scenari erotici che mi si sono affacciati alla mente e poi mi metto a sfregare. È strano espormi così, senza trucco, senza niente addosso, ma voglio che Ailsa mi conosca. Che conosca il vero me. Chiunque esso sia.

Craze de Capp.

Il Cappellaio Matto.

Arriccio le labbra. Non sono… matto. Certo, questo è esattamente ciò che penserebbe qualcuno che ha perso la testa. Quindi è impossibile saperlo davvero.

Okay, sono sicuro al settanta per cento circa di non essere pazzo. O forse al sessanta per cento.

Scuoto il capo. È ridicolo rifletterci sopra proprio adesso. Nell'altra stanza c'è una biondina nuda che potrebbe svegliarsi da un momento all'altro. Preferisco che accada quando sono steso accanto a lei.

Voglio vedere che reazione avrà ritrovandosi davanti il mio vero volto.

Il vero me.

Craze. Solo Craze.

Griderà? Cercherà di lottare? Scapperà?

Tutte le opzioni mi eccitano.

Canticchio qualcosa, una canzone a cui non pensavo da anni. È antica. Proprio come me. Come Catum. Come Krolic.

Beh, è antica in confronto alla nostra omega.

Fischiettando, finisco di lavarmi e prendo un asciugamano, poi torno in camera da letto dove la nostra bella addormentata riposa sull'enorme materasso.

Sì, continuerò a chiamarla "splendore".

"Coniglietto" non mi sembra più così adatto. Non è molto nervosa. Delicata, forse. Ma c'è una forza in lei che trovo davvero ammirevole.

Non è facile finire a Monsterland e mantenere comunque un minimo di lucidità mentale.

Scrollo le gocce d'acqua dai capelli, poi mi dirigo nuovamente in bagno per continuare ad asciugarmi.

L'armadio lì accanto è pieno di tutto ciò di cui potrei aver bisogno: pantaloni, camicie, stivali, biancheria intima.

Ma prendo solo un paio di pantaloni della tuta grigi e nient'altro. Lascio perfino le mie carte, scegliendo di essere semplicemente me stesso per la prima volta da secoli.

La mattinata, anche se tecnicamente è quasi mezzogiorno, sarà dedicata al relax.

Mi passo le dita tra i capelli, torno in camera da letto e osservo Ailsa.

Sarà affamata quando si sveglierà. E assetata.

Mi avvicino alla porta, rimuovo la trappola magica e vado in cucina per fare un ordine sul pannello. Si tratta di un sistema computerizzato, altrettanto intriso di magia, che mi permette di scegliere da una lunghissima lista di cibi e bevande.

Non sapendo di cosa possa aver voglia Ailsa, ordino praticamente tutto.

Catum o Krolic si occuperanno del conto. Di norma avrebbero sfruttato i loro poteri per ordinare, ma ho insistito per farlo io.

Probabilmente si pentiranno di aver acconsentito.

Ricominciando a fischiettare, torno nella stanza da letto e trovo Ailsa proprio dove l'avevo lasciata.

È irrequieta, probabilmente perché sto facendo rumore. Chiudo la bocca, mi infilo nel letto accanto a lei e mi avvicino il più possibile senza toccarla.

Ailsa emette un mugolio sommesso, che sembra esprimere soddisfazione, e si rannicchia nel cuscino.

Non dico nulla e non mi muovo, curioso di vedere se si sveglierà di nuovo. Invece, cade in un sonno più profondo.

Mmh. Immagino che un paio d'ore di riposo non mi faranno male.

Il cibo e le bevande si conserveranno nella sala da pranzo, grazie agli incantesimi speciali della Taverna.

Sbadiglio e chiudo gli occhi.

Per poi svegliarmi di soprassalto poco più tardi, sentendo un sussulto provenire dalla donna nel mio letto.

Sollevo appena le palpebre, la guardo e mi giro per controllare l'ora. Sono passati solo trenta minuti. Sbuffando, rotolo sul mio lato e chiudo di nuovo gli occhi. «Torna a dormire, Ailsa».

«*Craze*?».

«Mh?» mormoro, esausto. È colpa sua: se fosse stata sveglia quando sono arrivato, non mi sarei addormentato. Ma ora che mi sono riposato un po', ne voglio ancora.

«Oh, miei dei, era tutto vero» esclama in un fruscio di lenzuola, mettendosi a sedere di scatto. «Non… non era un sogno!».

Sbircio di nuovo nella sua direzione. «Di cosa stai parlando?».

«Il Maestro Liffo e Krolic mi hanno baciata!» grida. «*Ovunque*».

Mmm, okay. È riuscita a svegliarmi. Mi sollevo su un gomito e la osservo. «Ti dispiacerebbe spiegare?» domando.

Mi fissa. «Cos'è successo al trucco?».

«Mi sono lavato» dico, prima di tornare all'argomento più importante. «Dov'è che ti hanno baciata, esattamente?».

«Perché?» chiede.

«Perché mi piacerebbe saperne di più». Lancio un'occhiata al suo seno nudo. «Nei minimi dettagli».

«No, intendevo… perché ti sei lavato via la maschera da teschio?».

Riporto lentamente lo sguardo sul suo bel viso. «Perché qui non mi devo nascondere».

Sgrana gli occhi. «Di solito ti devi nascondere?».

«Sì. Il mio volto è troppo riconoscibile. E se qualcuno mi vedesse, saprebbe che Krolic è ancora vivo. Per questo mi travesto come l'illustre Cappellaio Matto».

È il nome con cui sono noto qui, il nome che ho usato per secoli.

"Craze" è riservato alla mia cerchia.

E adesso anche ad Ailsa.

Aggrotta la fronte e allunga la mano per sfiorarmi la guancia, quasi come se faticasse a credere che sono reale. Non mi muovo. Non mi azzardo neanche a respirare. Perché la mia compagna prescelta mi sta esplorando.

«La tua pelle è così morbida» sussurra.

Non mi preoccupo di sottolineare che è perché mi rado ogni giorno. Il trucco non starebbe bene con la barba, e ciò mi rende un po' geloso delle barbe di Catum e Krolic. Magari, quando sarà tutto finito, me la farò crescere anch'io.

O forse no, visto che Ailsa sembra apprezzare la mia mascella liscia.

«È bello vederti» continua. «Il vero te, intendo».

Sorrido. «È bello vedere anche te, Ailsa» mormoro. Il mio sguardo scivola di nuovo verso le sue tette. «*Tutta* te».

Si acciglia e segue il mio sguardo. Rendendosi conto di essere nuda, sussulta di nuovo e si tira il lenzuolo sul petto.

Il mio sorriso svanisce. «Mi piaceva quella visuale, Ailsa».

Chiude gli occhi e si pizzica il braccio. *Forte.* «Svegliati, Ailsa. Svegliati. Svegliati. *Svegliati!*».

Inarco un sopracciglio quando solleva di nuovo le palpebre e si guarda intorno titubante. «Sei ancora qui, tesoro» commento.

Strilla e indietreggia sul materasso, appoggiando la schiena alla testiera del letto e portando con sé il lenzuolo. «Quello che è successo ieri… è successo davvero. *Sono a Monsterland*».

«Sì, è così» mormoro, mettendomi a sedere nella stessa posizione. «Speravi che fosse tutto un sogno?».

Inizialmente non risponde, il suo sguardo vaga per la stanza e si sofferma sulle finestre che coprono un'intera parete. Le tende sono tirate, nascondendo la vista delle nuvole. Probabilmente è un bene, considerando il suo stato d'animo.

«No» dice, riportando la mia attenzione sulla sua bocca. «No, non… non è quello che speravo. Ho solo dato per scontato che non fosse reale».

«E invece lo è, eccome, splendore». Allungo la mano e le sistemo una ciocca di capelli dietro l'orecchio. «Mi spiace deluderti».

Il suo sguardo torna su di me, i suoi occhi azzurri sono attraversati da una miriade di emozioni. «La delusione è l'ultima cosa che provo in questo momento. Sono scioccata. Confusa. Decisamente sopraffatta. Ancora più confusa». Sbatte le palpebre e ispeziona di nuovo la stanza. «Non so cosa sto facendo».

«Beh, in questo momento siamo seduti sul letto. Poi mangeremo qualcosa. Poi magari ti farò fare un giro del…».

Un'esplosione alla porta d'ingresso mi fa balzare giù dal materasso, in un attimo i miei piedi nudi sono sul pavimento. Fischio, richiamando alla mano i resti del mio mazzo di carte, e mi precipito in soggiorno.

Una melma arancione ricopre il pavimento, l'odore di agrumi marci aleggia nell'aria. *Fottuti orchi.*

Un gracchiare riecheggia nel corridoio, un suono che mi striscia sulla pelle.

Non appartiene agli orchi.

Appartiene a qualcosa di molto più pericoloso.

Sputaveleno.

Creature letali simili a uccelli con i becchi affilati, un'enorme apertura alare e la saliva velenosa.

Torno rapidamente in camera da letto e mi chiudo la

porta alle spalle, poi la copro con delle carte esplosive. Non è una soluzione, ma ci farà guadagnare un po' di tempo.

«Vestiti» dico ad Ailsa, indicando con foga il bagno. «*Adesso*».

Per fortuna non si mette a discutere: balza giù dal letto e corre in bagno. La seguo, sbattendo la porta e disponendo altre carte.

Raggiungo Ailsa accanto al guardaroba, dove sta indossando la biancheria intima. Trovo i jeans e il maglione che Catum ha schermato con la magia per lei e glieli lancio. Li afferra e si veste.

Faccio lo stesso, prendendo una felpa con il cappuccio e scambiando i pantaloni della tuta con un paio di jeans.

A un certo punto Ailsa sussulta, deve aver visto il mio nodo. O più probabilmente i miei piercing. Ma ora non c'è tempo per illustrarle lo scopo della *Jacob's ladder*.

Perché è appena risuonata un'esplosione in camera da letto.

E subito dopo in bagno.

Mi infilo calzini e stivali, afferro Ailsa per la vita e corro verso la finestra dietro la doccia.

Non penso; mi giro all'ultimo secondo per assicurarmi che la mia schiena colpisca i vetri… e precipitiamo.

AILSA

Moriremo.

Questo pensiero mi rimbomba nella mente mentre mi aggrappo a Craze, con la bocca aperta in un grido muto. Perché il suo palmo mi copre le labbra.

Fischi ci risuonano intorno, il vento sembra accelerare la nostra caduta.

O almeno è quello che credevo, finché non siamo improvvisamente avvolti da una nebbiolina che ci solleva e ci trasporta lungo una sorta di corrente invisibile.

Alzo lo sguardo e lo abbasso, e mi viene la pelle d'oca nel rendermi conto di quanto siamo ancora in alto. *Oh, dei…*

Guardo Craze, ma ha un'espressione concentrata e le labbra che formano una 'O'.

È lui che fischia.

Lo fisso, sconcertata, ma lui non sembra accorgersene, nonostante mi stia tenendo stretta a sé.

Qualsiasi cosa stia facendo è probabilmente il motivo per cui non ci siamo sfracellati al suolo, perciò decido di chiudere la bocca.

Deve averlo notato, perché toglie la mano e mi stringe ancora più forte, sollevandomi un po'. In risposta, gli avvolgo le gambe intorno alla vita e gli cingo il collo con le braccia.

Craze si rilassa visibilmente, ma continua a fischiare. Il cappuccio tirato sulla testa gli nasconde i capelli scuri, ma riesco comunque a vedere il suo viso privo di trucco.

È stupendo. Quasi femmineo. Come se i suoi tratti fossero troppo perfetti.

Capisco perché la gente possa riconoscerlo facilmente: ha un aspetto incredibile.

Krolic possiede un fascino maturo che incute rispetto e che può mettermi a tacere in un istante.

Catum è sexy e dominante, con la mascella scolpita e gli zigomi affilati.

Ma Craze… Craze è forse il più sorprendente dei tre.

C'è qualcosa di eccezionalmente bello nei suoi lineamenti. Mi ricorda i poster delle celebrità appesi su alcune pareti nella tenuta della baronessa Clarice. Le sue figlie erano ossessionate dagli attori soprannaturali.

Craze corrisponde perfettamente alla descrizione.

Solo che sotto i vestiti c'è un maschio robusto, attraente e muscoloso.

Ha dei solchi accanto alle ossa del bacino che non sapevo nemmeno esistessero, finché non si è tolto i pantaloni.

E il suo sesso…

Le mie guance prendono fuoco.

Oh. Miei. Dei.

Non dovrei pensarci in questo momento, ma non riesco a trattenermi. Non… non ho mai visto un uomo nudo prima d'ora. Anche se ho immaginato come potesse essere. Ci ho fantasticato sopra.

Ma non mi sarei mai aspettata di trovare del metallo… *là sotto.*

Una fila intera. Lungo tutta la parte inferiore.

Mi schiarisco la gola e cerco di cancellare quell'immagine dalla mente. Ma non ci riesco. Ormai…

ormai è marchiata a fuoco nel mio cervello. E ci resterà in eterno.

Insieme alla consapevolezza di quanto ce l'ha grosso Catum.

E di quanto sia abile Krolic con la lingua.

Sono nei guai.

Guai grossi.

Questi tre mi faranno andare fuori di testa.

«Ailsa?» mormora Craze, facendomi alzare lo sguardo su di lui.

Ecco. È fatta. Addio, lucidità mentale.

Perché a un certo punto siamo atterrati sopra un enorme…

Aggrotto la fronte e abbasso lo sguardo, mentre i miei piedi toccano una superficie chiazzata di blu. «È un fungo?» chiedo, osservando altre sommità arrotondate. Riesco a scorgere anche i gambi in lontananza, confermando i miei sospetti.

«Sì, siamo nella Giungla Prataiola». Non ne sembra felice. «Non so quanto sia efficace l'incantesimo sui tuoi vestiti, quindi dobbiamo muoverci, e in fretta. È ora di passare al piano C».

«E quale sarebbe il piano C?» domando, un po' preoccupata.

«Le caverne» mormora, facendomi aggrottare la fronte.

«Pensavo che quelle fossero il piano A».

«Il piano A consisteva nelle Grotte Nere. Le caverne sono tutta un'altra cosa». Ho ancora la fronte aggrottata, perché grotte e caverne non mi sembrano poi così dissimili. Craze si stende sulla pancia per sbirciare oltre il bordo del fungo. «Ci sarà da divertirsi».

Il suo tono sarcastico mi fa pensare che ciò che ci aspetta sarà tutto tranne che divertente.

«Vieni» mormora, indicando con un gesto di

stendermi al suo fianco. «Dovrò tenerti stretta mentre scendiamo».

Capisco dal modo in cui lo dice che quello che accadrà non mi piacerà per niente.

Mi inginocchio e poi mi sdraio accanto a lui, guardando con cautela oltre il bordo.

Grosso errore.

Il terreno si sta *contorcendo*.

«No» esclamo, rimettendomi a sedere. «No, no…».

Mi afferra per la vita così rapidamente che non ho tempo di allontanarmi.

E poi stiamo cadendo di nuovo.

Grido, serrando gli occhi.

Ma non atterriamo. *Oscilliamo*.

La sensazione mi fa venire un nodo allo stomaco e mi irrigidisce gli arti. È solo dopo qualche istante che mi rendo conto che sono di nuovo avvinghiata a Craze, con le gambe avvolte intorno alla sua vita; l'unica eccezione è che stavolta sono al suo fianco.

Ha un braccio intorno a me, mentre con l'altro – apro leggermente gli occhi – afferra delle liane.

Resto a bocca aperta a guardare i suoi movimenti, sbalordita dalla sua capacità di lasciarne andare una a mezz'aria, per poi afferrarne un'altra e proseguire.

Non dovrebbe essere possibile.

Ma mi rendo conto che i lunghi rampicanti blu lo stanno *aiutando*.

Si agitano come cavi elettrici, raggiungendoci e dondolando con noi.

Osservo la scena, meravigliata, per poi strillare quando i nostri piedi toccano terra all'improvviso. Perché il suolo si muove, scostandosi e rivelando milioni di creature simili ai coleotteri. Non sono mai stata così felice di indossare un paio di scarpe.

«Che schifo» mormoro, desiderando che le mie gambe fossero ancora avvolte intorno a Craze.

«Ssh» mi zittisce lui. Ha un'espressione seria e concentrata, è impegnato a scrutare il paesaggio alla ricerca di chissà quale dettaglio che non riesco a vedere. «C'è qualcosa di strano».

Ma non mi dire, sono sul punto di rispondere, scrollandomi un coleottero blu acceso dal piede.

«Resta qui» mi ordina.

«*Cosa*?» sussurro indignata.

«E resta in silenzio» aggiunge. Un comando che è come una frustata. Finora è stato così allegro e scherzoso che non mi ero resa conto che avesse un lato serio. Ma adesso è il ritratto dell'autorità, e i suoi occhi irradiano dominio.

Deglutisco e annuisco, assicurandogli tacitamente di aver capito.

Mi sfiora la guancia con le nocche prima di spingermi verso il gambo di un fungo. Non appena la mia schiena tocca la superficie fresca e dura, che mi ricorda un po' il tronco di un albero, Craze si sporge in avanti per premere le labbra sul mio orecchio. «Ti prometto che tornerò a prenderti. Per favore, non scappare. È una zona molto pericolosa».

Con quella richiesta gentile, molto diversa dal tono secco di pochi secondi prima, si gira e corre via.

Allungo istintivamente una mano verso di lui, non volendo essere lasciata indietro. Il suo nome mi rimane sulle labbra, ma mi fermo quando un ringhio riecheggia in lontananza.

Non… non sembra molto amichevole.

I coleotteri si disperdono intorno ai miei piedi, facendomi balzare all'indietro verso il gambo del fungo. La superficie ruvida si impiglia nel mio maglione, strappando un po' di tessuto e spingendomi quasi a gridare.

Ma soffoco qualsiasi reazione.

E ascolto il ringhio che si fa sempre più sonoro.

Il mio cuore batte all'impazzata.

Perché d'un tratto mi sento come se fossi un'esca?

Craze è sparito. Eppure, qualsiasi cosa stia emettendo quel verso rabbioso si sta avvicinando.

Sì, sono un'esca.

Maledetto Craze.

Avrebbe dovuto lasciarmi in cima al fun…

Il fungo di fronte a me si spezza a metà quando una bestia gigantesca, un uomo con le sembianze di un cinghiale, lo travolge.

Oh, penso, osservando il cappello del fungo sfracellarsi a terra. *Okay. Essere là sopra non sarebbe stato piacevole.*

Ma ora che sto fissando quel mostro con le corna, non sono sicura che essere quaggiù sia tanto meglio.

I suoi occhi neri si inchiodano su di me, le sue zanne creano un'eco sibilante che mi fa rizzare i peli sulla nuca.

«*Omega*» dice con voce roca. «*Omega fertile*». Sembra assaporare le parole, leccandosi le labbra con la lingua biforcuta.

Non so cosa sia questa bestia, ma non ho nessuna intenzione di farci amicizia.

Purtroppo, lo strano cinghiale sembra fin troppo interessato.

Perché mi viene incontro saltellando.

Non mi carica. Non corre. No, *saltella*. Come se stesse danzando sui suoi due piedi muniti di zoccoli.

Si ferma a un paio di metri da me, con la lingua che gli penzola dalle fauci, e china il capo. «Mia bella omega» mormora.

«Non tua» dice Craze, che si trova alle sue spalle. «*Mia*».

Un fischio risuona nell'aria mentre uno dei rampicanti appare e avvolge l'uomo-cinghiale, strattonandolo indietro.

Il mostro ringhia, girando su se stesso e tentando di divincolarsi, solo per ritrovarsi ancora più intrappolato. Nonostante cerchi di ancorarsi al terreno con gli zoccoli, perde l'equilibrio, e le liane si stringono intorno a lui e lo sollevano in aria.

Fisso la bestia gigantesca con gli occhi spalancati e sussulto quando ringhia per la frustrazione.

Un verso inquietante che mi fa correre un brivido lungo la schiena. Intenso. Sonoro. E sembra provenire da direzioni diverse.

Perché non è l'unico, capisco, mentre altri quattro mostri si fanno avanti.

Craze è al centro della scena, con una liana stretta tra le mani; la tiene come se stesse per giocare al salto della corda.

È anche a torso nudo.

Non so perché. Ma non riesco a trovare la voce per chiederglielo.

Perché inizia a *saltare*.

Lo fa con calma, con un movimento lento che sembra ipnotizzare i mostri che lo circondano.

Poi comincia a cantare, saltando la corda e contorcendosi ritmicamente.

Io mi limito a fissarlo, ipnotizzata al pari degli uomini-cinghiali… se non di più. Perché… *wow*. Il suo corpo si muove con una grazia incredibile.

E all'improvviso la corda schizza di lato, colpendo l'avversario più vicino. Poi balza lungo il sentiero verso un altro, avvolgendosi attorno al collo massiccio della creatura e sollevandola in aria.

Un'altra liana cade magicamente nelle mani di Craze, che continua a danzare e lega gli altri due mostri con una serie di passi che mi lasciano senza fiato. È tutto talmente veloce che è impossibile seguire i suoi movimenti.

Ed è così che mi ritrovo avvolta dall'ennesimo rampicante, che stavolta ha lanciato verso di me. Mi stringe e mi trascina verso il suo corpo, per poi farci finire a terra entrambi.

Solo che non andiamo a sbattere, no.

Il terreno si apre, facendoci precipitare in una fossa.

Un portale, mi rendo conto dopo qualche istante, vorticando nel buio.

Atterriamo pochi secondi più tardi in una sala ricoperta di ossidiana.

Craze mi spinge contro la parete. Le sue labbra si schiudono in un respiro affannoso, il suo corpo vibra di un potere trattenuto a stento.

Guardo i suoi occhi neri, folgorata da tutto ciò che è accaduto negli ultimi minuti.

Si era già dimostrato letale con le carte.

Ora mi ha fatto vedere cos'è in grado di fare con una *liana*.

Questo alfa è così… *affascinante*.

E bello.

E muscoloso.

Non… non so neanche cosa dire. Sono troppo rapita. Il rampicante si stringe intorno a me, intrappolandomi, mentre la bocca di Craze è a un centimetro dalla mia, le sue mani mi cingono la vita.

Il mio cuore smette di battere.

I miei polmoni si rifiutano di collaborare.

Tutto ciò che riesco a fare è fissare l'uomo davanti a me.

Non so se siamo al sicuro qui. Non so nemmeno dove sia "qui". Mi… mi abbandono alla follia. Al caos di Monsterland.

E premo le labbra sulle sue.

CATUM

Dove diavolo è quel maledetto gatto?, mi domando, irritato da questa ricerca inutile.

Stamattina ho ricevuto una lettera dal felino incantato, in cui mi diceva di essere in possesso di informazioni importanti.

Ma, come al solito, la lettera era accompagnata da un indovinello che io e Krolic abbiamo passato l'ultima ora a tentare di decifrare.

Tutto ciò che voglio è tornare alla Taverna e svegliare Ailsa leccandola tra le cosce.

Ahimè, e invece sono qui, a vagare nel Labirinto delle Rose all'esterno del Palazzo Reale. Se qualcuno dovesse beccarci, saremmo ancora più in ritardo.

E probabilmente verremmo anche smascherati.

Due situazioni spiacevoli.

«Forse il fiore sul foglio non è una rosa» borbotto, tirandolo di nuovo fuori per esaminarlo. Le spine sono piuttosto chiare, così come il sangue che cola dalle punte. Finora, però, non abbiamo trovato nessun fiore mutilato.

«Quante impronte c'erano?» chiede Krolic. «Cinque?».

Annuisco, contando i passi scarabocchiati intorno alla rosa. Abbiamo pensato che indicassero la direzione da seguire una volta entrati nel labirinto. Eppure, nessuno dei nostri tentativi ci ha condotto al famigerato gatto dalla pelliccia rosa, un tratto distintivo che mantiene nel colore dei capelli in forma umana. È una creatura impossibile da non notare, anche in questo dedalo dalle tinte vivaci.

«I suoi giochetti non mi sono mancati per niente» ringhia Krolic, mentre finiamo in un altro vicolo cieco. «Sono sicuro che il beta lo fa apposta».

«Cosa c'è di meglio che confondere un re?» mormora una voce maschile proveniente da davanti a noi.

Alzo gli occhi al cielo. «Ci segui da dieci minuti, vero?». Tipico di Ches.

«Trentacinque» precisa, rimuovendo l'incantesimo di occultamento per mostrarsi a noi. «Ma non importa».

«Avevamo ragione la prima volta» sibila Krolic, fulminando con lo sguardo il gatto mutaforma.

«No, la terza» risponde Ches facendo le fusa. «Ma vi perdono. Dopotutto, è un po' che siete fuori dai giochi». Viene verso di noi, con i pantaloni di un viola brillante che fluttuano come una gonna intorno alle sue gambe lunghe.

«Stiamo perdendo tempo» intervengo. «E sai benissimo quanto sia pericoloso restare qui».

Le sue labbra si incurvano in un sorriso malizioso e molto felino. «Davvero? Non ne avevo idea».

«Smettila di prenderci per il culo, Ches. Hai detto che era urgente».

Si porta una mano al petto. Il candore della sua pelle si mescola a quello della camicia. «Sul serio?».

Incrocio le braccia sul petto e non aggiungo altro. Sa benissimo cos'ha scritto su quella stupida lettera.

Sexy Brucaliffo,

. . .

HDIIXT.

Il tuo tesoro
Può essere
Trovato
O perso
Qui…

"Brucaliffo" è il nomignolo che mi ha affibbiato, e spesso si riferisce a se stesso come a "Tesoro".

Il miscuglio confuso di lettere è stato abbastanza facile da decifrare: *Ho delle informazioni importanti per te.*

E l'ultima parte era decorata con rose insanguinate e impronte di zampe.

«Una volta eri molto più divertente» commenta il mutaforma, con lo sguardo che danza dal mio torso ai jeans neri. «Ieri sera ti sei impegnato a stento, *Maestro Liffo*. Mi hai molto deluso».

Stringo i denti quando Ches mi fa capire che ha assistito alla mia piccola recita con Ailsa. «Le cose sono cambiate» lo informo.

Perché Ailsa non sarà condivisa con il pubblico.

Lei appartiene a me, a Krolic e a Craze. A nessun altro. *Mai* a nessun altro.

L'ho confermato ieri notte, quando l'ho leccata. Forse non se ne è resa conto, ma è stata una dichiarazione da parte mia. Un giuramento. *Una rivendicazione.*

Krolic grugnisce accanto a me, chiaramente d'accordo con le mie parole.

Guardarci mentre condividiamo una beta appartiene al passato. A un'altra vita.

Il nostro presente e il nostro futuro sono con Ailsa.

E non la metteremo in mostra. *Mai.*

Almeno, non in quel modo. Come nostra regina, certo. Ma il modo in cui la veneriamo in privato rimarrà per l'appunto *privato*.

«Capisco» mormora Ches, sbattendo lentamente le ciglia rosa. «Beh, immagino che sia il caso di arrivare al punto, allora».

Non dico niente. Perché è quello che gli ho chiesto diversi minuti prima.

Sospira e scuote la testa. Una maschera di serietà sostituisce la sua solita espressione giocosa, il suo sguardo sembra indurirsi. «La Regina di Cuori sta giocando sul lungo termine» annuncia. «Non posso entrare nei dettagli, ma sappi che i tuoi soliti trucchi non funzioneranno. I tuoi mantelli fumosi non la fermeranno, Catum. Lei vede tutto».

«Stai dicendo che il profumo di Ailsa non è mascherato».

«Sto dicendo che devi stare molto attento quando sei in superficie». Mi lancia un'occhiata carica di significato. «Coniglio una volta, coniglio per sempre». Inclina la testa di lato, il suo sguardo si sposta su Krolic. «Tua sorella è sempre stata un passo avanti. Forse ci vuole una donna per batterla al suo stesso gioco. Dopotutto, la regina è il pezzo più potente, no?».

E con quell'ultima affermazione sparisce, lasciandosi dietro una nuvola di paillettes viola.

Mi acciglio. «Altri indovinelli». *E un'enorme perdita di tempo*, penso. *Questo può significare solo una cosa…*

«Dobbiamo tornare alla Taverna» dice Krolic con un accenno di urgenza nel tono.

Giungo alla stessa conclusione meno di un secondo più tardi, cominciando già ad agitare la mano per creare un portale.

Perché l'unico motivo per cui Ches avrebbe voluto distrarci e farci perdere tempo sarebbe stato tenerci fuori dai piedi.

Visto che tra l'altro sapeva dove alloggiamo, considerato il suo commento sulla mia performance della sera prima.

Merda.

Io e Krolic entriamo nel portale contemporaneamente, estraendo le armi.

Armi che si rivelano necessarie non appena ci ritroviamo davanti il caos in cui è piombata la Taverna.

Ci sono sputaveleno *ovunque*.

Così come pareti abbattute e vetri in frantumi.

Ciò significa che Craze è saltato fuori dalla finestra.

Con Ailsa.

E sono scappati.

Krolic deve pensarla allo stesso modo, perché si precipita di nuovo nel portale e io lo seguo, chiudendolo rapidamente alle nostre spalle in modo che nessun altro possa venire con noi.

Restiamo in silenzio per un lungo istante, in bilico tra il tempo e lo spazio, entrambi senza fiato per tutto quel correre avanti e indietro.

«Piano C» sussurra Krolic dopo un po'.

«Piano C» confermo, sapendo esattamente dove andare.

Ma dubito che avrà importanza.

Perché sembra che Ches avesse ragione su una cosa: i miei incantesimi di occultamento non funzionano.

E questo vuol dire che Ailsa non farà altro che attrarre un disastro dietro l'altro.

Anche se… Ches ha detto che dovevamo stare attenti *in superficie*.

Che sia stato un indizio? O un altro giochetto?

Ches è sempre stato leale prima di tutto a se stesso. Ma un tempo lo consideravo un alleato.

Forse ha voluto davvero avvertirci.

O forse si è trattato solo di un trucco. Dopotutto, questa è Monsterland.

Mi passo una mano sul viso, esausto per come si è svolta la mattinata.

C'è solo un modo per scoprire se le parole di Ches erano davvero un avvertimento o solo uno dei suoi stratagemmi.

Le caverne sono sottoterra.

Vediamo se laggiù il mio incantesimo funziona…

CRAZE

Le labbra di Ailsa mi donano il più dolce sollievo. È tutta zucchero e innocenza, e mi fa venire voglia di corromperla. Contaminarla con la mia oscurità. *Scoparla a sangue.*

Dovrei tirarmi indietro.

Non dovrei approfittare di un momento di vulnerabilità.

Ma la vita è piena di "dovrei" e "non dovrei". Ma non faccio mai ciò che ci si aspetta da me o ciò che è giusto.

Perché non sono un cavaliere senza macchia. Né un brav'uomo.

Sono Craze.

E le dimostro con la lingua cosa significa.

La prendo senza riserve. Le scopo la bocca. Le stringo i fianchi. Divoro il mio dolce coniglietto finché non ansima contro il mio petto nudo.

Prima mi sono tolto la felpa, perché il tessuto largo non

era adatto all'arma che avevo scelto: le liane vi si sarebbero impigliate, ostacolando i miei movimenti.

Ma ora sono felice di aver preso quella decisione. Felice di essere a torso nudo. Felice di poter sentire le sue unghie graffiarmi la schiena.

La mia omega è affamata. *Famelica*. E pronta a giocare.

Fanculo l'attesa.

Fanculo la pazienza.

Fanculo qualsiasi cosa *dovrei* pensare.

Sto ansimando. E sono così eccitato che potrei esplodere nei jeans.

Le liane si contorcono intorno a lei, la loro magia obbedisce ai miei comandi e le accarezza il seno a ogni movimento. Ailsa ha le braccia libere, ma il busto è avvolto nelle mie corde incantate. È così sexy. Perfetta. *Bellissima*.

Sussulta e mi guarda negli occhi.

Mi sento come un animale feroce. Lo sono stato dal momento in cui ho colto il suo profumo. Cazzo, forse dal momento in cui ho scoperto della sua esistenza.

O anche prima.

Da quando sognavo di avere una compagna.

Una regina.

Un'omega.

E ora la mia omega ha un volto. Un volto assolutamente *stupendo*. Che si tinge di rosso quando mi bacia di nuovo, il suo desiderio è talmente intenso che riesco quasi ad assaporarlo.

Tombe, la voglio.

E glielo dimostro premendo il cazzo contro di lei, consapevole che i nostri jeans non riusciranno a nascondere la mia bramosia.

Ailsa si irrigidisce, spalancando gli occhi. Le sue narici fremono. «Voglio vedere ogni parte di te» mormora, una richiesta audace che sembra sorprendere anche lei, visto che le sue guance diventano ancora più paonazze.

Sorrido. «Puoi vedere tutto quello che vuoi di me. E *fare* tutto quello che vuoi con me».

Perché sono suo.

Il suo alfa.

Il suo tutto.

Krolic e Catum hanno giocato con lei ieri notte. Ora è il mio turno.

Ma voglio farlo alle sue condizioni. Lasciare che sia lei a condurre.

Almeno… almeno un po'.

Essere dominante mi viene naturale. Così come sospetto che a lei venga naturale sottomettersi.

Tuttavia, in questa precisa circostanza, voglio soddisfare i suoi bisogni. Fare tutto ciò che le piace. *Qualsiasi cosa* le piaccia.

«Voglio… voglio capire… sei…». Si interrompe, le sue guance ormai virano verso il porpora. «Hai tutti quei piercing…». Le parole le escono in un sussurro che mi si avvolge intorno come un'ipnotica carezza.

«Sì» dico, avvicinandomi al suo corpo ancora bloccato dalle liane.

Oh, potrebbe divincolarsi, se volesse.

Ma ho l'impressione che sia più che felice di restare lì.

Se mi dicesse il contrario, la libererei.

Se no… Esorto le corde a strisciare di nuovo sulla sua pelle, facendola sussultare. «Dei, cosa mi stai facendo?».

«Mi sto godendo una fantasia» mormoro, trascinando il naso sulla sua guancia, diretto all'orecchio. «Esploro». Le liane scivolano verso il basso, insinuandosi tra le sue cosce. «Insegno».

Trasalisce nel momento in cui una corda incantata la stringe all'altezza del clitoride. «*Oh, dei…*».

«Craze» dico. «Solo Craze». Le mordo il collo e invito le liane a strusciarsi sul suo corpo.

Ailsa freme, e il profumo della sua eccitazione si abbatte sui miei sensi. Ringrazio le lame che la caverna sia avvolta dalla magia di Catum. Perché gli abiti non stanno funzionando.

Certo, anche la Taverna sembra aver fallito.

Forse la sua fragranza di omega è semplicemente troppo potente per essere mascherata.

È come una droga. Mi fa venire voglia di farle cose perverse. Di mostrarle quali sono le mie preferenze. Di costringerla a sperimentare il massimo dell'estasi.

Ordino ai rampicanti di allentare la presa, e sostituisco quello che la accarezzava tra le cosce con la mia mano. Ailsa si inarca verso di me, le sue labbra carnose si schiudono in un ansito che sento sulla lingua.

La mia bocca reclama la sua, e in un attimo il nostro bacio diventa violento. Non sono una persona delicata o tenera. Sono fuori di testa. E completamente suo.

Può domarmi, se vuole. Glielo permetterò.

Ma fino ad allora, le mostrerò esattamente chi sono.

Le liane cadono a terra e io tiro fuori dalla tasca una delle mie carte. Il bordo affilato mi taglia il pollice, facendolo sanguinare. «Ti fidi di me, splendore?» chiedo ad Ailsa.

Rabbrividisce. «Non dovrei».

«No, non dovresti» concordo.

«Ma...». La sua fronte si increspa. «Mi fido».

Inarco un sopracciglio. «Non ne sembri molto sicura».

«Perché so che non dovrei fidarmi di te».

«Vero» concordo ancora una volta. «Ma dovresti». Premo il naso sul suo. «Perché non ti farò mai del male, Ailsa. Sempre che non sia per farti godere».

Deglutisce visibilmente. «Cosa significa esattamente?».

«Vuoi che te lo mostri?» mormoro in tono vellutato. Ci sono almeno una decina di modi in cui posso darle prova di ciò che intendo. E sarebbero tutti un'introduzione. Il mio modo di andarci piano.

«Okay» dice. «Mostramelo».

Sorrido sulle sue labbra. «Sei perfetta per me, splendore». Le avvicino la carta alla gola e le faccio sentire il bordo affilato come un rasoio sulla pelle delicata.

Si immobilizza.

E il mio sorriso si allarga. «Non muoverti». Perché non voglio tagliarla. Non ancora. Solo… provocarla.

Ailsa sembra smettere di respirare quando abbasso la lama, agganciandomi al suo maglione.

Non indossa il reggiseno; lo so perché ho visto che non ne ha preso uno dal guardaroba.

Trascino la carta sempre più giù, tagliando il tessuto come carta velina e mettendo in mostra le sue tette.

Sussulta. Il suo respiro affannoso mi si infrange sulla bocca.

Non le do l'opportunità di dar voce a una reazione, la mia lingua è desiderosa di danzare con la sua. È ancora immobile, ma le sue labbra si muovono con le mie.

Perché è fenomenale.

Adattarsi alle mie passioni innaturali… le viene naturale.

Le mordo il labbro inferiore, mentre la mia carta si avvicina ai suoi jeans. Smette di respirare di nuovo, sentendo la lama che le sfiora il fianco.

Proseguo, sfilacciandole anche i jeans fino a metà coscia.

«Posso… posso semplicemente toglierli» sussurra.

«No, Ailsa» rispondo, posando la fronte sulla sua. «Il tuo compito è occuparti dei *miei* jeans, mentre io finisco di fare a brandelli i tuoi». Pronuncio l'ultima frase prendendo la carta con l'altra mano e tagliandole i pantaloni anche sul fianco opposto.

Un brivido le corre lungo la schiena. Mi guarda da sotto le ciglia. «Sei pazzo».

«Sì».

Un accenno di audacia si insinua nei suoi lineamenti, facendomi pulsare il nodo di desiderio.

Sì, cazzo, sì.

Adoro vederle quel bagliore negli occhi.

«Anch'io voglio essere pazza» annuncia. «Voglio essere pazza con te».

Le sorrido. «Affare fatto, splendore». La bacio di nuovo, adorando il modo in cui si sta lasciando andare. Alla follia, agli impulsi. Agli istinti.

Stiamo andando troppo in fretta? Forse per una persona che vuole indugiare nell'ordinario.

Ma non c'è nulla di *ordinario* in Ailsa Marvel.

È un'omega.

Una regina.

Una dea che merita di essere venerata.

Le lecco il labbro inferiore e rimetto la carta in tasca. Poi do uno strattone ai suoi jeans, togliendogli con una brutalità che le fa quasi cedere le gambe.

La guardo. Ora indossa soltanto gli slip e le scarpe, e ha un aspetto delizioso.

«Hai delle tette fantastiche, Ailsa» mormoro, ammirando il suo seno. «Voglio farle sanguinare».

Lei trema e spalanca gli occhi.

Le afferro la gola prima che possa sfuggire, stringendole il collo delicato per impedirle di respirare. «Mi hai chiesto di mostrarti cosa intendo, quando dico che voglio farti godere con il dolore». Le do un'altra piccola stretta; alza le mani di scatto, conficcandomi le unghie nel polso. «Sbottonami i jeans e ti lascerò respirare».

La sento deglutire sotto il palmo, ha gli occhi sgranati. Il mio nome si forma sulle sue labbra, da cui però non esce alcun suono.

«Ora, Ailsa» dico in tono autoritario.

Il modo in cui i suoi capezzoli si induriscono sul mio petto mi fa capire che le piace, anche se la sua mente fatica a tenere il passo con le reazioni del corpo.

Un piccolo ringhio le vibra nel petto, spingendomi a risponderle a tono.

Le tremano le gambe, e lo shock affiora sulla sua espressione.

Poi mi afferra i jeans e li sbottona con movimenti bruschi.

Premo le labbra sulle sue e allento la presa sul collo, soffiandole aria nella bocca mentre inspira profondamente, costringendola a respirarmi, ad accettare la mia follia, a *godersela*.

«*Sei pazzo*» ringhia.

«Lo hai già detto» le ricordo, baciandola di nuovo.

Mi morde la lingua. *Forte*.

E questo mi strappa una risatina. «Stai imparando» mi complimento, adorando il dolore che mi ha inflitto.

Faccio scorrere il pollice dove il suo battito pulsa sotto la pelle, con la mano ancora stretta intorno alla sua gola.

Cerca di spingermi via, ma non mi muovo di un centimetro. Al contrario, la bacio ancora una volta, lasciando che assaggi il mio sangue.

Mi morde di nuovo.

La bacio più intensamente.

E all'improvviso geme e mi succhia la lingua.

Sono un alfa. Il suo afrodisiaco. *Ciò che brama*.

Giocare con il sangue è solo l'inizio.

Mi graffia mentre cerca di arrampicarsi sul mio corpo,

desiderosa di avere di più. Desiderosa di me. Desiderosa di *tutto questo*.

Le impedisco nuovamente di respirare, strusciando il naso sul suo. «Ora abbassa la cerniera».

Stavolta non esita né cerca di ribellarsi, limitandosi a obbedire.

Fremo quando la punta del mio sesso è finalmente libera dal tessuto, pronta a giocare con questa piccola omega.

«Abbassami i jeans» dico, senza lasciarla respirare.

Le sue mani si muovono in fretta, i suoi occhi mi fissano con le pupille dilatate dalla lussuria.

Le piace.

Il mio dominio. La paura. La novità di ciò che siamo.

Aspetto finché il panico non si insinua nel suo sguardo, poi la lascio andare come ho fatto prima: con la bocca sulla sua, costringendola a respirarmi.

Inspira bruscamente.

E poi ci baciamo.

Ci mordiamo.

Ci esploriamo.

Calcio via i jeans e le scarpe, poi la sbatto di nuovo contro il muro, strappandole la biancheria intima.

«Non so cosa stiamo facendo» ansima mentre la sollevo, e il mio cazzo preme subito sul suo calore.

«Stai imparando» le dico, portandola attraverso la caverna. «E presto *scoperemo*».

Forse non nel senso tradizionale.

Ma la penetrerò sicuramente in qualche modo.

La sua bocca.

Il suo sesso.

Il suo culo.

Non mi interessa.

Ma la mia omega vuole imparare, e io voglio darle una lezione che non dimenticherà mai.

La lascio cadere sul letto dove ho dormito la settimana scorsa, nella tana in cui mi sono nascosto per secoli.

I capelli biondi le conferiscono un'aura angelica, in contrasto con le mie lenzuola nere. «Oh, dolce Ailsa» mormoro, salendo sopra di lei. «Non vedo l'ora di corromperti». Le mordo il mento. «Ogni centimetro di te sta per diventare mio».

«*Nostro*» interviene una voce profonda.

Catum.

Sorridendo, mi lancio un'occhiata alle spalle. È lì con Krolic, hanno un'espressione furiosa. «Bentornati a casa» dico. «Stavo proprio per offrire alla nostra Ailsa una lezione di piacere e dolore. Accomodatevi pure e godetevi lo spettacolo».

AILSA

Craze mi spalanca le cosce, la sua erezione preme ancora una volta sul mio sesso. La sensazione provocata dalla carne e dal metallo mi fa rabbrividire, e non riesco a far altro che a fissare incantata il folle che mi sovrasta.

Dovrei gridare.

Scappare.

Fare qualsiasi cosa che non sia permettere alla sua pazzia di sopraffarmi.

Ma non… non posso. Sono schiava del suo tocco.

E sapere che anche Krolic e il Maestro Liffo sono qui alimenta i desideri proibiti che mi crescono dentro.

Non so neanche chi sono in questo reame. L'unica cosa che so è che ho bisogno di loro. Li *voglio*.

Quando mi sono svegliata e ho capito che non si era trattato di un sogno, mi sono sentita sollevata. Perché se fosse stata tutta una fantasia, una parte di me ne sarebbe uscita devastata.

È reale.

Tutto questo è reale.

Sono… sono un'omega.

E questi alfa credono che appartenga a loro.

Potrei oppormi. *Dovrei* oppormi. Soprattutto dopo la "lezione" di Craze.

Ma mi è piaciuto sentirmi dominata.

Così come mi piace averlo sopra di me.

Dei, è tutto così sbagliato. D'altro canto, questo reame è completamente assurdo. Perché non godermelo ed essere libera? Perché preoccuparmi?

Ora è questa la mia vita, no?

Sono un'omega a Monsterland.

Con tre uomini molto sexy che sembrano pensare che io sia la loro compagna.

Uno di loro mi sta baciando dolcemente il collo, come a scusarsi per avermi strangolata. È bello. E mi fa sentire al sicuro.

Ma prima che possa rilassarmi troppo, posa la mano sul mio seno e mi strizza un capezzolo. Sussulto, confusa dalle sensazioni contrastanti.

«Craze» dice Krolic con un accenno di autorità nella voce. «Non sa ancora cos'è un nodo».

Il maschio sopra di me si blocca, le sue dita abbandonano la mia carne dolorante. Mi guarda e dice: «È vero, splendore? Quei due non ti hanno dato i loro nodi ieri notte?».

Non so di cosa stia parlando. Il Maestro Liffo e Krolic mi hanno dato piacere con le loro bocche. I nodi, tuttavia… Mi schiarisco la voce. No, non ho idea di cosa sia un nodo.

«Sarebbe il metallo?» gli domando, riferendomi a quello che ho scorto quando si è spogliato. Riesco a sentirlo anche ora. Premuto sul mio sesso. «I… uhm… i piercing?» ipotizzo. Non saprei come altro chiamarli.

Conosco i piercing: le figlie della baronessa Clarice avevano le orecchie bucate. Ma quello che ha Craze, beh, non l'ho mai visto né sentito nominare prima d'ora.

Ridacchia. «Sei proprio innocente, Ailsa». Mi posa un bacio sulle labbra prima che possa rispondere. «Corromperti sarà il momento clou della mia esistenza».

Rabbrividisco. Ha già usato quella parola, appena prima che arrivassero Krolic e il Maestro Liffo. Ha detto che avrebbe corrotto ogni centimetro di me.

Lo voglio, penso. *Lo voglio con tutta me stessa.*

Solo che rotola giù dal mio corpo e si stende accanto a me, appoggiandosi su un gomito. «Esplorami, splendore. Consideralo un premio per essere stata brava».

Dei, perché queste parole mi fanno arrossire?

Tutti e tre mi hanno detto qualcosa di simile, lodandomi per essere stata brava o per aver eseguito un ordine. Dovrebbe sembrarmi un atteggiamento condiscendente. Ma c'è qualcosa nel modo in cui lo dicono... È come se considerassero la mia acquiescenza un dono, e ciò mi fa sentire venerata.

Non sono mai valsa nulla nel mio mondo.

Ma un sorso ha cambiato ogni cosa.

Perché questi uomini, questi *alfa*, mi trattano come se fossi importante.

Mi parlano. Rispondono alle mie domande. Mi *proteggono*.

E ora... ora Craze mi ha offerto di *esplorare il suo corpo*.

Mi lecco le labbra e mi giro lentamente verso di lui, il mio sguardo accarezza il suo corpo nudo. A un certo punto si è sfilato i calzini. E anch'io. Non so quando. Non mi interessa. Siamo entrambi... *nudi*.

L'illuminazione è soffusa, mi ricorda la luce delle candele. E fa scintillare il metallo che gli decora il sesso.

«Puoi toccarmi» mormora. «E puoi toccare anche loro». Indica Krolic e il Maestro Liffo; entrambi sono ancora vestiti e si trovano ai piedi del letto. «Oppure possiamo farli guardare».

Li osservo. Krolic con i suoi jeans e la maglietta bianca, il Maestro Liffo con l'ennesimo abito nero.

Entrambi mi fissano con un'espressione affamata, proprio come ieri notte.

«Avete tutti… nodi di metallo?» tiro a indovinare, mentre il mio sguardo saetta verso il loro inguine e il gonfiore trattenuto a stento dalle cerniere.

Craze ridacchia. «Guarda il mio cazzo, Ailsa».

Le sue parole suonano più come un invito che un ordine. Eppure i miei occhi volano verso i suoi piercing come se fossi vittima di un incantesimo.

Deglutisco ammirando le sue dimensioni e il metallo disposto come una scalinata che conduce verso il bozzo che c'è alla base.

È… grosso.

Molto grosso.

E decorato.

Ho voglia di leccarlo.

Ho *davvero* voglia di leccarlo. Solo per sapere che sapore ha. Soprattutto la punta.

È un desiderio insolito, che sono certa di non aver mai provato prima – le mie fantasie con il Maestro Liffo non hanno mai incluso nulla di simile. Ma l'impulso mi colpisce proprio nella parte bassa dell'addome.

Forse è il risultato della notte scorsa, del sapere quanto è bello essere leccata tra le cosce.

Assecondo questa strana smania, chinandomi per seguire con la lingua i contorni dei suoi nodi metallici.

«*Cazzo*» ansima. La sua mano mi afferra improvvisamente i capelli. «Non mi aspettavo che fossi così vogliosa».

La risposta indugia sulle mie labbra, ma non riesco a esprimerla. Mi sfugge invece un gemito nel momento in cui raggiungo la punta, e un sapore proibito mi esplode sulla lingua.

Non so cosa sia, ma ne voglio ancora.

Lo lecco, poi prendo in bocca la punta, sopraffatta dall'istinto di succhiare.

Voglio assaporarlo di nuovo, sentire quell'essenza speziata.

Il suo cazzo mi ricompensa con un altro assaggio, facendomi gemere di piacere. Craze impreca, stringendomi i capelli. Poi si gira sulla schiena e mi trascina con sé.

«Tombe, hai un talento naturale e non te ne rendi neanche conto». La sua voce è più roca di prima, il suo ventre si contrae nello sforzo di parlare.

O forse è dovuto a qualcos'altro.

La sua presa è salda, eppure lo sento tremare, come se si stesse trattenendo.

Il letto si abbassa un po' quando il Maestro Liffo si siede sul bordo. I suoi occhi marroni catturano e trattengono i miei mentre la mia lingua danza sulla punta del sesso di Craze.

«Dammi la mano» mormora il Maestro Liffo.

Sto per mettermi a sedere, ma scuote la testa.

«No, signorina Marvel. Continua a succhiarglielo e dammi la mano».

Il materasso affonda sul lato opposto. Una mano mi accarezza la schiena, andando a posarsi sulla mia nuca. «Fa' come dice, piccolina» sussurra Krolic.

La loro vicinanza mi incendia il sangue.

Tre uomini.

Tre alfa.

Tutti concentrati su di me.

Oh, dei…

Deglutendo intorno alla punta di Craze, sollevo lentamente la mano verso il Maestro Liffo.

La prende con delicatezza, allineando le dita con le mie, e porta le nostre mani congiunte alla base dell'erezione di Craze. È calda, ed è talmente grossa che non riesco ad avvolgerla completamente.

«Questo è un nodo» spiega il Maestro Liffo, premendo le mie dita su quella sorta di bulbo. «Ce l'abbiamo tutti».

Krolic mi bacia la spalla, dandomi contemporaneamente una stretta alla nuca. «È così che agganciamo i nostri corpi al tuo, Ailsa. È così che scopiamo. Ed è così che ci *riproduciamo*».

Un altro brivido mi attraversa la schiena. Quell'ultima parola ha uno strano effetto su di me. Non dovrebbe piacermi. E invece mi sembra… la cosa giusta da fare.

Il che è strano, perché non mi sono sentita così quando ho saputo che il Re Argento voleva riprodursi con me.

Ma Krolic… se è davvero lui il Re Argento… No, non mi dispiacerebbe.

«Si estende oltre il nostro cazzo e ci connette a te, la nostra omega, scatenando un piacere che nessuno di noi ha mai provato» aggiunge. «Probabilmente ti farà perdere conoscenza. Ma ti sveglierai volendone ancora».

Il sesso di Craze gocciola di nuovo, facendomi gemere e ingoiare avidamente la sua essenza.

«Cazzo, rischio di venire» dice. Ha un tono quasi sofferente.

Il Maestro Liffo preme di nuovo le mie dita. «Accarezzagli il nodo mentre succhi» mi ordina. «Poi cerca di prenderlo più a fondo in bocca».

Craze impreca. Le sue dita si flettono tra i miei capelli, è come se si stesse sforzando di non guidare i miei movimenti.

Ma non ne ho bisogno.

Perché tutto quello che ha appena detto il Maestro Liffo è esattamente ciò che *voglio* fare.

«Tombe, è bellissimo, Ailsa» ansima Craze mentre lo accolgo ancora di più tra le labbra.

«Assicurati di rilassare la gola» mormora il Maestro Liffo. «Se ti sembra di soffocare, tira un po' indietro la testa, respira e poi prova di nuovo».

Il pollice di Krolic mi massaggia il collo mentre faccio quello che dice il Maestro Liffo: succhio Craze mentre accarezzo la sua base pulsante.

E sento di nuovo quel sapore delizioso sulla lingua, che mi fa gemere intorno al suo sesso.

«Sapere che ti piace rende tutto ancora più intenso» dice Craze a denti stretti. «I tuoi piccoli gemiti sono così sexy, Ailsa».

«Continua» mi incoraggia il Maestro Liffo. «Vediamo quanto riesci a prenderlo in profondità».

Krolic mi fa pressione sulla nuca, guidandomi verso il basso. Soffoco un po' quando Craze tocca il fondo della mia gola, ma poi la pressione diminuisce, permettendomi di indietreggiare e respirare come mi ha insegnato il Maestro Liffo.

Poi ci riprovo e alzo lo sguardo, vedendo Craze che ansima.

È così che apparivo ieri sera?, mi domando. *Estasiata e sul punto di esplodere?*

Perché è uno spettacolo seducente. E voglio fargli perdere il controllo.

È un desiderio intrinseco che mi divampa nelle vene e mi spinge ad accoglierlo ancor più in profondità, continuando ad applicare pressione sul suo nodo. E godendomi la sensazione del metallo che gli copre la parte inferiore del sesso.

Non ho mai sperimentato nulla di simile.

Non ho mai assaporato nulla di così squisito.

Né provato una tale consistenza sotto la lingua: liscia, ma punteggiata di acciaio. Calda e fredda. Morbida, ma anche incredibilmente *dura*.

«Sei bellissima con il mio cazzo in bocca» dice Craze con un ringhio.

«Ha ragione» mormora il Maestro Liffo, la cui mano copre ancora la mia. «Sei stupenda, signorina Marvel. Come una dea della lussuria».

Krolic esprime il suo assenso con un profondo brontolio. Poi si sposta sul materasso, lasciandomi andare la nuca. Sono travolta da un improvviso senso di perdita, ma percepisco che si sta muovendo dietro di me, e presto i suoi palmi mi stanno toccando di nuovo. Ma più in basso. Tra le cosce. Mi spalancano le gambe. E… e…

Oh, dei…

Sento le sue spalle sfiorarmi le gambe mentre si posiziona *sotto* di me.

«Concentrati su Craze, signorina Marvel» dice il Maestro Liffo in tono imperioso. «Succhiagli il cazzo, mentre il nostro re ti lecca».

Mi… Oh…

Gemo quando la lingua di Krolic si avventa direttamente sul mio clitoride pulsante.

Rabbrividisco, credendo a stento a ciò che sta accadendo.

Perché sono seduta sulla sua faccia.

Le sue mani mi afferrano i fianchi e mi tengono ferma, mentre gioco con il nodo di Craze.

Il Maestro Liffo guida la mia mano, Craze mi incita stringendomi i capelli e Krolic… Krolic mi sta *divorando*. Mi accorgo appena quando infila un dito dentro di me, eccitata come sono.

Ne aggiunge un secondo e inizia a muoverli a forbice, una sensazione diversa da qualsiasi cosa abbia mai provato. Rovescio gli occhi, travolta dal piacere.

Ma una tirata ai capelli mi riporta a Craze e alla sua eccitazione che mi gocciola in bocca.

Dei, ne voglio di più.

E glielo faccio capire succhiando con forza.

Lui impreca, ma il Maestro Liffo mi loda per la mia bravura, per come sto tormentando Craze nel migliore dei modi.

«Guardalo, signorina Marvel. È tutta opera tua. La tua bocca esperta e la tua bella lingua lo stanno facendo impazzire».

«Riesci a sentire quanto è vicino all'orgasmo? Come il suo nodo pulsa per te?».

«Sei pronta per la tua ricompensa, dolcezza? Perché Craze sta per esplodere nella tua gola. Hai voglia di bere?».

I commenti del Maestro Liffo mi stanno conducendo oltre il punto di non ritorno. Tra le sue parole sensuali e la lingua di Krolic sul clitoride, riesco a malapena a mettere a fuoco. Unendo il sapore di Craze, sono… sono…

«*Cazzo*» geme. Mi stringe i capelli e si spinge in fondo alla mia gola.

Sussulto, incapace di respirare.

«Rilassati» dice il Maestro Liffo, le sue labbra sono premute sul mio orecchio. «Usa la gola, signorina Marvel. *Ingoia*».

Spalanco gli occhi, ma obbedisco. Le mie viscere bruciano quando accolgo l'estasi di Craze nel mio corpo.

Una sensazione così intensa.

Un sapore meraviglioso.

E poi… e poi… *grido*, seguendolo nell'oblio. Il mondo si dissolve in una serie di onde orgasmiche.

L'istinto prende il sopravvento: la mia gola persevera, contraendosi e ingoiando, mentre Krolic continua a darmi piacere.

Respirare non importa più.

Solo questo. Il piacere. L'oscurità. L'essenza deliziosa

di Craze. La lingua di Krolic. La voce profonda del Maestro Liffo.

«Sei bellissima» mormora. «Assolutamente bellissima».

«Tombe, non sono mai venuto così in tutta la mia vita» aggiunge Craze. Sembra esausto. «E ce l'ho ancora duro».

Krolic ringhia sul mio clitoride, le sue dita mi stanno ancora penetrando. «È pronta».

«Pronta per cosa?» chiedo, rilasciando il sesso di Craze.

«Pronta per prendere i nostri nodi» spiega il Maestro Liffo con un luccichio peccaminoso negli occhi castani. «Ti scoperemo, signorina Marvel».

KROLIC

AILSA NON REAGISCE IMMEDIATAMENTE alle parole di Catum; si immobilizza, elaborando quello che ha detto.

«Non sei ancora in calore» aggiungo. «Quindi non si tratta di ingravidarti, Ailsa. Vogliamo mostrarti cosa possiamo essere insieme. Insegnarti le dinamiche che regolano la vita di alfa e omega».

Se dice di no, non insisteremo.

Ma questo sembra il modo migliore per darle un assaggio del nostro futuro insieme.

Oh, non è solo una questione di sesso. Tuttavia, siamo creature carnali. È importante che capisca cosa significa, che capisca chi è davvero nel nostro mondo.

Gli alfa si prendono cura dei loro omega; ciò include i bisogni sessuali, ma non solo.

D'altro canto, questa è la base della nostra connessione, il modo in cui i nostri corpi si uniscono e prosperano nel piacere.

«Darti i nostri nodi non consolida il nostro rapporto» puntualizzo. «Per quello c'è una cerimonia apposita». Un evento… primordiale, che spero di sperimentare presto. Ma non è lo scopo di questa giornata. «Per noi è importante che tu acconsenta, Ailsa. E anche se non vediamo l'ora di scoparti, non vogliamo privarti della libertà di scegliere».

Craze sbuffa. «Non ho bisogno di nessuna cerimonia per consacrare la mia vita a lei. Dopo quel pompino, la adorerò fino alla fine dei miei giorni. Considerami tuo per sempre, splendore». Sembra quasi ubriaco. Non posso biasimarlo: mi sento allo stesso modo, dopo aver banchettato tra le cosce di Ailsa.

È deliziosa. E il suo piacere mi sta ancora colando sul mento.

Muovo le dita dentro di lei, sfiorandole con le labbra il clitoride gonfio.

Lei geme in risposta, il primo suono emesso da quando Catum l'ha informata delle nostre intenzioni.

«Ci permetterai di mostrarti cosa significa prendere i nostri nodi, Ailsa?» le domando sulla carne umida. «Sarà la prima volta per tutti».

Perché non siamo mai stati con un'omega.

«Alfa e beta non possono accogliere un nodo» spiega Catum. «E questo ti rende ancora più preziosa per noi».

Deve aver stretto la mano di Ailsa pronunciando la parola "nodo", perché Craze borbotta: «Vaffanculo, Catum».

«Ti sei divertito abbastanza» risponde Catum. «Ora è il tuo turno di stare a guardare». Sposta la mano di Ailsa da Craze e le appoggia il palmo sul materasso. Poi si alza, un movimento che sento più che vedere, perché il materasso si solleva leggermente.

E quando Ailsa sussulta, presumo che si stia spogliando.

O forse è a causa della mia lingua, che traccia dei pigri cerchi intorno al suo bocciolo sensibile.

«Vuoi sentire i nostri nodi dentro di te, signorina Marvel?» chiede Catum, accompagnando il suo cognome con un ringhio sottile. «Vuoi vedere cosa significa essere presa come si deve dai tuoi alfa?».

Trema sopra di me, sembra che la parte superiore del suo corpo cada sul letto. Ma Craze la regge, spingendola in modo che sia seduta sulla mia faccia. Nel frattempo, si inginocchia accanto a lei.

Ailsa abbassa lo sguardo, permettendomi di vedere le sue guance arrossate. Lune, è bellissima così. Un profondo brusio mi risale il petto, il bisogno di esprimere la mia adorazione nei suoi confronti mi colpisce come un pugno allo stomaco.

Perché questa donna è *tutto*.

Ho aspettato due anni per concedermi a lei, per amarla, per *venerarla*. E finalmente ci siamo, a pochi giorni dal suo calore.

La lecco profondamente, adorando il modo in cui si dimena sopra di me.

«Sarà solo un piccolo assaggio» continua Catum, seguito dal suono della cerniera che si abbassa. «Un corteggiamento sensuale, se così si può dire».

Craze ridacchia e affonda le dita tra i capelli di Ailsa; la tira verso di sé per un lungo bacio appassionato che la fa tremare.

Muovo la lingua, e la parte inferiore del suo corpo si muove in risposta.

Le piace.

Lo vuole.

Lo *brama*.

Ma non ha ancora pronunciato le parole che dobbiamo sentire prima di scoparla.

Tiro fuori le dita da dentro di lei e le afferro i fianchi.

Craze deve intuire cosa sto per fare perché si sposta, permettendomi di sollevarla e stenderla sul letto. Strilla quando la sovrasto, ancora completamente vestito, e le blocco le braccia sopra la testa. «Abbiamo bisogno del tuo permesso, piccolina. Del tuo *consenso*. O non ti daremo i nostri nodi».

Spalanca gli occhi azzurri, le sue pupille si dilatano.

«Come dicevamo, si tratta solo di un'introduzione» proseguo. «Non di un giuramento. Nulla di permanente. Solo un modo per farti sperimentare cos'abbiamo da offrire. Non ti forzeremmo mai, Ailsa. Non è questo il punto».

«È anche per questo che ho diluito l'elisir» aggiunge Catum, ora completamente nudo, sedendosi sul letto accanto a noi.

Ailsa deglutisce e lo guarda, i suoi occhi accarezzano la sua figura e si bloccano sulla sua erezione colorata.

Aggrotta la fronte, la sua confusione è evidente. «È tatuato» le spiego. «A Craze piacciono i piercing, a Catum i tatuaggi».

Catum si stringe il sesso e lo accarezza, il disegno azzurro e verde si contorce con il movimento.

«Il suo soprannome è "Brucaliffo"» interviene Craze. «Un gioco di parole con un chiaro riferimento al suo cazzo».

Ailsa schiude le labbra in un'espressione stupita.

«La mia forma mostruosa è tutta nera» aggiunge Catum con una scrollata di spalle. «Volevo un po' di colore nella mia vita».

«Forma mostruosa?» ripete Ailsa.

Catum sorride. «Vuoi vedere il mio mostro-ombra, signorina Marvel?». La sua mano inizia a trasformarsi. La pelle assume una tonalità color ossidiana che contrasta con le tinte vivaci che decorano il suo sesso.

Ailsa sgrana ancora di più gli occhi quando le ombre d'ebano strisciano lungo il braccio di Catum, dirette verso il suo collo, dipingendolo con onde scure come la notte. Quando si trasforma, le sue dimensioni restano identiche, ma ogni parte di lui diventa nera e poi traslucida, proprio come un'ombra.

Stavolta, però, non arriva fino a quel punto.

Le mostra l'effetto della trasformazione solo sul braccio. «Tutto il mio corpo diventa così, compreso il mio cazzo». Ricomincia a toccarsi, mentre la sua pelle torna ad assumere il suo solito colorito abbronzato. «Posso scoparti in quella forma, se preferisci. Ma sarà meglio per entrambi se rimango così come sono».

«Non sentiresti nulla» specifico, rendendomi conto che è ancora confusa. «Diventa letteralmente un'ombra». Le stringo i polsi con una mano e con l'altra le afferro il mento, riportando il suo sguardo su di me. «E io non ti scoperò in forma di lupo».

Se fosse in grado di trasformarsi, sarebbe tutta un'altra storia.

Ma scoparla così com'è mentre io sono in forma di lupo... No, non è una prospettiva allettante.

«Ciò non significa che la mia bestia interiore non inciterà alcuni dei miei desideri più selvaggi» ammetto, ridacchiando al pensiero. «Le sue necessità sono le mie. Ma ci arriveremo con calma, piccola. Tutto ciò che devi fare adesso è permetterci di prenderti. Poi discuteremo del resto».

Mi fissa, la sua espressione eccitata mi rivela la sua decisione prima ancora che la esprima ad alta voce. Ma non accetterò quella risposta.

Devo sentirglielo dire.

«Tutto questo è folle» sussurra. «Ma lo voglio».

Sorrido. «Non è folle, Ailsa. È ciò che siamo. E abbiamo passato gli ultimi due anni a prepararti. Attraverso la mia compagnia e la mia protezione, attraverso il dominio e i sogni di Catum. E anche con tutto quello di cui si è occupato Craze qui a Monsterland. Tutto ci ha portato a questo momento».

«Solo che non sapevo che stesse accadendo».

«È vero, ma ora lo sai» mormoro strusciando il naso sul suo, con le labbra a un soffio dalla sua bocca. «E la tua anima lo ha sempre saputo». Lo capirà quando saremo accoppiati. Quando l'avremo *rivendicata*. «Dimmi che vuoi che ti diamo i nostri nodi, piccolina. Dicci di scoparti, e lo faremo».

Deglutisce e sento il suo corpo praticamente vibrare sotto di me. «Voglio… voglio essere scopata».

«Solo da me?» chiedo. «O da tutti e tre?».

Le sue pupille si dilatano ancora di più, il suo respiro affannoso si infrange sulle mie labbra. «Oh, dei…».

«Alfa» mormora Catum. «L'unica divinità in questa stanza sei tu, signorina Marvel».

«La nostra dea» confermo, trascinando il naso sulla sua guancia, diretto all'orecchio. «Ora dicci che vuoi i nostri nodi dentro di te. Non tutti insieme, non ancora, ma ho bisogno che tu ci dica di scoparti, Ailsa».

Il suo corpo è attraversato da un fremito, sento i suoi capezzoli indurirsi anche attraverso il tessuto della camicia. «Voglio i vostri nodi» annuncia infine in un mugolio. Sto per esortarla a dirlo con un po' più di sicurezza, quando aggiunge: «Voglio che mi scopiate tutti».

Il mio cazzo pulsa in risposta, facendomi sfuggire un'imprecazione dalle labbra.

Lune, è così eccitante.

Adoro quando una donna dice quello che vuole, quando esprime il suo consenso.

E so che piace anche a Craze e Catum, perché entrambi gemono in risposta.

«Ma che brava» le sussurro all'orecchio. «Ora resta

così, piccolina. Gambe spalancate. Perché sarò il primo a entrare dentro di te».

Mi alzo e la osservo, è l'immagine della dissolutezza.

Catum non si muove, rimane steso accanto ad Ailsa e si accarezza il sesso con lo sguardo incollato alle sue tette.

Craze giace sul lato opposto, si prepara per un altro round massaggiandosi il nodo.

Ma gli occhi della nostra omega sono su di me mentre mi spoglio, senza dubbio deve domandarsi che aspetto abbia il mio cazzo.

«Mi dispiace deluderti, Ailsa, ma tutto quello che ho è un nodo» le dico mentre mi tolgo i jeans, i calzini e le scarpe. Mi resta solo la camicia, che mi sfilo da sopra la testa. «Ma non lasciarti ingannare dalla mancanza di ornamenti. So perfettamente come scopare».

Le sue gambe tremano mentre torno sul letto e mi inginocchio tra le sue cosce spalancate.

«Non ti sei mossa di un millimetro» mormoro compiaciuto. «Sai cosa significa, tesoro?». Mi chino e le bacio il clitoride. «Che meriti una ricompensa». Inizio a leccarla, mentre Craze e Catum si sporgono per prendere i suoi capezzoli in bocca.

Mi conoscono tanto quanto io conosco loro. Quando si tratta del sesso, siamo in perfetta sintonia. Come sta scoprendo Ailsa, mentre la portiamo al limite con le nostre bocche.

Le mie dita scivolano ancora una volta nel suo umido calore, riprendendo a prepararla.

Non che ne abbia bisogno: è assolutamente pronta per i nostri cazzi.

Per i nostri nodi.

Per tutto ciò che siamo in grado di darle.

Ma voglio che venga di nuovo prima di scoparla, voglio renderla così delirante di piacere da non rendersi nemmeno conto che sono dentro di lei… finché non sentirà la sua innocenza che si squarcia intorno alla mia erezione.

Lei ansima, geme, artiglia il cuscino sopra la testa.

Perché non si è ancora mossa.

«Come sei brava» mormoro tra le sue cosce umide. «Ti faremo venire così forte, piccola».

Ancora e ancora, aggiungo mentalmente.

Ma lascerò che quella parte sia una sorpresa.

Catum si avvicina per catturarle la bocca mentre Craze le afferra il seno abbandonato e le pizzica il capezzolo, facendola urlare contro le labbra di Catum. Solo che non è un urlo di dolore, ma di piacere: esplode in un'ondata di estasi che mi stringe le dita fino a farmi male.

Lune, ho bisogno di sentirlo intorno al mio cazzo.

Adesso.

Catum e Craze si spostano, lasciando che mi arrampichi su di lei. Ho le dita ancora infilate tra le sue gambe, e il pollice premuto sul suo clitoride.

Voglio prolungare il piacere il più possibile.

Ma non posso aspettare oltre.

Ho bisogno di lei.

Tolgo la mano, la avvicino alla sua bocca e le scosto le labbra con le dita bagnate. «Succhia» dico, costringendola ad assaggiare il suo sapore sulla mia pelle.

Ha l'effetto desiderato di distrarla e prolungare la sua beatitudine, mentre mi sistemo tra le sue cosce.

Poi la penetro senza preavviso, spingendomi fino in fondo.

Spalanca gli occhi e un suono confuso le sfugge dalle labbra.

«Ssh» mormoro, restando immobile per permettere al suo corpo di abituarsi alle mie dimensioni. Si contorce, chiaramente a disagio, così le afferro il fianco con la mano libera e la tengo ferma. «Ce la fai» prometto. «Concediti qualche istante».

Scuote la testa, le lacrime le scintillano negli occhi.

Tolgo le dita dalla sua bocca e la bacio prima che possa parlare. La mia lingua si scusa dolcemente, mentre il mio pollice traccia dei piccoli cerchi di incoraggiamento sul suo fianco.

«Ora fa male» le sussurra Catum all'orecchio, trattenendole una mano sul cuscino. «Ma ti prometto che presto sarà bellissimo, dolcezza. Fidati di noi».

Ailsa continua a piangere, la sua agonia mi ferisce l'anima.

Non mi dispiace mescolare dolore e piacere, ma per lei è difficile. Siamo alfa. Non siamo solo più grandi, siamo anche più forti, e per una piccola omega è troppo da sopportare.

Tuttavia, Catum ha ragione.

Presto le piacerà da morire.

Deve solo superare questo momento, poi sarà solo pura estasi.

Craze si sporge in avanti; la sua vicinanza mi fa staccare le labbra da quelle di Ailsa, lasciando che sia lui a prendere il controllo. Solo che prima le lecca una lacrima e gliela fa assaggiare con la lingua.

Il mio palmo le stringe la gola, mentre l'altra mano è ancora stretta sul suo fianco; aspetto che si calmi.

Qualsiasi magia Craze stia usando su di lei sembra funzionare, la sua bocca sta chiaramente comunicando tacitamente con quella di lei. Quando finisce di baciarla, ha smesso di piangere. Ma non è neanche particolarmente entusiasta.

Almeno finché non mi muovo appena.

Mezzo centimetro, solo per sistemarmi dentro di lei.

Ma è abbastanza per farle dilatare le narici. E non in senso negativo.

I suoi occhi incontrano i miei, le iridi azzurre tracimano di shock. Le tracce del pianto li rendono così belli, e vagamente innocenti. Quel bagliore, però, assume rapidamente dei connotati sensuali nel momento in cui dimena i fianchi. Ed emette un nuovo suono, in parte gemito e in parte ansito soddisfatto.

Sorrido. «Ecco la nostra bella omega». Le poso un bacio sulla mascella. «Sei pronta, piccola?». Le accarezzo la guancia con il naso, mentre Craze torna a stendersi accanto a lei. «Dimmi di muovermi».

Rabbrividisce, le sue ciglia sono ancora imperlate di lacrime. Ma ora non c'è più nessuna tristezza nella sua espressione. Sul suo viso si rincorrono desiderio. *Interesse*. «Scopami» dice invece, un ordine che mi colpisce dritto all'inguine.

«Sei proprio una brava alunna, signorina Marvel» mormora Catum con un gemito; deve aver apprezzato il suo comando quanto me. «Fiamme, ti conviene scoparla, K. O il mio sarà il primo nodo che sentirà».

CATUM

SFIDARE il Re Argento non è una mossa saggia.

Ma *cazzo*, ho bisogno di essere dentro questa donna. *Adesso*.

Quindi, se non inizia a muoversi, lo spingerò via e prenderò il suo posto.

Abbiamo giocato un po' con la gratificazione ritardata, ed è stato divertente. Ma ora… ora voglio la nostra omega.

«Mmh» mormora Krolic, un suono che può essere sia positivo che negativo.

Temo che si tratti della seconda opzione quando esce da dentro di lei, con la punta del sesso macchiata dalla sua innocenza. Mi aspetto che gliela faccia leccare, e invece dice: «Mettiti in ginocchio, Ailsa».

Lei lo fissa, stordita dalla sua improvvisa ritirata. «Cosa?».

«Mettiti a quattro zampe, piccolina. Catum ha bisogno che gli succhi il cazzo, mentre ti scopo» risponde.

Ah, quindi quel mugolio era positivo, penso, compiaciuto per questo sviluppo inaspettato.

Quando Ailsa non obbedisce immediatamente, le afferra i fianchi e la fa girare a pancia in giù. Poi io le stringo i capelli e le sollevo la testa, mettendomi in ginocchio davanti a lei.

Si dimena per un attimo ma poi appoggia i palmi sul

materasso con l'aiuto di Craze, mentre Krolic le sistema le gambe come le voleva.

Ailsa mi guarda con gli occhi spalancati. La sua espressione sorpresa è particolarmente invitante. «Apri la bocca, signorina Marvel» dico.

Lo fa, poi grida intorno alla punta del mio cazzo quando Krolic la penetra da dietro. Le impedisco di muoversi sfruttando la presa sui suoi capelli, mentre i suoi occhi si riempiono di nuovo di lacrime.

Solo che stavolta non sono frutto del dolore.

Ma del piacere.

Un piacere che aumenta man mano che Krolic inizia a scoparla sul serio, proprio come gli aveva chiesto.

Le rughe sul viso del nostro re sono accentuate da un'estasi agonizzante, la sua eccitazione è palpabile.

Non c'è niente come scopare un'omega. O almeno così ci è stato detto. E sembra che sia vero.

Ma ora voglio godermi la sua bocca.

«Prendimi più a fondo» le ordino. Le mie dita sono ancora affondate tra i suoi capelli, mentre con l'altra mano le cingo la nuca.

Conficca le unghie nel materasso quando le inclino un po' la testa all'indietro per trovare un'angolazione migliore.

Poi mi spingo nella sua bocca spalancata, adorando la preoccupazione che le lampeggia negli occhi.

Perché sì, ce l'ho più lungo di quello di Craze. E più grosso.

E il mio nodo è più grande di quello di Krolic.

Il mio cazzo le farà provare un piacere unico, e sembra che se ne stia già accorgendo: i miei tatuaggi prendono vita dentro la sua bocca.

Si stanno *contorcendo*, una particolarità che la farà godere ancora di più, quando la scoperò.

«Ricorda di rilassare la gola, signorina Marvel» le dico

quando inizia a soffocare. Krolic sta evocando troppe sensazioni lì sotto, portandola sull'orlo della follia a ogni spinta.

Non mentiva quando ha detto di non aver bisogno di alcuna decorazione per scoparla come si deve.

È un re.

E le sta mostrando cosa significa.

«Succhiale il clitoride» dice a Craze.

Il famigerato Cappellaio Matto sorride. «Solo se posso anche morderlo». Da bravo sadico, ama causare dolore.

Krolic annuisce, e Ailsa spalanca gli occhi.

Ma non può protestare, con il mio cazzo infilato in bocca.

«Se qualcosa è troppo, stringi la mano a pugno e alzala in aria». Mi sono appena reso conto che ha bisogno di una *safeword*, o di un gesto equivalente per quando non può parlare.

Deglutisce intorno al mio sesso e rovescia gli occhi nel momento in cui Craze si sistema sotto di lei.

«Mostrami che hai capito, signorina Marvel» le ordino, dandole una stretta alla nuca. «Mostrami che riesci a stringere il pugno e sollevarlo».

Il suo sguardo torna a posarsi su di me, un accenno di lucidità si fa strada sul suo volto. Forse perché Craze non ha ancora iniziato a giocare con lei e Krolic ha rallentato il ritmo. Entrambi sanno quanto sia importante quello che le sto dicendo.

«Stringi il pugno, Ailsa». Le parole di Krolic sono intrise di dominio, la sua regalità avvolge una mano invisibile intorno alla nostra omega e la costringe a obbedire.

Ailsa sbatte le palpebre un paio di volte e alza la mano stretta a pugno.

Abbandono la presa sulla sua nuca e le accarezzo la

guancia con le nocche. «Brava, signorina Marvel. Fallo di nuovo, se vuoi che ci fermiamo».

Abbassa la mano con uno sguardo di sfida che mi strappa un sorrisetto.

«Se cambi idea, ora sai cosa fare». Le accarezzo di nuovo la guancia, poi le afferro la faccia e mi spingo più in profondità nella sua bocca.

Soffoca e sputacchia, ma geme quando Krolic ricomincia a scoparla con forza.

E nel frattempo Craze le tortura il clitoride.

Grida ogni volta che la morde e geme quando lenisce il dolore con la lingua.

È uno spettacolo meraviglioso. Ed è talmente eccitante che sono sul punto di cedere e venire nella sua bella gola.

Ma voglio scoparla.

Voglio legarci insieme. Voglio sentirla serrarsi intorno a me mentre veniamo all'unisono.

Sta per sperimentare l'inizio di tutto questo con Krolic. Capisco che è vicino, lo vedo dal modo in cui il suo ritmo è ormai caotico e selvaggio. Si sta lasciando andare. Sta raggiungendo il culmine che sa che lo sconvolgerà.

È un raro momento di pace per lui. Il momento in cui si affida a me e a Craze per proteggere sia lui che la nostra compagna prescelta.

E questo rende tutto ancora più potente.

C'è un motivo se siamo una cerchia.

Un'unità di potere alfa.

Come Secondo, sarò temporaneamente il re, mentre Krolic si abbandona al piacere.

Poi si riprenderà il trono e io scoperò la nostra omega fino all'oblio.

«*Cazzo*» geme, travolto dall'orgasmo. La testa gli ricade all'indietro e il suo nodo schizza dentro ad Ailsa, facendola gridare intorno al mio cazzo.

Sono sul punto di venire con loro, l'ansimare strozzato di Ailsa mi fa impazzire. Ma mi stacco da lei prima che possa distruggermi con la sua abile bocca. Poi la aiuto a sollevare il busto, restando in ginocchio, in modo che Krolic possa afferrarle il mento e torcerle il collo per rubarle un bacio.

Lei è completamente esausta, il suo corpo divino è chiazzato di rosa per lo sforzo mentre viene insieme al nostro re.

È bellissimo vederlo pulsare dentro di lei così. Ancorato in profondità nella nostra omega, la sostiene come un'offerta da adorare.

Craze li ammira dalla sua posizione supina, pazzo di lussuria. Io resto in ginocchio e mi godo lo spettacolo di puro erotismo.

Krolic le tiene la testa girata in modo da poter divorare la sua bocca. L'altro braccio è avvolto intorno alla vita di Ailsa, la regge mentre scatena la sua estasi dentro di lei.

Va avanti per alcuni minuti, in un amplesso che fa ansimare me e Craze dal desiderio.

Ma gli concediamo il loro momento.

Lasciamo che Ailsa si goda la sua prima volta.

Consapevoli che poi tocca a noi.

«Cazzo, piccola» le sussurra Krolic sulla bocca, appoggiando la fronte sulla sua. «*Cazzo*». La bacia di nuovo, la sua estasi non sembra terminare mai.

Ailsa trema tra le sue braccia, sopraffatta da un orgasmo infinito.

Non vedo l'ora di sperimentare lo stesso con lei.

Mi accarezzo il sesso, pensando a ciò che sta per accadere.

Perché è il mio turno di essere dentro di lei.

Il mio turno di provare l'ebbrezza di un'omega…

La mia mano si blocca e mi si rizzano i peli sulla nuca,

mentre le mie vene sono percorse da un'ondata di calore. Non è piacevole, è un segnale di avvertimento.

Io e Craze ci scambiamo un'occhiata, un lampo di comprensione illumina i suoi occhi scuri. L'ha sentito anche lui.

Vado verso Ailsa e Krolic, abbracciandoli entrambi, e creo un portale sul pavimento che ci conduca alle Piane Ghiacciate.

Alla faccia che sotto terra saremmo stati al sicuro, penso, furioso per essermi concesso una distrazione. La caverna è stata un rifugio sicuro per centinaia di anni. Il fatto che qualcuno l'abbia scoperta dimostra che Ailsa non è mascherata. Possono sentirne l'odore nonostante la mia magia.

E questo è un grosso problema.

Perché mancano ancora cinque giorni al suo calore.

Krolic mi avvolge tra le braccia a sua volta, con Ailsa stretta tra i nostri corpi. Rotoliamo attraverso il portale, finendo sul manto innevato. Il freddo mi pizzica la pelle nuda, le piane sono fedeli al loro nome. Si trovano in cima alle Montagne di Granato e sono immerse nelle nuvole; ciò rende difficile vedere attraverso la nebbia.

Ma sento Craze finire sul terreno dietro di noi, riconoscerei il suo odore ovunque. Chiudo rapidamente il portale, poi scruto la tundra ghiacciata alla ricerca di eventuali minacce.

Il piano D è una delle nostre ultime possibilità.

«Merda» brontola Craze, saltando in piedi e togliendomi le parole di bocca. «Portarla qui è stato un errore. Non avremmo mai dovuto far sapere a nessuno della sua esistenza».

Krolic sta già scuotendo la testa. «Monsterland merita di conoscere la sua regina».

«Certo, *dopo* che sarà rimasta incinta del tuo erede»

ringhia Craze, mostrando una delle sue personalità più ostili. Non posso biasimarlo, vista la situazione.

Ma Krolic ha ragione. «Anche la nostra regina merita di poter scegliere» aggiungo.

«Che scelta le stiamo dando, esattamente?» chiede Craze. «L'abbiamo già reclamata. Cazzo, abbiamo eliminato chiunque si avvicinasse a lei. Come può essere una scelta?».

Mi districo da Krolic e Ailsa per sedermi sui talloni. Non ho intenzione di continuare a discutere steso a terra.

Passandomi le dita tra i capelli, cerco di riprendere il controllo delle mie facoltà mentali.

Krolic, tuttavia, è più veloce. «Può scegliere se accettare o meno il suo ruolo a Monsterland».

«E se non lo fa?» insiste Craze. «La riportiamo nel suo reame? O lasciamo che un'altra cerchia di alfa la reclami?».

Krolic emette un brontolio sommesso e si siede con Ailsa in grembo. Per fortuna, non mi sembra che sia più dentro di lei – il suo nodo dev'essersi ritratto quando abbiamo raggiunto le Piane Ghiacciate.

«Abbiamo accettato tutti questo piano, Craze. Lamentarsi…».

«Io no» interviene Ailsa. «Non capisco nemmeno cosa stia succedendo, né quali *piani* abbiate fatto, né perché io sia qui, né… né c… come siamo finiti qui». Inizia a battere i denti a causa dell'aria gelida che le sferza la pelle nuda.

«Meglio discutere nella baita» dico, indicando la lastra di ghiaccio a circa dieci metri da noi.

Ailsa la guarda con la fronte aggrottata.

Considerando come appare dall'esterno, non mi sorprende.

Krolic si alza con Ailsa tra le braccia e io salto in piedi a mia volta per precederlo.

Craze si limita a seguirci a passi pesanti, palesemente incazzato.

Un bel cambiamento d'umore, penso.

Quando mi avvicino alla parete, poso la mano al centro e premo. Ciò fa apparire una porta, che si manifesta solo quando uno di noi tre tocca questa specifica lastra di ghiaccio.

Varco la soglia e tengo la porta aperta per Krolic e Ailsa. Craze entra dopo di loro e si dirige in camera da letto senza dire una parola.

Immagino che sia andato a vestirsi, e invece torna con una maglietta per la nostra omega.

Krolic appoggia Ailsa a terra, afferra la maglietta e gliela infila, coprendola con questa sorta di vestito improvvisato. Craze se ne va di nuovo.

«Torno tra poco» mormora Krolic, seguendo Craze e lasciandomi solo con Ailsa.

Non ha ancora detto nulla, da quando ha espresso la sua frustrazione all'esterno.

«Mi dispiace, Ailsa». E sono sincero. «Hai ragione. Avremmo dovuto concentrarci sui nostri piani, non…». Sto quasi per dire "i nostri nodi", ma mi schiarisco la voce. «Perché non ti siedi lì, mentre ti preparo una cioccolata calda?».

«Riuscirò ad avere il tempo di berla?» domanda. Sembra esausta.

«Gli unici mostri quassù sono creature di neve, e la maggior parte di loro è fedele a Krolic» mormoro. «E non vedono di buon occhio gli intrusi».

Mi lancia un'occhiata. «Se qui è più sicuro, perché non abbiamo iniziato da questo posto?».

«Perché pensavo che il mio mascheramento sarebbe stato sufficiente a celare la tua presenza, mentre lavoravamo su altri dettagli» spiego.

«Quali dettagli?».

«Dettagli che riguardano la corte reale». Vado verso la cucina, deciso a prepararle qualcosa da mangiare e da bere. Immagino che ne abbia bisogno, dopo tutto quello che è successo.

«Spiegami cosa significa» mi ordina, in piedi a pochi passi dietro di me. «Di quali dettagli avevate bisogno?».

«Quelli necessari a elaborare un piano definitivo per tentare di riconquistare il trono» dico. «Ma è tutto inutile. Non siamo riusciti a stare nello stesso posto abbastanza a lungo da finalizzare nulla. E, onestamente, non ha alcuna importanza. I nostri alleati staranno dalla nostra parte, oppure no».

«Quali alleati?» chiede. «Perché tutti quelli che ho incontrato finora sembrano volermi uccidere».

Scuoto la testa e la guardo. «Non vogliono ucciderti, Ailsa. Vogliono solo scoparti o portarti dal Re Impostore».

Si massaggia le tempie. «Maestro Liffo, non…».

«Catum» la interrompo, voltandomi verso di lei. «Le formalità possono essere divertenti, ma in questo momento dobbiamo essere Catum e Ailsa. Va bene?».

Deglutisce, la sua stanchezza è palpabile. «Catum» sussurra, facendomi sollevare leggermente gli angoli della bocca.

«Brava» sussurro, chinandomi per accarezzarle le labbra con le mie. «Ora, perché non ti siedi al bancone, visto che non vuoi rilassarti in salotto? Ti preparo una cioccolata calda, poi parleremo ancora».

Fa un passo verso gli sgabelli, come se stesse obbedendo, ma poi si blocca e si acciglia. «No».

«No?» ripeto.

«Non posso sedermi adesso».

Aggrotto la fronte. «Perché no?».

«Perché… perché…». Indica le cosce e poi il suo sesso

nascosto, coperto dalla maglietta che le calza come un abito. «Sto *perdendo liquidi*».

Mi mordo il labbro per non scoppiare a ridere.

Ma lei se ne accorge e mi fulmina con lo sguardo. «Non è divertente».

«Hai ragione» concordo. *È esilarante.* Ma non è il momento di scompisciarsi, quindi preferisco tenerlo per me.

Mi avvicino a lei e la prendo tra le braccia. Reagisce strillando: «Cosa stai facendo?».

«Ti porto a fare la doccia» rispondo. «Ti pulirò mentre qualcun altro si occuperà del cibo».

L'ultima parte è per Krolic e Craze, che ci hanno appena raggiunti in cucina.

«Vuole della cioccolata calda» dico, nonostante Ailsa non me l'abbia mai chiesta. Ma penso che le piacerà. «Preparate qualcosa da mangiare. Torneremo tra mezz'ora».

AILSA

Il Maestro Liffo, *Catum*, mi sfila la maglietta dalla testa e la lascia cadere sul pavimento, mentre il suo sguardo ardente mi accarezza da capo a piedi e l'acqua scorre accanto a noi. Non c'era nessuna manopola per azionarla; gli è bastato agitare la mano sotto al soffione e l'acqua ha iniziato a scrosciare sulle piastrelle blu.

Non ho idea di dove siamo né perché siamo qui. Né di come questi uomini possano avere così tante case. So che Krolic è un membro della famiglia reale, ma da quello che ho capito stanno vivendo in clandestinità. «Siete i proprietari di tutte queste abitazioni?».

Stranamente, è quella la prima cosa che chiedo.

Forse perché sono talmente persa e confusa da non avere alcuna idea di come intavolare una conversazione.

«Abbiamo case in tutta Monsterland» mormora prima di tirarmi sotto il getto caldo.

Per un lungo istante tutto ciò che odo è l'acqua, un suono ripetitivo che quasi mi conforta.

«Sono dei rifugi» aggiunge, guidandomi di nuovo verso di lui. «Li abbiamo incantati per nascondere la nostra presenza, cosa che ha funzionato per centinaia di anni. Ma a quanto pare il tuo odore è troppo forte per essere mascherato».

«Eppure volevate che tutti sapessero di me…?»

domando in tono esitante, ricordandomi quello che hanno detto: avevano bisogno che gli abitanti di Monsterland fossero al corrente che ero un'omega.

Annuisce. «Fa parte del rituale di accoppiamento». Prende un flacone di shampoo da un ripiano e se ne rovescia un po' sulla mano, per poi iniziare a spalmarlo sui miei capelli. «Ma è anche un modo per assicurarsi che il regno sappia che sei vera. E ciò rende la tua scelta molto importante».

«La mia scelta» ripeto.

«Con chi accoppiarti» risponde prima di spingermi di nuovo sotto l'acqua. Le sue dita mi pettinano i capelli, lavando via la schiuma. Poi continua a massaggiarmi il cuoio capelluto.

È piacevole.

Perfino rilassante.

Ma le sue parole mi risuonano nella mente, tutto ciò che quei tre mi hanno detto mi rimbalza nella testa in un susseguirsi casuale di ragionamenti logici e illogici.

Mi hanno portata qui per diffondere il mio odore. Per assicurarsi che la mia esistenza fosse nota a tutti.

Però continuiamo a scappare ogni volta che qualcuno mi trova, perché gli alfa vogliono scoparmi… o portarmi dal Re Impostore.

Rabbrividisco. *Cosa mi sfugge? Cosa non mi stanno dicendo?*

«Qual è il rituale di accoppiamento?» sbotto, allontanandomi dalla doccia e da Catum.

Mi fissa con un accenno di oscurità che si annida negli occhi marroni. «È una caccia».

«Una caccia?» ripeto.

Annuisce. «In cui l'omega in calore scappa e gli alfa… la inseguono».

Deglutisco. «E come… come può essere una *mia* scelta?».

«Perché un'omega si sottomette soltanto alla cerchia di alfa più forte, che di solito è proprio quella scelta dall'omega».

Scuoto lentamente la testa. «Non ha alcun senso».

Catum si passa le dita tra i capelli folti e sospira. «L'elisir risveglia nell'omega un'energia che alimenta il suo calore. Ma con esso arriva anche un elemento magico. Dentro di te riposa un potere diverso da qualsiasi altro».

«Solo che sono umana» gli ricordo.

«Un essere umano non può prendere un nodo, Ailsa» ribatte, afferrandomi il mento e costringendomi a specchiarmi nel suo sguardo intenso. «Ho visto il nodo di Krolic entrare dentro di te, confermando chi e cosa sei. Accettalo, Ailsa. Non sei umana. Sei un'omega. Il che ti rende assolutamente straordinaria».

L'attimo dopo mi infila una mano tra le cosce; le sue dita trovano il mio sesso e lo accarezzano in profondità.

Gemo. I suoi movimenti sono bruschi e inaspettati, ma al tempo stesso eccitanti.

Fin troppo presto, però, il suo tocco mi abbandona e la sua mano si avvicina alle mie labbra. «Apri» mi ordina, spingendomi le dita in bocca senza aspettare che obbedisca, obbligandomi ad assaggiare il mio sapore.

No, non solo il mio.

Krolic.

Perché la sua essenza è ancora dentro di me, quella sostanza calda che prima mi ha impedito di sedermi.

«Lo senti, Ailsa?» domanda, nonostante le sue dita in bocca mi impediscano di rispondere. «È il seme del nostro re che gocciola tra le tue cosce. Il seme che viene rilasciato solo quando un alfa si accoppia con una potenziale compagna omega. Non sei umana, dolcezza. Sei qualcosa di completamente diverso. E ora *succhia*».

Oh, dei… Perché il suo atteggiamento dominante mi fa

cedere le gambe? E perché sono così ansiosa di compiacerlo?

«Brava» mormora quando faccio esattamente ciò che mi ha chiesto.

Ecco, penso subito dopo. *Ecco perché gli obbedisco.*

Le sue lodi mi fanno sentire bene.

Amata.

Importante.

«E adesso dimmi che sei un'omega» mormora, sfilando le dita dalla mia bocca.

Deglutisco. Adoro quel sapore. Io e Krolic, con un pizzico di Catum. *Delizioso*, penso, deglutendo di nuovo.

«Signorina Marvel». Il suo tono autoritario mi fa rabbrividire.

«Craze mi ha detto che gli omega possono appartenere a qualsiasi specie, inclusi gli umani» sussurro, ricordando le sue parole. «Quindi sono umana, e anche… un'omega».

Il Maestro Liffo socchiude gli occhi, studiandomi per un attimo. «Craze ha ragione, qualsiasi creatura può rivelarsi un omega. Ma a quanto pare non ti ha spiegato una cosa: quando si beve l'elisir, l'anima di omega viene risvegliata e prende il sopravvento. Qualsiasi debolezza tu possa pensare di aver avuto, Ailsa, non esiste più».

Mi riporta sotto il getto per continuare a sciacquarmi i capelli, poi mi tira di nuovo a sé per applicare il balsamo.

Fremo, i miei capezzoli si inturgidiscono quando sfiorano il suo petto muscoloso.

È nudo.

E colorato, penso, lanciando uno sguardo furtivo alla sua impressionante virilità. Ce l'ha più grosso degli altri due e il suo nodo è ancora più imponente.

Ho un po' paura di prenderlo, soprattutto considerando quanto mi ha fatto male la prima spinta di Krolic.

Ma oh, il piacere che è seguito… il modo in cui il suo nodo si è ancorato dentro di me, trattenendomi in un vortice di estasi… L'ho adorato.

«Il rituale richiede che tu venga presentata davanti al regno» dice Catum. «Per questo ti abbiamo fatto bere l'elisir e ti abbiamo portata qui. Monsterland deve sapere che abbiamo trovato un'omega. I membri più antichi della nostra specie esigeranno che venga rispettato il rituale».

«Il rituale che mi obbliga a scappare» traduco prima che lui mi metta ancora una volta sotto il soffione.

Le sue dita mi massaggiano il cuoio capelluto, il suo tocco è talmente ipnotico che quasi mi dimentico cosa gli ho chiesto. Ma lui se lo ricorda e risponde nel momento in cui mi toglie da sotto l'acqua.

«Sì, il rituale che richiede che tu fugga e che gli alfa ti diano la caccia. Non ci fidiamo che il Re Cremisi segua il protocollo. Crediamo che ti rinchiuderà in una gabbia e ti ingraviderà, rivendicandoti come sua per via dell'erede che porterai in grembo».

«È quello che ha detto la voce dopo la cerimonia: che sarei stata ingravidata».

Catum grugnisce. «Quella voce era Craze che faceva il pazzo e cercava di spaventarti».

Le mie labbra si incurvano all'ingiù. «Craze? Sul serio?».

Catum annuisce. «Sì, gli piace fare il buffone. Ma non aveva torto: il Re Cremisi non rispetterà le regole. Metterti incinta consoliderà il suo dominio».

«Perché?» chiedo. Continuo a non capire quella parte. A meno che… «È questo il risultato del rituale? Che io… resti incinta?».

Prende una saponetta e la bagna tra le mani. Poi, molto tranquillamente, dice: «Sì. È così che viene suggellata la rivendicazione».

Spalanco gli occhi. «E se non volessi restare incinta?» chiedo in tono stridulo.

«Allora puoi scegliere di rifiutare tutti i pretendenti» mormora, guardandomi negli occhi. «Se è quella la tua decisione, la rispetteremo. E così pure gli altri abitanti di Monsterland».

«Considerando quello che ho passato finora, faccio fatica a crederci» commento.

«Perché Monsterland non è più la stessa». Sembra quasi triste. Il suo sguardo si sposta sul mio petto, mentre inizia a insaponarmi la spalla e il braccio. «Vogliamo farla tornare com'era una volta, ma per riuscirci abbiamo bisogno di un'omega. Qui è tutto un disastro, ed è così da quando Cuore ha iniziato a incasinare le gerarchie».

Cuore. La sorella di Krolic. «Ma continuate a dirmi che dovrei temere il Re Cremisi».

Si concentra sull'altro braccio prima di rispondere: «Sono entrambi malvagi, ma è Cremisi che può inseminarti. Cuore ha una morsa, non un nodo».

«Una… morsa?». Aggrotto la fronte, confusa.

«Hai presente come il nodo di Krolic vi ha agganciati insieme, rendendoti impossibile staccarti da lui?».

Le sue parole evocano un ricordo piacevole che mi fa formicolare le cosce, una sensazione che aumenta quando inizia a insaponarmi il seno. «S… sì» riesco a balbettare.

«Una morsa è l'opposto, serve all'alfa femmina a intrappolare il cazzo dell'uomo dentro di lei» spiega in tono pratico. «Inoltre, e ancora più importante, una femmina alfa è priva di seme. E tu, mia dolce omega, hai bisogno del seme di un alfa per creare un bambino». Mentre parla, la sua mano si sposta sul mio ventre, e nei suoi occhi compare un luccichio sognante.

«E tu lo desideri» sussurro. Ho la gola secca.

«Sì» ammette senza esitare. «Lo desideriamo tutti, Ailsa».

«Ma ci siamo appena conosciuti».

«Davvero?» chiede, riportando lo sguardo sul mio. «Forse tu e Craze, ma puoi davvero negare ciò che proviamo l'uno per l'altra?».

Non… non posso.

D'altro canto…

«Quanto di ciò che provo è… reale? L'elisir…?». Mi interrompo, incapace di terminare la domanda. Perché sotto sotto mi sembra sbagliato pensarla così.

Lui e gli altri mi corteggiano da ben due anni. Un corteggiamento bizzarro, ma abbiamo un concetto diverso di "normalità".

Mi hanno avvicinata nel modo che ritenevano giusto.

Posso punirli per questo? Posso negare ciò che provo?

«L'elisir stimola il calore, che sì, può alterare il tuo stato d'animo» risponde. «Tra qualche giorno, ci implorerai per avere i nostri nodi. Ma quell'istinto non è ancora emerso».

Non dico nulla, limitandomi a riflettere su ciò che ha detto.

Sono un po' spaesata, e ho indubbiamente preso delle decisioni irrazionali – come giocare con i loro nodi – ma… quelle decisioni mi hanno fatta sentire viva.

Anche se ho abbracciato completamente la follia di questo regno, ciò non significa che ho perso la testa, vero?

«Ho diluito l'elisir, Ailsa» continua. «Beh, più o meno».

Aggrotto la fronte. «Cosa vuoi dire?».

«L'elisir dovrebbe impiegare tre giorni per fare effetto. È parte della tempistica della caccia». Arriccia le labbra. «Ma Cremisi ha modificato la formula secoli fa, rendendola più potente, perché vuole far andare l'omega in calore immediatamente. L'unica parte del rituale che ha mantenuto invariata è il requisito del ventunesimo compleanno, e penso che l'abbia fatto solo per assicurarsi che l'elisir funzioni correttamente».

Non posso fare a meno di notare che non lo chiama più Re Cremisi, ma Cremisi, suggerendo che quello sia il vero nome del misterioso impostore.

Ma accantono quel pensiero e mi concentro su ciò che sta dicendo riguardo all'elisir. «Quindi tu… hai modificato l'effetto dell'elisir?».

«Sì». Riprende a insaponarmi il torso, poi aggiunge: «Ma l'ho reso ancora meno potente per darti tempo. Volevamo anche assicurarci che gli altri abitanti del nostro mondo scoprissero la tua esistenza. Se Cremisi ti prendesse ora, ci sarebbe una rivolta. Deve rispettare le regole e lasciare che gli alfa ti diano la caccia. Altrimenti è possibile che la sua rivendicazione venga contestata».

«Ma è già seduto su un trono che non gli appartiene…». Lascio la frase in sospeso, mentre lui mi gira delicatamente per iniziare a insaponarmi la schiena.

«Sì. Sta fingendo di essere il Re Argento».

«Eppure lo chiami Re Cremisi, perché Cremisi è il suo vero nome…?». La formulo come una domanda.

«Cremisi è il nome della sua famiglia» mormora. «Come Argento è quello della famiglia di Krolic. Sono branchi di lupi rivali».

«Mia madre ha scelto la cerchia di compagni appartenente al branco Argento» aggiunge una voce profonda, e meno di un istante più tardi Krolic entra in bagno con un vassoio. «E i Cremisi non glielo hanno mai perdonato».

Catum si inginocchia davanti a me e inizia a insaponarmi le gambe. Rabbrividisco quando il suo tocco si sposta verso l'interno delle mie cosce e sale fino alla zona più sensibile del mio corpo. «Hai male, signorina Marvel?» mormora.

Deglutisco e scuoto la testa. «No». Come dimostrato poco fa, quando mi ha infilato le dita dentro.

«Un altro segnale del tuo cambiamento genetico» commenta, sporgendosi in avanti per baciarmi sul clitoride. «Non sei più un'umana come tutte le altre, dolcezza».

Rischio di cadere all'indietro quando mi bacia di nuovo.

Solo che lui non continua; si appoggia sui talloni e riprende a insaponarmi ogni centimetro del corpo.

«Sta mettendo in discussione il suo status di omega?» chiede Krolic, inarcando un sopracciglio. «Perché sarei più che felice di dimostrarle ancora una volta che si sbaglia».

«È combattuta su cosa significhi essere sia umana che omega» lo informa Catum prima di allungare la mano dietro di me. «Ma sta imparando. Vero, signorina Marvel?».

«Sì, Maestro Liffo» rispondo, espirando profondamente.

Mi sorride, facendomi l'occhiolino. Poi si alza e mi aiuta a sciacquarmi.

«La prossima volta che faremo la doccia, ti aiuterò a raderti» mi dice all'orecchio. «Per quanto apprezzi il lavoro che hai fatto, voglio vederti completamente rasata».

Le mie guance si infiammano in risposta alle sue parole inaspettate, per poi incendiarsi ancora di più quando mi dà un bacio sul collo.

Ora è alle mie spalle, e mi permette di sentire la sua erezione premere contro il sedere. Il suo calore mi ricorda un marchio a fuoco, il suo tocco è carico di promesse.

Ma si limita a girarmi intorno per andare sotto al getto, offrendomi una splendida visuale dei muscoli mentre si pulisce e si lava i capelli.

Una parte di me vorrebbe offrirsi di aiutarlo, ma

Catum è molto più alto di me e nella doccia non sembrano esserci né una panca né uno sgabello.

Quando chiude l'acqua, sto ansimando. Ma lui si limita ad avvolgermi in un asciugamano e a passarmi a Krolic, che sta aspettando con il cibo.

Mi porta alla bocca qualcosa di rosso, che accetto senza guardare. Il sapore mi ricorda la zuppa di pomodoro. Solo che è freddo.

Catum finisce di asciugarsi, poi si avvolge un telo bianco intorno ai fianchi e viene verso di me per darmi il prossimo boccone.

Formaggio grigliato, penso, gemendo di piacere. È uno dei miei piatti preferiti, che però preparavo raramente, perché la cucina non era mia. Ma a volte mi intrufolavo per friggere un panino al formaggio e rubare la zuppa avanzata.

Krolic lo sa, visto che a volte li portavo con me nel bosco per mangiare in privato.

È una piccola cosa, ma importante. Perché conferma ciò che ha detto Catum: mi conoscono.

Non in senso convenzionale.

Ma va bene così.

Mi piace ciò che è non convenzionale.

Mi piacciono *loro*: Catum, Krolic e Craze.

«Allora, qual è il piano?» chiedo a Catum e Krolic. «Qual è il prossimo passo?».

Perché voglio capire tutto. Capire loro. Capire le mie scelte. Capire il futuro, il presente… *il rituale*.

«Per il momento qui siamo al sicuro» dice Krolic. «Ma non durerà a lungo. Il che significa che dobbiamo discutere del piano Z».

«E quale sarebbe il piano Z?» domando.

«Ti riportiamo nel tuo regno» risponde. Non ne sembra felice. «Non è l'ideale, ma se Monsterland non rispetta la tua scelta – cosa che comincio a sospettare, visti i recenti attacchi – allora dobbiamo allontanarti».

Le mie labbra si incurvano in un'espressione altrettanto scontenta. «E il tuo trono?».

Solleva una spalla. «Lo riconquisteremo in modo diverso».

«In modo diverso...» ripeto.

I suoi occhi verdi lampeggiano, la sua espressione trasuda una tristezza che mi spezza il cuore. «Sì. Mettendo sottosopra Monsterland».

KROLIC

Do ad Ailsa un'altra bomba al pomodoro.

Anche se non ho sentito la maggior parte della sua conversazione con Catum, ho capito di cosa stavano parlando: l'elisir, il rituale di accoppiamento e la faida che contrappone la mia famiglia al branco Cremisi.

Mi ribolle il sangue come sempre, quando penso al Re Impostore e a Cuore. Hanno distrutto tutto, compreso questo regno.

Ero sincero quando ho detto ad Ailsa che se non riusciremo a risolvere la situazione con il rituale di accoppiamento, saremo costretti a intraprendere una strada molto più violenta.

Finora non abbiamo ucciso nessuno, ma solo ferito gravemente coloro che rappresentavano una minaccia. Principalmente perché non siamo ancora del tutto sicuri che gli esseri che ci attaccano siano sani di mente.

Non vogliono fare del male ad Ailsa. Eppure sembrano intenzionati a prenderla con la forza.

Craze mi ha raccontato cos'è successo nella Giungla Prataiola.

«Erano accecati dalla lussuria» ha mormorato in cucina. *«Ne erano come soggiogati, K. Ed è chiaro che non sono interessati al consenso, ma solo al fatto che è un'omega fertile».*

«È così che l'hanno definita?» ho chiesto, aggrottando la fronte al termine "fertile".

Per quanto sia prossimo, il calore non è ancora iniziato. Di conseguenza, non è fertile. Ed è per questo che ho potuto scopare con lei senza ingravidarla.

Craze ha confermato che è proprio quello che ha detto uno di quegli uomini prima di provare a reclamarla.

Tradizionalmente, gli alfa interessati e le loro cerchie danno la caccia all'omega desiderata durante il rituale. E l'omega sceglie a chi sottomettersi.

Tuttavia, è prerogativa di ogni omega rifiutare i pretendenti.

Accadeva raramente, all'epoca in cui i rituali erano più comuni. Però succedeva, e l'omega sceglieva di vivere senza compagni.

Ailsa potrebbe seguire un percorso simile.

A meno che Monsterland glielo impedisca.

E in quel caso…

«Guerra» dice Catum, rispondendo alla domanda che gli ha appena posto Ailsa: gli ha chiesto chiarimenti su cosa intendevo, affermando che avremmo messo sottosopra Monsterland. «Sta parlando di una guerra».

Sì, penso, pur odiando quel termine. Però ha ragione.

«Abbiamo evitato di combattere per quelli che ormai mi sembrano eoni» aggiungo, portandole alle labbra un'altra pallina di formaggio grigliato. «La nostra speranza è sempre stata quella di trovare un'omega per completare la nostra cerchia e ricordare a Monsterland quali sono le nostre tradizioni. Perché da qualche parte lungo la strada gli alfa hanno perso la loro direzione, non hanno più uno scopo».

«Ecco cosa succede quando manca un leader» interviene Craze, unendosi a noi in bagno. «O, in questo caso, quando un leader nasconde la sua vera identità».

«Non capisco se stai insultando me o il Re Impostore» borbotto, per nulla compiaciuto del suo commento.

«Entrambi, immagino» dice, per poi rubare una delle bombe al pomodoro.

Solo che non la mangia.

La tiene tra i denti e la passa ad Ailsa con la bocca. Lei geme in risposta, in modo simile a come gemeva a letto.

Craze le afferra i fianchi e la tiene stretta a sé. Le sue spalle sembrano rilassarsi, mentre la personalità del momento viene sostituita da una più tenera, più gentile, più premurosa.

Quando finiscono di condividere la bomba di pomodoro, sembra molto meno irritato; è un bene, perché stava cominciando a darmi sui nervi.

Se c'è qualcuno che ha il diritto di essere arrabbiato per non aver scopato con Ailsa, quello è Catum. Eppure, a parte l'evidente erezione sotto l'asciugamano, sembra tranquillo.

«Avete detto che Cremisi sta camuffando la sua identità» mormora Ailsa. «Fingendo di essere il Re Argento».

«Esatto. Il suo lupo è bianco, quindi si mostra sempre e solo in forma animale, e Cuore traduce i suoi editti per le masse» spiego. «Tutti credono che si tratti semplicemente di una sorella che supporta il fratello».

«E hanno fatto girare la voce che il re non torna mai in forma umana perché ha perso la sua cerchia» aggiunge Catum. «Gli abitanti di Monsterland pensano che io e Craze siamo morti».

«Perciò io sono il Cappellaio Matto» conclude Craze con le sopracciglia che danzano. Prende un'altra bomba al pomodoro dal vassoio e la divora.

Io afferro un bocconcino al formaggio per Ailsa, ma lei non lo accetta subito. «Cosa cambia se si prende una compagna?» chiede. «Perché accoppiarsi lo spingerebbe a rivelarsi? E non farebbe incazzare tutti?».

«Il regno è passato a me perché sono l'alfa più forte» dico, tentando di spiegarle come funzionano le gerarchie nel nostro mondo. «Tuttavia, il ruolo non è ufficiale finché il re non trova una compagna. Perpetuare la discendenza è molto importante per noi, ma con la carenza di omega...». Mi interrompo, deglutendo.

La scomparsa degli omega ha avuto inizio con la morte di mia madre. Non ne sono nati più. E ciò mi ha reso impossibile rivendicare ufficialmente il mio titolo.

Per questo abbiamo iniziato a cacciare come dovrebbe fare una cerchia di compagni.

E ci sono voluti secoli per trovare Ailsa.

Se ci rifiuta...

Non riesco nemmeno a terminare il pensiero. Sarà sempre una sua scelta. Ma la nostra cerchia non andrà avanti senza di lei. Ailsa è tutto per noi. E non solo perché sembra che non ci siano più omega. Si tratta di *lei*. L'abbiamo scelta fin dalla prima volta in cui ho colto il suo odore.

La nostra omega volitiva e avventurosa. La femmina che non ha mai rifuggito la mia bestia, nemmeno quando pensava che volesse mangiarla.

È sempre stata forte. Determinata. Sicura di sé. Forse esteriormente timida con Catum, ma audace nella mente e nei sogni.

La compagna perfetta.

«Gli omega sono sempre stati una rarità» continua per me Catum, appoggiandosi al ripiano e incrociando le braccia sul petto. «E gli omega possono accoppiarsi solo con gli alfa più forti».

Annuisco. «Se il Re Impostore si prende una compagna adesso, sarà considerato l'alfa più forte tra tutti noi. E a nessuno importerà come è arrivato lì. A meno che non riusciamo a dimostrare che sta ignorando i rituali».

«Giusto. Altrimenti, racconterà che l'omega è andata direttamente da lui e ha rifiutato di partecipare al rituale, come dimostrato dall'erede che porterà in grembo». Il disprezzo di Craze nei confronti di Cremisi è palpabile. «È questa la ragione per cui ti abbiamo presentata agli abitanti di Monsterland, per far vedere a tutti che non stai rifiutando il rituale».

«Per darti la possibilità di scegliere» riformulo. Perché questo è il punto: vogliamo che sia lei a decidere con chi accoppiarsi.

Anche se, ovviamente, speriamo che la scelta ricada su di noi.

Siamo gli alfa più forti di Monsterland. Sotto sotto, la sua anima di omega lo sa.

È la parte umana che ha bisogno di capirlo, di accettarlo.

«Quindi con il rituale… dovrò… dovrò scappare, e voi… voi mi darete la caccia?». Lo dice con un tono ansimante che mi colpisce dritto al nodo.

E non sono l'unico a percepirlo, perché Craze geme: «Tombe, ce l'ho duro di nuovo».

Catum ghigna, ma sono sicuro che le parole della nostra omega abbiano fatto effetto anche a lui. «Sì, tu scappi e gli alfa ti inseguono» conferma. «E sarai tu a scegliere a quale cerchia sottometterti».

«Per scopare» dice lentamente, come se stesse assaporando il termine.

«Esatto» ringhia Craze, trascinandola in un bacio violento. «Un sacco di sesso. E di orgasmi. E di piacere».

Si scioglie addosso a lui, abbandonandosi al suo tocco, e le sue labbra si schiudono in un gemito.

Craze le sorride sulla bocca. «L'idea ti piace, eh, splendore?».

Deglutisce. «S… sì, potrebbe piacermi».

«Ti piacerà» le promette, baciandola di nuovo. «Anzi, lo adorerai».

«Ammesso che procediamo con il rituale» intervengo, odiando dover essere la voce della ragione. Ma è il mio lavoro. Il mio ruolo. Il mio fardello. «Se gli alfa non rispetteranno la scelta di Ailsa, allora è troppo pericoloso continuare con i nostri piani».

«E questo ci porta al piano Z» dice Craze con un sospiro, allontanandosi da Ailsa.

«Portarmi… a casa» mormora lei, e le sue labbra si incurvano all'ingiù. «E poi cosa succederà?».

«Risolveremo i problemi qui a Monsterland e verremo a prenderti» spiego. Odio questo piano, ma è l'ultima spiaggia. «Speravamo che la tua presenza avrebbe spinto la gente a riabbracciare le nostre tradizioni. Finora, però… sembra che abbia solo dimostrato quanto abbiano smarrito la via».

Guardo Craze, il suo commento di poco prima mi turbina nella testa.

«Ecco cosa succede quando manca un leader».

È la mia paura più oscura che prende vita.

Ci abbiamo messo troppo a trovare una potenziale compagna, permettendo a Monsterland di decadere, sotto il dominio del Re Impostore.

Abbiamo cercato un'omega per necessità. Ma le nostre ragioni andavano oltre il semplice salvataggio del regno.

Volevamo uno scopo.

Un futuro.

Una regina.

Forse, in un certo senso, questo ci rende egoisti.

Solo che pensavo che condurre Ailsa qui avrebbe unito Monsterland, non che l'avrebbe divisa ancora di più.

Ci aspettavamo che i servitori del Re Impostore avrebbero cercato di riportarla nella sua tana, ma finora gli unici alfa che le hanno dato la caccia sono quelli che vogliono accoppiarsi con lei.

Tranne forse i fratelli Pincopanco e Pancopinco, e Brandt. Anche se in realtà non ci siamo mai preoccupati di sentire le loro motivazioni, supponendo che fossero lì per volere del Re Impostore.

Possibile che ci siamo sbagliati fin dall'inizio?, mi domando. *E se il traditore che siede sul mio trono non avesse mandato nessuno?*

«Dobbiamo passare al piano Z» dico lentamente, mentre la mia mente si sforza di risolvere gli enigmi sorti negli ultimi giorni.

Diavolo, a essere onesti risalgono a secoli fa. E ora tutto è reso ancora più complicato dal fatto che il Re Impostore non sta agendo come avevamo previsto.

Rendendo la nostra situazione un'incognita.

Non mi piacciono le incognite.

«A questo punto, sarà più sicuro per Ailsa trovarsi lontano da Monsterland» continuo, proseguendo a riflettere ad alta voce. «So che abbiamo degli alleati qui, ma al momento non mi fido di nessuno. Dobbiamo riorganizzarci e determinare su chi possiamo davvero contare. E non possiamo farlo con lei che funge essenzialmente da esca per il caos».

La nostra omega si acciglia per la definizione.

Ma è accurata.

«Qualcuno deve rimanere lì per proteggerla» afferma Craze. «Il suo reame è troppo connesso al nostro per lasciarla sola».

Ha ragione. C'è un motivo se l'editto del Re Impostore è rispettato così rigorosamente in tutti i regni. Siamo il cuore della magia, e la nostra influenza mostruosa si è diffusa in lungo e in largo.

Il Re Impostore ha informatori ovunque.

Ecco perché non riporteremo Ailsa nel suo distretto o in qualsiasi altro posto dove potrebbe essere scoperta. Grazie alla tecnologia e ai media, tutti nel suo regno sanno che è un'omega, poiché i risultati della cerimonia sono stati trasmessi in tutto il mondo.

Sarà riconosciuta ovunque andrà.

Ed è per questo che il Re Impostore non si aspetterà che la conduciamo lì.

Abbiamo delle case sicure sparse ovunque nel suo reame, come a Monsterland. Case dove possiamo nasconderla finché non avremo trovato una soluzione definitiva.

«Vai tu con lei» dico a Craze.

Non perché qui non sarebbe utile, ma perché è un maestro del travestimento. Se c'è qualcuno in grado di proteggere Ailsa e allo stesso tempo muoversi indisturbato, quello è lui.

Che è anche la ragione per cui è stato scelto per essere la sua prima scorta qui a Monsterland.

E la ragione per cui ora deve andare con lei.

Abbassa il mento in segno di assenso. «Okay».

«Posso dire la mia?» chiede Ailsa.

«Sì» risponde Catum, precedendomi. «È sempre stata una tua scelta, Ailsa, e lo sarà sempre. Ma dato che qui non possiamo garantire che tu abbia la possibilità di scegliere, ha senso passare al piano Z, proprio come ha detto Krolic»

«Oppure potremmo elaborare un nuovo piano» propone, guardandomi negli occhi. «Uno che implichi che ti scelga, qui e ora, e ti dia l'erede di cui hai bisogno. Poi potrai rivendicare il trono, giusto? Potrai fare quello che aveva architettato Cremisi, dicendo che ho preferito saltare la caccia».

L'idea fa esultare il mio cuore, ma la mia anima la rifiuta immediatamente.

Non siamo così.

Non prendiamo con la forza.

E non ci accoppieremo con la nostra omega con un falso pretesto.

Lo faremo nel modo giusto.

O non lo faremo affatto.

«Non sono Cremisi» dico in tono burbero. «Non posso… *non voglio* nascondermi dietro un cavillo. Se, *quando*, ci riprenderemo il trono, sarà secondo tutti i crismi. Perché sono un re che rispetta gli abitanti di Monsterland. Non un codardo che si nasconde dietro miraggi e bugie belle e buone».

Ailsa mi fissa a lungo. Poi gira intorno a Craze per venire verso di me, si alza in punta di piedi e mi preme un bacio sulle labbra.

«Capisco». Mi posa la mano sulla mascella, facendomi rendere conto che durante la conversazione ho iniziato a stringere i denti. «Ma rinunciare alla caccia e scegliere te non sarebbe un inganno. Perché penso di aver scelto te e il tuo lupo la prima volta che ci siamo incontrati».

Mi abbandono al suo tocco, chiudendo gli occhi. «Per quanto desideri poterlo fare in questo modo, non posso. Dobbiamo seguire il rituale. Per il bene del regno» mormoro. «Hanno bisogno di ricordare le nostre usanze».

Ma qui dev'essere abbastanza sicuro da permetterci di compiere la caccia nel modo giusto.

«Okay» sussurra, baciandomi di nuovo.

Le afferro la nuca e la stringo ancora di più a me, ricambiando il bacio. E stavolta lascio che la mia lingua le schiuda le labbra carnose, rendendo il nostro gesto ancora più appassionato.

Lei freme in risposta, premendo il corpo sul mio.

Le cingo la vita con l'altro braccio e la reclamo. La venero. La *divoro*.

Lune, è come una droga.

È perfetta.

Bellissima.

Mia.

Il mio lupo fa le fusa internamente, compiaciuto della sua docilità. Entusiasta della sua presenza. Felice del suo affetto.

Abbiamo cercato una compagna per così tanto tempo, trovando finalmente la donna perfetta in una foresta appena fuori da una piccola tenuta dall'aspetto innocuo.

Viveva in un distretto di montagna e non conduceva una vita prestigiosa, anzi: lavorava sodo. E ciò l'ha resa ancora più straordinaria.

Perché non è mai stata posta su un piedistallo. Non è mai stata una che comandava gli altri o li sminuiva.

È giovane. Estroversa. Piena di vita.

È una lavoratrice. Zelante. E piena di sogni.

Sogni che voglio realizzare.

Perché merita tutto e anche di più.

«Prepareremo Monsterland per te» le prometto. «E torneremo a prenderti, Ailsa. Te lo giuro».

Lei deglutisce, annuendo. «Se non lo farete, troverò un altro portale in cui cadere».

Sorrido. «Non sei caduta, piccolina. Hai saltato».

Aggrotta la fronte. «Sono caduta, senza dubbio».

Sollevo una spalla. «Se è così che vuoi ricordarlo, va bene. Io preferisco ricordare la mia versione». Quando si è chinata per toccare il portale e ci si è praticamente tuffata. «Sei destinata a governare su questo reame, Ailsa Marvel».

«Sarai la regina di Monsterland» dice Catum, che le si avvicina da dietro e le bacia la nuca. «E noi saremo i tuoi cavalieri».

«La tua corte» aggiunge Craze, facendo un passo avanti per completare il cerchio che abbiamo formato intorno a lei. «Ci inchineremo a te come nostra compagna».

«E ti adoreremo come la nostra dea» concludo, con le labbra sulle sue. «Mi dispiace doverti salutare, piccolina». Odio che non possa restare. Odio che Monsterland abbia bisogno del nostro intervento. Odio doverla salutare.

Craze mi lancia un'occhiata e annuisco.

Deve portarla via adesso.

Prima che cambi idea.

Prima che decida di accettare la sua offerta.

Non che possa realmente inseminarla ora; deve essere in calore, e mi rifiuto di darle un'altra dose di elisir per accelerare il processo.

È come gioca il Re Impostore.

Io, però, non sono come lui.

Io sono il Re Argento. Il legittimo erede al trono. Il fottuto re di Monsterland.

E la mia cerchia di compagni è la più forte del reame.

È giunto il momento di ricordare a tutti qual è il nostro posto.

È giunto il momento che il Re Impostore e mia sorella paghino.

Ed è giunto il momento di salutarla, seppur temporaneamente, penso, abbassando lo sguardo sulla nostra compagna prescelta. La bacio un'ultima volta, poi lascio che Catum la giri verso di lui e faccia lo stesso.

Indossa ancora soltanto un asciugamano, ma Craze le troverà qualcosa da mettere quando saranno giunti a destinazione. La nasconderà. La proteggerà. E si assicurerà che nessuno possa trovarla.

Glielo leggo negli occhi, quando la stringe tra le braccia.

«Ce ne andiamo adesso?» chiede Ailsa. Sembra senza fiato.

«Non c'è momento migliore del presente» risponde Craze. «Tieniti forte, Ailsa. L'ascesa non è facile quanto la caduta».

Le sue labbra si incurvano all'ingiù. «Cosa?».

Craze non aggiunge altro, limitandosi a evocare un portale e strattonarla all'interno.

Il vortice si chiude un attimo più tardi, lasciando me e Catum a fissarci l'un l'altro.

«Chi è il primo della lista della gente da uccidere?» mi domanda in tono disinvolto, come se non fossimo in procinto di annientare mezzo regno.

«Prima voglio parlare con Brandt» dico. «Voglio capire se è lucido». E se lo è, allora sarà il primo alfa di cui faremo un esempio.

Catum annuisce. «Okay. Allora…».

Il terreno sotto di noi si spacca, facendo cadere me all'indietro sul ripiano e Catum nella doccia che aveva appena lasciato.

Entrambi aggrottiamo la fronte, mentre il rombo si intensifica e un portale si apre vorticosamente dove Craze è sparito pochi secondi fa.

Ne esce volando, con un asciugamano stretto nel pugno – lo stesso asciugamano che Ailsa aveva addosso quando se n'è andato con lei – e cade rovinosamente a terra.

Privo di sensi.

Solo.

E coperto di sangue.

AILSA

Sbatto le palpebre.

Poi mi acciglio.

«Craze?» sussurro. Ho la bocca incredibilmente secca. «Perché…?». Deglutisco, la mia voce è talmente roca che si ode appena. *Cos'è successo?*, mi domando, sbattendo di nuovo le palpebre.

Un attimo prima eravamo in bagno.

E quello dopo…

Non ricordo.

So solo… che sono qui.

Mi acciglio ancora di più. *Nel mio letto.* Sento i familiari bozzi nel materasso, vedo la carta da parati screpolata che decora la parete grigia. C'è poca luce, la finestra stretta sopra di me lascia entrare a stento qualche raggio di sole nella stanza nel seminterrato.

L'odore di muffa mi pizzica le narici.

Ma sotto aleggia anche il profumo di spezie.

E fumo.

E bosco.

Craze. Catum. Krolic.

Dove sono finiti?

E perché io sono qui?

Rotolo su un fianco ma me ne pento un istante più tardi, rannicchiandomi su me stessa. Perché… *ugh.* Non mi sento bene. È come se non avessi mangiato per giorni e non avessi comunque voglia di nutrirmi.

Cosa c'è che non va?, penso. Chiudo gli occhi, mi gira la testa. Vengo assalita dalle vertigini, che peggiorano la nausea.

Dei, Craze non scherzava quando ha detto che l'ascesa sarebbe stata peggiore della caduta.

Ma dov'è?

Sbircio di nuovo da sotto le palpebre, alla ricerca dei suoi capelli neri e dei suoi occhi peccaminosi. Mi andrebbe bene anche con il trucco da teschio. Ma non si trova nella mia visuale, e in questo momento temo di non essere in grado di mettermi a sedere ed esaminare il resto della stanza.

Non avevano detto che non sarei tornata nel mio distretto?, penso, aggrottando di nuovo la fronte. *C'è qualcosa che non va.*

«Ailsa?» mormora una voce femminile, facendomi trasalire.

La baronessa Clarice.

«Sei finalmente sveglia, ragazzina?» domanda con una leggera impazienza nel tono che mi fa rovesciare lo stomaco.

Mi chiama "ragazzina" solo quando è scontenta.

Deglutisco, la gola ancora secca funziona a malapena. Mi ci vuole tutta l'energia che possiedo per rotolare sulla schiena e poi girare la testa verso la porta del seminterrato. «Non… non mi sento bene, baronessa Clarice». La mia voce roca fatica a coprire la distanza che ci separa.

Ma capisco che mi ha sentito dal modo in cui incrocia le braccia. «Lo immaginavo. Ti sei persa la cerimonia del tuo compleanno e sei rimasta incosciente per giorni».

Cosa? La fisso. «Ho…».

«Ti avevo detto che vagare nei boschi non era salutare»

continua come se non avessi cercato di parlare, per poi iniziare a scendere le scale a passo lento, con i tacchi a spillo che battono sul legno. «Forse ora mi darai finalmente ascolto, eh?».

Accende le luci, facendomi sussultare e costringendomi a coprirmi gli occhi. I tubi fluorescenti sono troppo luminosi per questo ambiente, ma lei dice che il neon la aiuta a verificare che tenga pulita la mia stanza.

Non che abbia molto spazio da sporcare.

Un letto singolo.

Un comò e un armadio per le mie uniformi.

E un bagno con una vecchia doccia.

Tutto qui.

In che senso mi sono persa la cerimonia?, mi chiedo, cercando di concentrarmi. *Sono… sono andata alla cerimonia. Non ho dubbi. Ho bevuto l'elisir. E… e ho incontrato tre uomini meravigliosi.*

«Il dottor Tav passerà presto a visitarti. Voglio assicurarmi che tu possa riprenderti completamente». Si avvicina al letto e mi guarda con le labbra arricciate. «Sei indietro di tre giorni con i lavori di casa, Ailsa. È molto fastidioso per noi».

«Mi dispiace» riesco a dire con la bocca impastata.

È stato tutto un sogno?

«Mmh» mormora, tamburellando con il piede. «Beh, dirò a Tabitha di portarti qualcosa da mangiare, mentre aspetti il dottor Tav. Fai esattamente ciò che ti dice. Non possiamo permettere che tu muoia qui sotto».

E con quelle parole dolci, si getta i lunghi capelli biondo platino dietro le spalle e se ne va da dove è venuta.

Non respiro finché il suono dei suoi tacchi non è nient'altro che un ricordo.

Sono a casa. Nel mio distretto. E ho saltato la cerimonia del mio compleanno.

Non… non può essere.

Ero in quel bagno, avvolta in un asciugamano, e stavo dicendo ai tre alfa che non c'era bisogno che mi dessero la caccia, che li avrei scelti.

Craze mi ha portata qui.

Avevo ancora l'asciugamano addosso. E…

Accigliandomi, abbasso lo sguardo e mi accorgo di indossare la mia solita uniforme da domestica: pantaloni marrone scuro e una semplice maglietta bianca.

Sollevo la schiena a fatica e osservo l'armadio semiaperto, dove vedo l'abito cerimoniale azzurro e bianco appeso alla porta a specchio.

Sento una fitta allo stomaco. *No. No, non è possibile.*

Craze, Krolic e Catum sono reali.

Tutto quello che abbiamo vissuto… era troppo intenso per essere un sogno.

Solo che anche le scarpe sono lì per terra, pronte per essere indossate.

Iniziano a tremarmi le mani, e il fremito raggiunge le braccia mentre Tabitha appare sulle scale. Le scende con il capo chino, il suo atteggiamento timido mi ricorda il mio quando ho iniziato a lavorare nella tenuta della baronessa Clarice.

Solo che Tabitha sembra un po' più nervosa del solito. Forse perché negli ultimi giorni ha dovuto fare gli straordinari per coprire la mia assenza.

Si avvicina furtivamente a me con il vassoio, senza alzare lo sguardo nemmeno una volta.

Non ci conosciamo bene; ha iniziato a lavorare qui solo tredici mesi fa e ha otto anni meno di me. Ma il suo atteggiamento non mi piace. È fin troppo abbattuta, come se di recente fosse successo qualcosa che l'ha distrutta.

«È tutto a posto?» le chiedo in un sussurro, sapendo che la villa è piena di dispositivi di ascolto.

La baronessa Clarice prende la sicurezza molto sul

serio, e questo include il monitoraggio del personale. Ma negli ultimi anni non si è interessata particolarmente a me, forse perché sono con lei da abbastanza tempo da conoscere qual è il mio posto e sapere come svolgere correttamente il mio lavoro.

D'altro canto, è grazie ai sistemi di sicurezza che ha scoperto le mie frequenti escursioni nella foresta.

Non le piacciono le mie "piccole avventure", come le chiama lei, ma non mi ha mai ordinato di smettere. Mi ha solo detto che non è sicuro e che è meglio che non prenda freddo.

Sembra che non abbia rispettato questa richiesta.

Ammesso che fossi davvero malata, penso, aggrottando di nuovo la fronte. *Non può essere stato un sogno. I miei alfa sono reali. Riesco ancora a sentirne l'odore. Riesco ancora a sentire il loro tocco.*

Krolic mi ha marchiata tra le cosce.

Lo *sento.*

Il modo in cui il suo nodo pulsava dentro di me.

Il suo seme.

Non era un sogno.

Tabitha posa il vassoio, ricordandomi della sua presenza e della domanda a cui deve ancora rispondere. Alzo lo sguardo verso i suoi occhi viola, notando le sottili ciglia rosa che incorniciano i suoi occhi felini. È umana, ma c'è sempre stato qualcosa di soprannaturale in lei. Qualcosa che sembra essere accentuato dai suoi lineamenti. Anche le sfumature rosa nei capelli sembrano innaturali.

Ma nel mio mondo solo gli umani fanno i servitori.

Ergo, è un'umana.

«Non bere il tè» mormora. Le sue parole si odono appena.

Poi si gira e se ne va senza aggiungere altro, lasciandomi in un silenzio attonito.

Lancio un'occhiata al vassoio, dove ci sono un piccolo panino al tonno e una tazza di tè.

C'è qualcosa che non va.

I solchi tra le mie sopracciglia si fanno ancora più profondi, mentre un'altra parte di me sbotta: *Ma va'?!*

Craze, Catum e Krolic sono reali. Ne sono certa. Sono… sono la mia cerchia di compagni. Più o meno. Non proprio. Non *ancora*.

Scuoto la testa e me ne pento immediatamente, venendo assalita di nuovo dalle vertigini.

Ero a Monsterland. Sono un'omega. Non… non dovrei essere qui.

Non è un sogno. Non è un sogno. Non. È. Un. Sogno.

Ma allora com'è possibile che il vestito sia in condizioni perfette? E le scarpe?

Quando ero a Monsterland, li ho praticamente distrutti.

Traggo un respiro profondo e mi strofino le mani sul viso. Niente di tutto questo ha senso.

Nonostante lo stomaco mi stia uccidendo, non voglio mangiare.

E Tabitha mi ha detto di non bere il tè.

Mordendomi l'interno della guancia, studio la tazza incriminata. Sembra normale.

Mi chino e annuso la bevanda. Anche l'odore è normale.

Ma ciò non significa che abbia voglia di assaggiarla. Soprattutto dopo l'avvertimento di Tabitha.

Scuoto la testa, metto da parte il vassoio e costringo le mie gambe a muoversi per appoggiare i piedi sul pavimento. Sono pesanti, confermando che forse ho realmente dormito per un bel po'.

Oppure sono stata drogata, penso.

Non so bene come ci si senta, ma ho sentito parlare di droga dalle figlie della baronessa Clarice. Beh, non direttamente da loro. Nei film che guardavano.

Avanti, Ailsa, dico a me stessa.

Ma riesco a malapena a sentire il pavimento di cemento sotto i piedi nudi. È come se avessi perso la sensibilità.

«Dov'è?» risuona una voce profonda che mi fa correre un brivido lungo la schiena.

«È nella sua stanza, sta riposando» risponde la baronessa Clarice in tono soave. Non l'ho mai sentita parlare così. Di solito è esasperata, oppure severa. Non… non *tuba*.

«Portami da lei» ringhia il maschio.

C'è qualcosa nella sua voce che mi mette istintivamente in allerta. Una sensazione di disagio che non riesco a spiegare. Un senso di pericolo che mi fa venire voglia di scappare.

Ma le mie gambe sono pesanti come il piombo e la testa mi pulsa.

Dei, non va bene. Non…

Il rumore dei passi sulle scale mi fa voltare verso l'entrata della mia stanza mentre un uomo con dei pantaloni neri e una camicia bianca inizia a scendere.

È alto. Massiccio. La sua corporatura è simile a quella di Krolic, Catum e Craze.

Un alfa, mi rendo conto, per poi aggrottare la fronte. *Come faccio a saperlo?*

Come faccio a sapere che tutto questo sta accadendo davvero?

Forse… forse sono svenuta nel portale e questo è solo un incubo.

Oppure… oppure non è successo nulla e si è trattato

solo di un sogno meraviglioso. Finché non mi sono svegliata nella realtà.

«Signorina Marvel?» dice la voce profonda, con un accenno di dolcezza nel tono.

Mi schiarisco la gola e mi concentro sul maschio in avvicinamento, notando le rughe profonde ai lati degli occhi. Occhi di un azzurro brillante, che contrastano piacevolmente con i capelli neri e la pelle chiara.

È bellissimo.

Non c'è dubbio.

Ma ha un odore… sbagliato.

Il che è strano. Di solito il mio naso non è così sensibile, ma c'è qualcosa nel suo profumo che non mi convince. *Sandalo*, ipotizzo. Non è l'olio essenziale giusto.

Krolic profuma di cedro e pino.

Questo alfa… Il suo profumo è troppo delicato. Troppo diverso.

Ho bisogno della foresta.

Ho bisogno di *Krolic*.

«Salve, signorina Marvel» mormora l'alfa. Mi accarezza con lo sguardo e la sua espressione si illumina.

Mi irrigidisco, a disagio per la sua vicinanza. C'è qualcosa di… sbagliato in lui. Non… non so come faccio a percepire tutto questo, ma non ho nessuna intenzione di ignorare l'istinto. Non quando tutto il resto sembra così inaffidabile.

«Io sono Tav» dice, sedendosi sul materasso.

«*Dottor* Tav» interviene la baronessa Clarice, guadagnandosi un'occhiata gelida da parte del'alfa. Non so come faccio a sapere che è un alfa. Forse per le dimensioni. Ma ormai ne sono certa.

E ora che ci penso… anche la baronessa Clarice lo è.

Com'è possibile che non me ne sia mai resa conto?

È alta. Snella. Ed eccezionalmente dominante.

Non mi ero mai accorta del suo status. Per me è sempre stata solo la baronessa Clarice, una creatura di origine soprannaturale e di specie ignota che per caso possedeva la tenuta in cui lavoravo. Non ho mai posto domande. Non mi sono mai chiesta quali fossero le sue origini. Mi limitavo a obbedire.

Ora, però, sono colta da una certezza innata, come se improvvisamente avessi acquisito l'abilità di identificare gli esseri che provengono da Monsterland.

È a causa dell'elisir?, mi domando. *Oppure ho perso completamente la testa?*

«Deve rispettare i suoi superiori e obbedire» sibila la baronessa Clarice in risposta a qualcosa che ha detto il dottor Tav. Qualcosa che non ho sentito, troppo persa nei miei pensieri. «È pienamente consapevole della sua posizione. E si rivolgerà a te chiamandoti "dottore"».

L'alfa maschio emette un verso di disapprovazione, prima di schiarirsi la voce e riportare la sua attenzione su di me. «Ho sentito che sei stata poco bene».

Per usare un eufemismo, vorrei commentare.

Ma preferisco evitare di inimicarmi lui o la baronessa Clarice.

La loro presenza di alfa è… opprimente. Intensa. Esige sottomissione.

È molto diversa da quella di Krolic, Catum e Craze. Anche se percepivo la loro personalità dominante, non mi hanno mai fatto sentire il bisogno di supplicarli o implorare la loro benevolenza. Obbedivo per farli contenti.

Con la baronessa Clarice e il dottor Tav… la mia obbedienza deriverebbe dalla paura.

Ma non li temo realmente.

È una sensazione strana che non riesco a comprendere.

E non sono pronta ad abbracciarla.

Non finché non avrò capito cosa sta succedendo.

Così, tossisco e dico: «Non so cosa sia accaduto, ma sembra che abbia dormito per un po'». Non è una bugia: ho sicuramente dormito a lungo. Ciò spiega il torpore, il mal di testa e la sensazione generale di pesantezza.

Ma spero anche di convincerli che ho creduto alla storia della baronessa Clarice sul fatto che mi sono persa la cerimonia.

Non me la sono persa. La mia cerchia è reale.

L'abito deve essere una replica. È l'unica spiegazione che accetto.

Perché una vita senza Catum, Krolic e Craze… No, grazie. Non voglio nemmeno pensarci. Non dopo aver trascorso del tempo con loro e aver assaporato ciò che potremmo essere insieme. Ho bisogno di averne di più. Ho bisogno di loro. Ho bisogno del nostro futuro.

Sul momento, il dottor Tav non dice nulla, allungando la mano dietro di me per prendere il tè. Lo annusa e il suo naso si arriccia visibilmente. «Cos'è?» chiede alla baronessa Clarice.

Lei si limita a fissarlo. «Tè».

La sua espressione si indurisce. «Rifallo».

«Scusami?».

«Mi hai sentito, Cuore. *Rifallo*».

Trasalisco, perché sentire quel nome è stato come essere colpita da una scarica elettrica. Il mio cuore comincia a battere all'impazzata. *È la sorella di Krolic.*

È… è possibile?

Perché dovrebbe essere qui?

Forse ho capito male.

«Scusami, piccola» dice il dottor Tav, afferrandomi la mano. Il contatto mi gela il sangue. Riesco a stento a reprimere un brivido. Il suo tocco è talmente sbagliato che fatico a pensare lucidamente. «Non volevo ringhiare».

Ringhiare?, ripeto tra me e me. *Oh.*

Pensa che il mio battito sia accelerato a causa del suo rimprovero, non perché ha pronunciato il nome "Cuore".

Che poi, l'ho sentito davvero?

«Prepara di nuovo il tè» le dice ancora una volta.

«Io non *preparo* un bel niente» sbotta la baronessa Clarice – *Cuore?* – prima di prendere il vassoio e dirigersi furibonda verso le scale. «E non mi sottometto a te».

Il dottor Tav grugnisce. «Lo so bene».

La baronessa si getta i lunghi capelli biondi oltre le spalle con un movimento del capo, come fa di solito, e sale le scale, poi sbatte la porta dietro di sé.

Il dottor Tav sospira, tracciando con il pollice cerchi sgraditi sul mio polso. «Non siamo compatibili, vero?» dice a bassa voce.

Sbatto le palpebre. «Cosa?».

Inclina la testa di lato, i suoi occhi azzurri sono quasi gentili. «Mi hai sentito, signorina Marvel. Il nostro odore non è compatibile».

Stavolta non riesco a bloccare il brivido che mi riverbera dentro.

E lui lascia andare la mia mano. Si passa le dita tra i capelli, scuotendo la testa. «Qui niente è ciò che sembra. Niente di niente».

«Cosa vuoi dire?».

«Speravo che fossimo compatibili, almeno per rendere tutto questo più accettabile. Ma avrei dovuto sapere che il destino non mi avrebbe mai concesso un dono del genere». Alza lo sguardo verso le scale, con un'espressione di disapprovazione. «Però a lei non importerà. Non le importa mai nulla».

«Non… non capisco».

«No, immagino di no» mormora. «E mi dispiace per questo. Cazzo, mi dispiace per molte cose. Ma ahimè, le scuse sono un concetto del passato».

Si alza.

«Vado a controllare che il cibo e il tè siano sicuri da mangiare e da bere» dice, riportando finalmente lo sguardo su di me. «Avrai bisogno di essere in forze, omega. I prossimi giorni saranno faticosi per entrambi».

E con quello se ne va.

Lasciandomi a fissare le scale a bocca aperta.

Mi ha chiamata "omega".

È vero. È tutto… è tutto vero.

E sono abbastanza sicura di aver appena incontrato il Re Cremisi.

CRAZE

Che cazzo è successo?, mi domando aprendo lentamente gli occhi, con un mal di testa atroce.

C'è acqua ovunque.

E sangue.

Ma che diavolo…? Mi metto a sedere, schizzando il liquido caldo su tutto il rivestimento di marmo.

«Oh, bene, ti sei svegliato» dice Krolic. «Era ora».

«Cosa?». Sbatto le palpebre. «Perché cazzo mi trovo in una vasca da bagno?».

«Perché eri coperto di sangue e stavi morendo dissanguato» borbotta Catum. «Dovevo curarti in fretta. Mi ci sono comunque voluti due giorni».

«*Due giorni*?». Cerco di saltare fuori dall'acqua, ma la mia abituale agilità mi tradisce e il mal di testa mi costringe a cadere di nuovo nella vasca.

«Stai facendo un casino» mi rimprovera Krolic.

«Oh, scusa» sbotto. «Mi limiterò ad annegare in silenzio».

Grugnisce.

E Catum sospira. «Puliremo più tardi. Ora l'importante è aggiornarti sulle ultime novità».

«Quali novità?» chiedo, appoggiando la testa sul bordo di marmo e chiudendo gli occhi. «Sono stato attaccato di nuovo da un orco?». Quegli esseri cercano sempre di massacrarmi di botte, e mi sento proprio come se uno di loro mi avesse colto alla sprovvista. Probabilmente dandomi una clavata sulla testa o qualcosa del genere.

«Il Re Impostore ha preso Ailsa» dice Catum, facendomi aggrottare la fronte.

Ailsa Marvel.

Potenziale compagna.

No, non potenziale. Sicuramente *è la nostra compagna.*

Spalanco gli occhi e tento di uscire di nuovo dall'acqua. Stavolta, invece di lamentarsi, Krolic mi lancia un asciugamano. Lo prendo al volo ma non lo uso; fisso Catum a bocca aperta, mentre i ricordi iniziano a riaffiorare.

Eravamo proprio in questo bagno e stavamo parlando con Ailsa del rituale di accoppiamento. Le abbiamo anche raccontato qualcosa su Cremisi. Poi abbiamo deciso di... intraprendere il piano Z.

Ho creato il portale.

E...

Mi acciglio ancora di più. «Non ricordo cos'è successo dopo che siamo entrati nel portale». È tutto confuso, un enorme buco nero.

«*Mia sorella* è successa» ringhia Krolic, mentre si china per svuotare la vasca. Non ci vorrà molto: la magia vortica nell'aria, accelerando la procedura e ripulendo tutto il casino che mi sono lasciato dietro. Le preoccupazioni di Krolic erano infondate.

Almeno per quanto riguarda il bagno.

Le sue preoccupazioni nei confronti della sorella, invece, sono tutta un'altra storia.

«Cos'ha fatto?» chiedo. Ho bisogno di capire, di colmare le mie lacune.

«Ci ha teso una trappola. *In superficie*» brontola Catum. Le parole sembrano irritarlo. «Quel maledetto gatto ci aveva avvertiti di non portare Ailsa in superficie. Ma pensavo che intendesse a Monsterland. E invece no, parlava del suo reame».

«Che a volte viene definito "andare in superficie"» traduco, capendo cosa intende. «Cazzo».

«Sì, *cazzo*. Cuore è rimasta nascosta in bella vista per tutto il tempo». Catum è furibondo. «L'ho perfino *incontrata* nei panni della baronessa Clarice, ma non ho assolutamente notato la sua presenza. Ci ha preso in giro per due fottuti anni».

«Da più di due anni» dice Krolic, altrettanto furioso.

Ma io... io sono un po' perso, temo che mi sfugga una parte fondamentale della conversazione. «La baronessa Clarice?».

«Mia sorella è la baronessa Clarice» spiega Krolic a denti stretti. «O meglio, ha trasformato quella donna in una sorta di burattino. O immagino che la descrizione più appropriata sarebbe nell'ombra di se stessa».

«In pratica vive dentro di lei come se *fosse* lei» precisa Catum. «È una situazione assurda».

«Senza dubbio» mormoro. «Cuore non riesce nemmeno a trasformarsi in lupo. Ecco perché non è mai stata abbastanza forte per governare».

«Continua a non esserne in grado» dice Krolic. «Ma sembra che stia sfruttando una magia antica e oscura per consolidare il suo dominio in vari modi». Suona inviperito, probabilmente perché è la prima volta che sentiamo parlare di tutto questo.

Ma spiegherebbe come sia riuscita ad ammazzare i loro genitori e i loro fratelli.

E anche come abbia fatto a sfuggire di galera secoli fa.

Catum incrocia le braccia sul petto. «L'indovinello del gatto includeva una parte su come lei sia sempre stata un passo avanti a noi. Crediamo che sia per questo».

«E speriamo che anche la parte sul fatto che Ailsa sia la chiave per abbattere Cuore, *una regina contro una regina*, sia accurata» aggiunge Krolic.

«Esatto». Catum si sposta per aprire la doccia. «Devi sciacquarti, Craze».

Sto per mandarlo a fanculo, ma l'asciugamano insanguinato che stringo tra le dita mi blocca. Getto la biancheria sporca nella vasca che si sta ancora svuotando, dove scompare insieme all'acqua.

«Qual è il piano?» chiedo, posizionandomi sotto il getto freddo. Presto si riscalderà. Ma non me ne frega un cazzo della temperatura. Mi interessa recuperare la nostra omega.

«Assaltare il palazzo» risponde Catum.

Sbuffo. «Certo. Mi piacerebbe molto, ma abbiamo bisogno di un esercito per riuscirci. Qual è il vero piano?».

«Assaltare il palazzo» ripete Krolic.

Li fisso entrambi. «Avete bevuto il mio tè?! È una missione suicida».

«Non esattamente» mormora Krolic. «Ci siamo dati da fare, mentre tu sonnecchiavi».

Inarco un sopracciglio. «Non stavo *sonnecchiando*».

«In ogni caso, abbiamo incontrato alcuni dei tuoi vecchi amici» continua Krolic.

«Amici?» ripeto. «Io non ho amici». A parte i due stronzi che mi guardano mentre mi faccio la doccia.

E Ailsa.

Mi piacerebbe definirla un'amica.

Oltre che una dea del sesso.

Ma discuterò di quel soprannome con lei più tardi. Quando la troveremo. Perché la troveremo, ne sono sicuro. *E ucciderò chiunque abbia osato toccarla*, decido, iniziando a spalmarmi lo shampoo.

«Brandt» dice Krolic. «E i fratelli Pincopanco e Pancopinco».

Le mie mani si bloccano. «*Cosa*?».

«Ho fatto una chiacchierata con loro sul perché hanno cercato di aggredire Ailsa. È stato… illuminante».

«Anche loro pensavano che fosse fertile?» domando.

«Sì» conferma Krolic. «Solo che non ricordano perché la pensavano così, e sono rimasti sconvolti dalle loro stesse azioni».

«Quindi hanno avuto l'impressione di essere… posseduti?».

«Sembra di sì» interviene Catum. «Proprio come la baronessa Clarice».

«Già, proprio come la baronessa Clarice» gli fa eco Krolic. «E dire che Brandt e i fratelli Pincopanco e Pancopinco erano incazzati per questa rivelazione sarebbe un eufemismo».

«Ma sono liberi dalla sua influenza?» chiedo.

Catum e Krolic sorridono. «Lo sono ora» dice Krolic.

«In che modo?».

«Giurando fedeltà» risponde Krolic, confondendomi.

«In che senso?».

«Ci siamo resi conto che le creature della neve quassù non sono mai state influenzate dalla sua magia, perché mi hanno giurato fedeltà secoli fa. A quanto pare, basta un semplice voto». Krolic si stringe nelle spalle. «Quindi, come dicevamo, il piano è di assaltare il palazzo. E mentre tu ti godevi il tuo sonno di bellezza, abbiamo radunato anche alcuni amici per aiutarci».

Ignoro la sua battutina e mi concentro su ciò che conta davvero. «Vi siete realmente dati da fare».

«Sì» confermano entrambi.

«Sarà comunque una missione suicida» osservo. Perché la questione del giuramento sembra troppo facile. «Ma chissenefrega. Ci sto».

Dopotutto, c'è un motivo se mi chiamano "Cappellaio Matto". Ed è questo: se i miei migliori amici vogliono assaltare una fortezza per salvare la nostra omega, mi unirò a loro senza pensarci due volte.

Finisco di sciacquarmi i capelli e il corpo, poi chiudo l'acqua e prendo un asciugamano pulito.

Resta solo una cosa da dire.

«Avrò bisogno delle mie carte».

Perché la Regina di Cuori la pagherà cara. Quella stronza cadrà, anche se dovesse richiedere il sacrificio estremo.

È ora di giocare.

AILSA

Non tocco né il cibo né il tè sul nuovo vassoio. Tabitha l'ha portato giù poco dopo che il "Dottor Tav" se n'è andato. Ma mi rifiuto di assaggiare qualcosa. Non mi fido.

Non mi fido di *niente* qui.

La porta della stanza è chiusa a chiave. Lo so perché ho provato ad aprirla circa mezz'ora fa.

Normalmente non sarebbe un problema: sono scappata dalla finestra del seminterrato decine di volte.

Solo che ora quella finestra non si apre.

Perché non è la stessa finestra.

L'ho scoperto dopo aver trovato la porta chiusa a chiave e sto cercando di capire cosa significhi. Ovviamente, non sono davvero a casa. Ma perché fingere che io sia qui? Perché dirmi che la cerimonia non è mai avvenuta, solo per far sì che il Re Impostore, o quello che sono sicura al novantacinque per cento essere il Re Impostore, mi chiami "omega"?

Niente di tutto questo ha senso.

La baronessa Clarice è davvero Cuore? O Cuore si sta solo mascherando da baronessa Clarice?

Cammino avanti e indietro per la stanza, con la mente che galoppa.

Dove sono Catum, Krolic e Craze? Craze è stato ferito in qualche modo? Mi ha persa nel portale?

Mi avvicino all'armadio per toccare l'abito cerimoniale azzurro e bianco. Sembra proprio quello che ho indossato l'altro giorno. E anche le scarpe sono della stessa taglia, troppo piccole per me.

Digrigno i denti.

È tutto un elaborato stratagemma per farmi credere che sto impazzendo? Perché sta funzionando. Non…

Sento scattare la serratura, e mi si rizzano i peli sulla nuca.

Ma la tensione scema di colpo quando vedo che si tratta solo di Tabitha.

Entra silenziosamente nella stanza, chiudendo la porta dietro di sé, e scende le scale con il passo felpato di un felino. «Non hai toccato il cibo».

La guardo e inarco un sopracciglio. «Sei qui per costringermi a mangiare?». Mi esce un po' brusco, ma non è mia intenzione. Però sono davvero stanca di tutte queste sciocchezze.

Almeno non ho più la voce roca.

Strano, perché non ho bevuto niente. Eppure, mi sento di nuovo me stessa. Anche la nausea è sparita.

Tabitha mi fissa. «Penso che dovresti almeno provare il tè».

La fisso di rimando. «Ma prima hai detto…».

«È un tè davvero buono» insiste, interrompendomi. «Fidati di me».

Aggrotto la fronte. Un'ora fa mi ha detto di non bere il tè. Ora vuole che lo provi?

Mi avvicino, decisa a prendere la tazza e lanciarla contro il muro o versarne il contenuto nello scarico del bagno. Ma quando la sollevo, vedo che sotto c'è un foglio di carta piegato con cura.

O almeno credo che sia un foglio. È piccolo, ripiegato più e più volte per poter essere nascosto sotto il tè.

Metto da parte la tazza e prendo il biglietto.

Quando alzo lo sguardo verso Tabitha, ha un dito premuto sulle labbra.

Accigliandomi, apro la lettera e inarco un sopracciglio davanti alle quattro parole. *Ci sono orecchie ovunque.*

Sbuffo. *Ma non mi dire*, vorrei rispondere. Visto che non posso, lascio che siano i miei occhi a trasmettere il messaggio.

Tabitha prende il vassoio. «Beh, visto che non vuoi mangiare nulla, lo riporto di sopra». Fa un passo, poi inciampa sui suoi stessi piedi, rovesciando il contenuto sul pavimento. Con un sussulto, esclama: «Mi hai *spinta*».

Sollevo le sopracciglia. «Non è vero».

«E invece sì!» mi accusa. Sembra furiosa. «Ora devo andare a prendere i prodotti e pulire il tuo casino. Che diavolo ti prende, Ailsa? Perché sei una tale ingrata?».

E con quello, sale le scale, lasciandomi a fissarla stranita. «Qui sono tutti matti». Non so che altro dire.

Prendo il biglietto che mi ha lasciato, lo faccio a pezzi e lo getto nel cestino del bagno.

«Che grande aiuto» borbotto.

«Non ne hai idea» dice una voce vellutata, facendomi trasalire e voltare di scatto, mentre la porta del bagno si chiude.

Un secondo dopo l'acqua inizia a scorrere e un uomo appare accanto alla vasca. Corro verso la porta, ma lui è più veloce, mi afferra per il polso e mi tira verso di sé.

«Non ho intenzione di farti del male, Ailsa Marvel». La morsa in cui mi stringe il polso lascia pensare il contrario. «Ma ho bisogno di trasmetterti un messaggio».

Osservando i suoi capelli rosa e le ciglia dello stesso colore, aggrotto la fronte e commento: «Somigli a Tabitha».

«Beh, i parenti spesso si somigliano» dice. «Ma non

sono qui per parlare di somiglianze, mia cara. Ho bisogno di sapere quante cose conosci sul rituale».

Lo fisso. «Il rituale di accoppiamento?».

«No, quello di laurea».

Mi acciglio ancora di più. «Cosa?».

«Ma certo che intendo il rituale di accoppiamento» sbotta, e il suo umore mutevole mi fa venire voglia di fare un passo indietro. Ma la sua mano è ancora stretta intorno al mio polso. «Dimmi cosa sai».

«Che c'è una caccia…».

«No, dimmi cosa sai su come inizia» mi interrompe, e la sua mancanza di pazienza comincia a darmi sui nervi.

«Senti, non so chi…».

«Tesoro» mi interrompe, sottolineando il termine con delle leggere fusa. «Sono destinato ad amarti e ad adorarti come futura regina di Monsterland, ma in questo momento ho bisogno che ti concentri. Sei la nuova giocatrice sulla scacchiera, la regina ignota. Hai il potere di sistemare tutto questo, ma devi ascoltarmi».

«Disse l'uomo che continuava a fare domande» ribatto.

Emette un suono che somiglia a una risatina strozzata. Eppure, i suoi occhi da gatto trasmettono tutto il suo fastidio. «Non hai idea di come inizia il rituale».

Inarco un sopracciglio, scegliendo il silenzio. Dopotutto, è lui che ha detto che devo *ascoltare*.

«Certo che non sai come inizia. Li avevo avvertiti, Ailsa. Li avevo avvertiti di non portarti in superficie, ma mi hanno ascoltato? No. Maledetti alfa».

Alla fine mi lascia andare e va verso la porta per appoggiare l'orecchio al legno. Dopo un secondo, annuisce e torna accanto alla vasca.

Il piccolo bagno sembra improvvisamente ancora più piccolo, con noi due rinchiusi al suo interno.

«Bene, non abbiamo molto tempo». Lancia

un'occhiata alla porta, poi torna a guardarmi. «Il palazzo ha occhi e orecchie ovunque. Ricordalo, mia regina. Usa questa informazione. Se dichiari di desiderare una caccia, saranno costretti a offrirti il rituale. Ma devi volerlo davvero. Gridalo. *Supplica.* E trova la *Storia di Alice.* È scritta sui muri. Le sue parole… *sono ovunque*».

Le ultime due parole sono un sussurro nell'aria, perché l'uomo sparisce davanti ai miei occhi.

Un attimo dopo si spalanca la porta. Strillo e balzo all'indietro.

La baronessa Clarice è lì, scruta la stanza con un'espressione diffidente. «Ho sentito delle voci».

Deglutisco. «Stavo… stavo parlando tra me e me. Del… del vassoio». Una cosa stupida da dire, ma se ho imparato qualcosa durante il mio soggiorno a Monsterland, è che la follia funziona sempre. «Non ho spinto Tabitha».

La baronessa alza gli occhi al cielo. «Non me ne frega niente del tuo cibo, Ailsa. Ora lavati. Abbiamo una cerimonia a cui partecipare».

«Una cerimonia?» ripeto.

«Sì» sibila. «Quella che ti sei persa il giorno del tuo compleanno. Ricordi? Quindi fatti una doccia e vestiti. Ti aspetto di sopra».

La porta si chiude con un tonfo prima che possa rispondere.

Perché finge che la cerimonia non sia già avvenuta?

Vuole che beva di nuovo l'elisir?, mi chiedo. *Quello più potente? Per indurre il calore?*

Ma se fosse così, perché il Re Impostore mi avrebbe chiamata "omega"? Perché farmi capire che sa già chi e cosa sono?

Mi passo le dita tra i capelli e mi giro per guardarmi

allo specchio. «Cosa diavolo dovrei fare?» chiedo. Il vapore della doccia appanna il vetro.

Sto per allungare la mano per pulirlo, quando appare una parola. *Scappa.*

Spalanco gli occhi. «Dovrei…». Deglutisco a fatica, la mia voce diventa un sussurro. «Dovrei scappare?».

La parola *Scappa* sparisce, sostituita da *Sì.*

Indietreggio, andando a sbattere contro la parete, e mi stringo le mani al petto.

«Non può succedere davvero». Ho ufficialmente perso la testa.

Compare un'altra parola.

Vai.

Rabbrividisco, e la mia testa inizia a oscillare avanti e indietro mentre il vetro si appanna di nuovo.

Un attimo dopo compare *nel.*

E infine *cortile.*

«E cosa dovrei fare?» domando alla strana entità che mi parla attraverso lo specchio.

Implora per dare inizio al rituale.

«Sei l'uomo dai capelli rosa?» chiedo in tono sospettoso. «Sei ancora qui?».

No.

«E allora chi sei?» insisto, continuando a sussurrare.

Alice.

Fisso la scritta. «È il nome che mi ha dato l'uomo dai capelli rosa». E ciò mi rende ancora più sospettosa.

Sono.

Una.

Omega.

La sequenza di lettere mi lascia senza fiato.

«Sei un'omega invisibile?» mormoro. «Come…?».

Liberaci, scrive. Poi compaiono due righe a sottolineare la sua richiesta.

«E per farlo devo esigere che venga seguito il rituale» dico.

Sì.

«Vuoi che gli alfa mi diano la caccia».

Sì.

«E se…?». Non riesco a terminare la domanda. Ci sono talmente tante incognite. *E se fosse l'alfa sbagliato a catturarmi? E se mi costringessero a riprodurmi? E se la mia cerchia non mi raggiungesse in tempo?*

Ma chiunque sia quella creatura invisibile ha già ricominciato a scrivere.

Non.

Sottometterti.

Finché.

La.

Cerchia.

Giusta.

Non.

Ti.

Avrà.

Trovata.

Suona minaccioso.

Eppure capisco cosa intende, perché i miei alfa mi hanno spiegato parte della procedura.

Solo che non sono sicura di come richiedere il rituale. «Devo solo… implorare che mi diano la caccia?» domando in tono incerto.

Sì.

Nel cortile.

«Ed è così che inizia la caccia?».

No, risponde l'essenza invisibile. *Ringhi.*

«Ringhi?» ripeto. «Ringhi… degli alfa?».

Sì.

Non sono sicura di cosa significhi esattamente, ma immagino che lo scoprirò.

Sempre che tutto questo funzioni. E che io non abbia perso la testa.

Ma siamo a Monsterland.

Accetta la follia, penso. *Abbandonati al caos*.

Ridacchio. «Sono completamente impazzita».

Bene, commenta la creatura. *Sei pronta*.

Fisso lo specchio. «Okay…».

Scuoto la testa ed entro nella doccia.

Mi laverò, indosserò il vestito e fingerò di essere la piccola omega obbediente che la baronessa Clarice si aspetta che sia.

Poi, quando troverò il cortile, fuggirò. *Se* lo troverò.

E dopo… *implorerò*.

AILSA

NON APPENA ESCO DAL SEMINTERRATO, mi rendo conto che ci troviamo in una sorta di illusione che non riesco a comprendere appieno. *Come riesce Cuore a fare tutto questo?*, mi chiedo, osservando la donna che conosco come la baronessa Clarice.

Lei inarca un sopracciglio, probabilmente aspettandosi che mi inchini come farei normalmente.

Sono tentata di sfidarla, l'impulso di guardarla negli occhi e restare a testa alta mi colpisce alla bocca dello stomaco.

Ma stringo i denti e le rivolgo l'inchino che si aspetta, fingendo di stare al gioco.

Trova il cortile, mi dico. *Sì, certo, come faccio?! Non riesco a vedere oltre questa illusione*.

«Smettila di temporeggiare» sbotta. I suoi tacchi iniziano già a risuonare sul pavimento.

Stronza, penso, raddrizzandomi.

Il suo comportamento non è diverso dal solito, è sempre stata così. Ma io… Sono io a sentirmi diversa. Forse è l'abilità di notare i suoi tratti di alfa, oppure l'istinto che mi dice che non è ciò che sembra. Forse è collegato al modo in cui l'elisir ha risvegliato la mia omega interiore… o forse è perché sono stata esposta alla mia cerchia di compagni predestinati.

In ogni caso, sento il cambiamento, percepisco che qui le cose non sono come dovrebbero essere.

Perché non è reale.

I corridoi somigliano tutti alla tenuta in cui ho trascorso gli ultimi nove anni della mia vita, ma gli odori non sono quelli giusti. Anche l'atmosfera generale è completamente sbagliata.

Questa non è la casa della baronessa Clarice.

Non è nemmeno casa mia.

Ma potrebbe esserlo, penso, guardandomi intorno di soppiatto. *Perché questa è Monsterland.*

Riconosco alcuni degli aromi grazie al breve periodo trascorso qui, e sento anche l'odore dei miei compagni.

Fuoco.

Spezie.

Cedro.

Inspiro profondamente, permettendo alla loro presenza di rassicurarmi. *Sono vicini? O si trovano solo da qualche parte nel reame?*

«Cosa stai facendo, Ailsa?» chiede la baronessa Clarice – *Cuore*. «Sbrigati».

A quanto pare mi sono fermata nell'atrio, persa nei miei pensieri. «Mi dispiace» dico, abbozzando un'espressione contrita.

Schiocca le dita e io obbedisco rapidamente, saltellando in avanti e riprendendo a seguirla. Il tutto mentre cerco di discernere la fonte dell'illusione, di capire come vederci attraverso.

Perché non troverò mai il cortile, se non riesco a superare questo miraggio.

Ammesso che il cortile esista davvero, penso.

Mi do una scrollata mentale. *Esiste davvero. È reale.*

Tutto a Monsterland è folle. Devo solo abbracciare il

caos. Accettare che lo straordinario è la norma. Credere che sono destinata a essere qui.

Sono un'omega. E voglio partecipare al rituale.

È così che riconquisteremo Monsterland. Spezzando qualsiasi incantesimo questa alfa abbia lanciato sul regno. E distruggendo le sue illusioni.

Smascherando il Re Impostore.

Anche se ora mi chiedo quanto lui sia realmente coinvolto.

Sembra che sia Cuore la mente dietro tutto questo.

Da quanto tempo è la baronessa Clarice? Sapeva fin dall'inizio che ero un'omega?

Probabilmente sì. Ciò significa che sapeva anche che Krolic e Catum si trovavano nel mio distretto. E ha lasciato che mi portassero via.

Perché?, mi domando.

O forse… forse hanno mandato all'aria il piano originale, agendo prima del previsto. Forse non voleva affatto che mi portassero via.

Di conseguenza, non si era aspettata che mi avrebbero raccontato tutto.

Da quello che ho colto, ha una pessima opinione degli omega. Vuole che mi inginocchi a lei. Non mi vede come una regina, né mi rispetta come una sua pari.

«È pienamente consapevole della sua posizione» ha detto a Tav. C'era un accenno di orgoglio in quell'affermazione, come se fosse contenta di avermi insegnato a sentirmi inferiore.

Sicuramente presume che abbia funzionato, visto che la sto seguendo come un docile animaletto. Sicuramente è convinta che abbia creduto alla sua storia e che il mio "sogno" non fosse reale.

Oh, lo era eccome, penso, rivolta a lei. *Ma questo posto no.*

Ora siamo all'esterno, e percepisco la differenza nell'aria. C'è qualcosa di dolce nelle vicinanze. Floreale.

Rose, forse, ipotizzo inspirando profondamente. Ho sentito quell'odore solo una volta, quando il Maestro Liffo ne ha portato un vaso da sistemare sull'altare.

Ricordo di essermi intrufolata per annusare quei bei fiori, curiosa di sapere che profumo avessero. Era la prima volta che vedevo delle rose dal vivo, e quelle erano molto particolari, perché erano viola.

Perché sento il profumo delle rose?, mi domando, scrutando il paesaggio rurale verdastro. *Non ci sono fiori qui attorno.*

Il campo di girasoli più vicino è a quasi un chilometro e mezzo di distanza.

Guardo verso il margine della foresta dove vado a scorrazzare di solito e, aggrottando le sopracciglia, mi accorgo che non c'è più. Stringendo gli occhi, mi rendo conto che qui ci sono molti dettagli che non esistono. Proprio come la serratura della finestra nel seminterrato.

È un'illusione imperfetta.

Cosa succede se corro verso qualcosa che so non essere accurato?

Mi mordo il labbro, valutando se sia il caso di fare la mia mossa. Farà saltare la mia copertura, ma non credo di avere altra scelta. L'alternativa sarebbe seguirla fino a qualsiasi "cerimonia" abbia in mente.

No.

No, è fuori discussione.

Perché so cosa succederà. Catum ha deliberatamente diluito la mia dose. Non renderò vani i suoi sforzi, non finché non sarò certa che il rituale sarà onorato.

È il mio dovere di omega. È il mio destino. E lo accetto.

Deglutisco e lancio un'occhiata alla baronessa, che sta avanzando a passo sicuro verso la cappella. I dettagli dell'edificio sono perfetti.

Ma il limitare della foresta no.

In particolare il punto che ho attraversato durante la mia fuga dopo la cerimonia.

Non l'ha visto, mi rendo conto. *Ciò significa che non se lo aspettava.*

Qualcosa che hanno fatto Catum, Krolic e Craze ha compromesso il suo piano.

O forse… forse sono stata *io*.

Lei conosce le loro abilità, vi ha basato la sua strategia. Ma io sono un'incognita.

Cos'è che ha detto l'uomo dai capelli rosa?

«Sei la nuova giocatrice sulla scacchiera, la regina ignota. Hai il potere di sistemare tutto questo».

Dichiarando che voglio il rituale, aggiungo.

Ma devo essere ascoltata.

Devo essere vista.

E non posso riuscirci in questa illusione.

È ora di scappare…

Seguo l'istinto e inizio a correre verso la foresta.

La baronessa Clarice non ha mai trascorso del tempo lì. Non ne conosce i dettagli. Dovrebbe bastarmi a distruggere il suo miraggio e vedere finalmente ciò che mi circonda.

L'alfa sotto mentite spoglie ruggisce dietro di me.

Ma non le obbedisco. Non le do ascolto. *Non mi sottometto.*

Mi tolgo le stupide ballerine troppo piccole per me, e sfreccio verso la linea degli alberi. Dopo averla attraversata, mi ritrovo in una terra di rose.

Lo sapevo!

Solo che è un mare infinito di colori e siepi, un labirinto che si estende davanti a me in un caos di meandri e svolte.

Non è un cortile, ma almeno non è più nascosto dall'illusione.

Mi avvio lungo il percorso, desiderosa di individuare un punto centrale, di approfittare di ciò che ha detto l'uomo dai capelli rosa riguardo alla presenza di occhi e orecchie ovunque.

Ho una dichiarazione da fare.

Una richiesta che non mi può essere negata.

Rituale. Rituale. Rituale. Lo ripeto mentalmente a ogni passo, raggiungendo un crescendo quando trovo una scalinata maestosa e decorata che sembra condurre a uno spiazzo all'interno del labirinto.

Le siepi simili a un roseto si schiudono nella parte inferiore, formando una sorta di parete ovale con diverse aperture ad arco. Ma l'area antistante è occupata da un'enorme fontana, raggiungibile scendendo la scalinata.

Non è un cortile. Almeno, non nel senso tradizionale del termine. D'altro canto, non c'è nulla di tradizionale in questo posto.

E sembra un luogo solenne, con le statue di pietra che decorano l'area della fontana.

Dev'essere questo.

Faccio un passo avanti, ma uno sprazzo di bianco che scorgo con la coda dell'occhio attira la mia attenzione. Mi volto di scatto, schiudendo le labbra davanti a ciò che si trova a una decina di metri da me.

«Bestia» mormoro, correndo nella sua direzione.

Ma quando sono a un paio di metri da lui, sfreccia nella direzione opposta, conducendomi verso un'altra scalinata che porta verso l'alto.

Ho la sensazione che non sia la direzione giusta.

Ma è Krolic in forma animale. Sta chiaramente cercando di mostrarmi qualcosa.

Salgo qualche gradino. Ho il suo nome sulla punta della lingua, quando vengo avvolta dal suo odore.

Rallento il passo e inspiro profondamente,

aspettandomi di essere travolta dal suo profumo di bosco. Solo che… sa di cenere. Di albero bruciato.

Aggrotto la fronte.

È l'odore sbagliato.

Bestia si ferma in cima alle scale, i suoi occhi verdi hanno uno sguardo pieno di aspettativa.

Nella mente mi risuona il commento di Krolic su come Cremisi finga di essere il Re Argento.

Solo che l'odore non appartiene nemmeno a Tav. Il suo mi ricordava l'olio di sandalo, mentre questo mi fa pensare a un albero ridotto in cenere.

Mi sbagliavo sul fatto che Tav fosse Cremisi? È questo il Re Cremisi?

Rabbrividisco e scendo un gradino.

Il lupo ringhia.

Non è Bestia.

Mi volto e torno indietro di corsa, poi mi precipito verso l'altra scalinata.

Avrei dovuto seguire l'istinto. Ma mi sono lasciata distrarre da questo lupo.

Mi sta inseguendo, lo sento, lui e il suo odore sbagliato.

«Voglio il rituale!» inizio a urlare, terrorizzata che riesca a raggiungermi per primo. «Voglio…».

Qualcosa di duro mi colpisce alle spalle, spingendomi in avanti.

Senza pensare, mi abbandono a peso morto e inizio a rotolare, lasciando che l'inerzia mi conduca lungo la collina accanto alla scalinata.

Spine affilate mi si impigliano nel vestito, strappando il tessuto troppo stretto. Ma non mi importa. Lascio che si laceri mentre rotolo giù e atterro su un sentiero di ghiaia che incornicia il labirinto di rose.

Ringhi esplodono vicino alla mia testa.

Li ignoro, e con essi il dolore. Mi alzo e corro a piedi nudi verso le statue della fontana.

«Mi chiamo Ailsa Marvel!» grido, con il cuore che mi martella nel petto e nelle orecchie. «Sono un'omega! E voglio il rituale! Datemi la caccia!».

Non ho idea se quello che sto dicendo sia corretto. Ma continuo a gridarlo mentre raggiungo la fontana, solo per essere placcata sul terreno da un lupo infuriato.

Mi ringhia in faccia, e al suo ringhio si aggiunge quello della baronessa Clarice: «Stupida ragazzina!». Sta scendendo le scale, i suoi tacchi rimbombano sulla pietra. «Non sai cos'hai fatto».

È furibonda. Sento la sua rabbia come una ventata bollente che mi investe i sensi, il cui peso è quasi maggiore di quello del lupo sopra di me.

L'animale ringhia e abbassa il muso verso il mio collo. E spalanca le fauci.

Mi blocco, intimidita dal suo gesto dominante. Se fosse Krolic, inclinerei la testa di lato in segno di sottomissione. Ma questo alfa non è Krolic. È uno sconosciuto. Un rivale. *E non è il mio compagno.*

Qualcuno schiocca la lingua in lontananza; il suono riecheggia intorno a noi e il lupo ringhia contro la mia gola.

«No, no, no. Conosci le regole, Spaten» cantilena una voce.

L'uomo dai capelli rosa.

«L'omega ha richiesto il rituale. Tutti gli abitanti di Monsterland sono stati invitati a giocare, e non credo che saranno molto contenti se tu pretendi la sua sottomissione prima ancora che la caccia abbia inizio».

«*Tu*» sibila la baronessa. «Ti sei intromesso. Ti avevo detto cosa sarebbe successo se…».

«Le tue minacce sono inutili, Regina di Cuori» la

interrompe in tono gelido. «È iniziato un nuovo round. Io e te potremo continuare con la nostra danza… se vincerai».

Ringhia, e il suono fa vibrare la ghiaia sotto di me. Il lupo le fa eco con le fauci che continuano a cingermi il collo.

Poi un ringhio più forte e intenso fa tremare la terra, mentre il profumo familiare del cedro mi avvolge.

Bestia.

Il mio Bestia.

Krolic… è qui.

KROLIC

Spaten.

Fatico a credere ai miei occhi, ma riconoscerei il mio fratello maggiore ovunque.

Dovrebbe essere morto.

Ucciso dalla nostra cara sorella.

Solo che al momento è sopra la *mia* omega.

Ringhio di nuovo. Le sue orecchie fremono e i suoi occhi verdi, identici ai miei, saettano verso di me.

Per tutto questo tempo ho creduto che ci fosse Cuore dietro la morte dei nostri genitori.

Ma ora vedo tutto con chiarezza.

È stato Spaten. È sempre stato Spaten.

Ecco perché il suo lupo è uguale al mio. Ecco perché alcuni abitanti del regno hanno scelto di seguirlo.

È un erede.

Non il *legittimo* erede, ma comunque un erede accettabile.

E la sua aura è pervasa dall'oscurità.

Magia?, mi domando. *È stato lui a scagliare tutti quegli incantesimi ai cittadini di Monsterland?*

Ero convinto che fosse Cuore. Ora non so più cosa pensare.

Soprattutto perché mia sorella sembra possedere ancora la baronessa Clarice.

O forse è effettivamente la baronessa.

Non sento il profumo pungente di Cuore da nessuna parte. Il che significa che o non è nelle vicinanze, o è riuscita a creare un travestimento ingegnoso.

Come se potesse udire la mia confusione, la sua pelle inizia a sciogliersi e rivelare il viso di mia sorella.

Una mutaforma, capisco, restando senza fiato. *Cuore è diventata una mutaforma.*

Come?, vorrei chiederle. Non ha mai avuto un lupo. Non è mai stata in grado di trasformarsi. Eppure, ora sta riacquistando il suo aspetto reale come se lo avesse già fatto un milione di volte.

«Bel trucchetto» commenta Craze da dietro di me. «Riesci anche a farti spuntare un nodo?».

Mia sorella gli ringhia contro.

«Beh, vedo che le tue maniere hanno fatto un passo nella giusta direzione» dice in tono piatto. «Comunque meglio di quelle del tuo fratello presumibilmente defunto». Lancia un'occhiata omicida a Spaten. «Ringhia ancora una volta alla nostra compagna e te ne pentirai».

«Non è la vostra compagna» sibila mia sorella.

«Non è neanche la tua» ribatte. «Vuole il rituale di accoppiamento. Offriamoglielo, e vediamo che nodo sceglierà». Il suo sguardo si abbassa sull'inguine di Cuore. «Oh, aspetta… immagino che dovrai rinunciare».

Ches ridacchia da qualche parte in lontananza, il gatto è scomparso quando ha percepito il nostro arrivo. Probabilmente sta giocando di nuovo tra i cespugli, osservando ogni cosa.

Non è l'unico.

Ci sono diversi mostri in agguato nel labirinto. È lì che inizierà il rituale. Non so come Ailsa abbia saputo di dover rivendicare i suoi diritti qui, nel cortile cerimoniale, ma sono contento che l'abbia fatto. La sua voce ha attraversato Monsterland, invitando tutti gli alfa a partecipare.

E finora, l'unico che sembra deciso a prenderla con la forza è mio fratello.

Non ha ancora lasciato andare il suo collo, nonostante lei si rifiuti di sottomettersi.

Oh, si è immobilizzata. Ma non ha girato la testa.

Non gli darà ciò che vuole.

Ma con me lo ha già fatto. La prima notte in cui ci siamo incontrati, l'ho bloccata in modo simile, e la mia bocca è andata immediatamente a stringerle il collo.

Lei si è voltata di lato, come dovrebbe fare un'omega quando il suo alfa esige che si sottometta.

Solo che lui non è il suo alfa.

Noi siamo i suoi alfa.

Il povero Spaten imparerà la lezione nel peggiore dei modi.

Catum appare dietro di lui, la sua forma di ombra lo nasconde alla vista. Ma io percepisco la sua presenza. So cosa sta per fare. E gli do un discreto via libera abbassando il mento.

Questa è la mia battaglia, il che la rende la *nostra* battaglia. Come un'unità. Una cerchia. Una vera e propria corte reale.

È ciò che mia sorella e mio fratello non sono riusciti a capire.

E che gli costerà caro.

Un tempo ho commesso l'errore di imprigionare mia sorella. Ora capisco come è riuscita a fuggire: con l'aiuto di Spaten.

Poi deve aver inscenato la sua morte, prima di uccidere sul serio l'altro nostro fratello.

I loro tradimenti hanno contaminato Monsterland, creando un'oscurità che è come una malattia.

Una malattia che ora curerò.

Liberando il regno dalla loro presenza. *Per sempre.*

Non ho idea di dove sia Cremisi, ma presumo che si farà vivo da un momento all'altro. Ci occuperemo anche di lui.

Poi… reclameremo la nostra piccola compagna coraggiosa.

Continua a rifiutarsi di sottomettersi, nonostante abbia i denti di mio fratello premuti contro la gola. Percepisco la sua determinazione. La sua *rabbia.*

Che brava omega, penso. Sa chi è il suo lupo, e sa che non è la bestia sopra di lei.

Emetto un basso ringhio di avvertimento. *Lasciala andare*, sto dicendo. *Lasciala andare o ne subirai le conseguenze.*

Le suddette conseguenze sono proprio dietro Spaten.

Mio fratello mi risponde con un ringhio, poi fa esattamente quello che volevo che facesse: alza la testa e mi fissa con aria di sfida.

Per poco non sorrido internamente.

Ma l'istinto svanisce, sostituito dall'ululato della mia bestia, quando Catum si scaglia contro Spaten, mandandolo a volare attraverso il cortile e addosso a una scultura. L'impatto è talmente forte che la pietra si incrina. Ma mio fratello si rialza subito sulle zampe e si getta alla carica. Non verso Catum, ma verso di me.

Mi preparo all'impatto, pronto a combattere.

È passato molto tempo dall'ultima volta.

E non ho idea di quali poteri abbia apparentemente ottenuto Spaten.

Ma sono pronto. La mia cerchia è pronta. *E la nostra omega ci sta guardando.*

Craze attacca mia sorella, mentre Catum corre verso me e mio fratello.

Poi tutto diventa un turbinio di pelo bianco, quando io e Spaten rotoliamo per terra.

È grosso. Un po' più grosso di me. E lotta come se ne andasse della sua stessa vita.

In effetti, è proprio così.

Gli mordo il collo, la nuca, la gola, cercando di guadagnare terreno.

Ma lui è veloce, più veloce di quanto ricordassi.

E completamente pazzo.

Ci fa rotolare entrambi nella fontana, riempiendomi le orecchie d'acqua e soffocando tutti i suoni intorno a me.

Tanto che quasi non sento l'eco fragorosa degli alfa che si avvicinano.

Tuttavia, quando riemergo, li vedo.

Una folla affamata.

Con lo sguardo puntato su Ailsa.

Sono posseduti, capisco.

Anche Catum deve essersene accorto, perché si lancia verso la nostra promessa per proteggerla.

Ma sono troppi. Troppe bestie fameliche.

Il mio lupo ringhia quando mio fratello ci placca di nuovo, la nostra distrazione momentanea gli ha concesso un vantaggio.

Bevo involontariamente più di qualche sorso d'acqua, con i polmoni che gridano per il bisogno di ossigeno. Sono affondato prima di riuscire a trarre un respiro.

Merda!

Artiglio il fondo, solo per rendermi conto che sto semplicemente scalciando a vuoto nell'acqua.

Non va bene.

Mi giro, usando le zampe posteriori per allontanare Spaten. Ma questo mi fa affondare ancora di più.

La mia schiena colpisce il fondo, probabilmente ora sono a tre metri sotto la superficie.

Mi giro di nuovo, determinato a darmi una spinta dal fondo per raggiungere l'aria di cui ho disperatamente bisogno.

Ma proprio mentre ci provo, Spaten mi blocca di nuovo, spingendomi giù.

Il mio lupo emette un suono che non riesco a sentire a causa delle bolle d'acqua nelle orecchie, il mio corpo mi implora di respirare.

No. Cerco di lottare. *No!*

Ma i puntini… l'oscurità… iniziano a penetrare nella mia visuale.

E con loro il dubbio.

La paura.

Terribile. Pura. *Paura.*

Percepisco Catum lottare per la sua vita e Craze fare lo stesso.

Non abbiamo sottovalutato i nostri avversari. Abbiamo sottovalutato gli abitanti di Monsterland. La loro capacità di essere manipolati. Di essere *controllati* dal nemico oscuro che si trova in mezzo a loro.

I miei fratelli non hanno mai rispettato la mia autorità.

Ormai è chiaro.

E non hanno rispettato neanche quella dei nostri genitori.

Cos'è il mondo senza rispetto?, penso, furibondo. *Cos'è successo a Monsterland? Al reame che amo? Al reame che un tempo veneravo?*

Con un ruggito, faccio un ultimo sforzo per sollevarmi, rifiutandomi di soccombere in questo modo. Rifiutandomi di rinunciare al mio trono. Al mio scopo. *Al mio destino.*

Spaten cerca di tenermi giù, ma qualcosa mi spinge dal basso, la cui forza mi permette di infrangere la superficie per la boccata d'aria di cui necessito.

È allora che vedo il caos che regna nel cortile.

Catum ha strappato il cuore a una decina di Alfa, ma è ferito, insanguinato e ansimante.

E Ailsa è alle sue spalle, con una fiala in mano.

Su cui c'è scritto: *Bevimi*.

I miei occhi si spalancano, la mia bestia cerca immediatamente di nuotare verso di lei. *No!*, vorrei gridare. *Ailsa, non farlo!*

«Mi volete?» chiede alla folla in un tono intriso di determinazione.

Guardo con orrore mentre si versa il contenuto in bocca. Deglutisce. E urla quattro parole che danno il via alla caccia.

«Allora venite a prendermi!».

AILSA

Qualche minuto prima...

«Ailsa» sussurra una voce nel vento, facendomi girare di scatto alla ricerca della fonte.

Una bocca compare davanti a me, facendomi strillare.

«Ssh» mi zittisce. Appare anche il resto della sua faccia, seguito dai capelli rosa. «Devi bere l'elisir».

«Cosa?».

E dal nulla sbuca anche la sua mano, che mi porge una fiala. «Tieni. Di' loro di darti la caccia».

Scuoto la testa. «Non…».

«Guardati attorno» mi ordina. «Guarda le statue. Guardale davvero. Poi controlla l'acqua».

Lo fisso, mentre intorno a me si sta scatenando il caos.

Qualche minuto fa Craze ha accoltellato Cuore, ma lei si è ripresa subito e gli ha gettato addosso la sua stessa carta, facendogli ringhiare qualcosa sulla magia nera.

Stanno combattendo a pochi metri di distanza da me, mentre Catum volteggia in una macchia sfocata di nero e sangue, respingendo gli alfa rabbiosi.

Alfa da cui *non voglio* essere inseguita.

«*Guarda*» ripete per l'ennesima volta l'uomo dai capelli rosa. «Ti prego, Ailsa. *Guarda*».

Deglutendo, lancio un'occhiata alle statue, osservando i

loro tratti angelici. Hanno le labbra che formano un cerchio, come se fossero perse in una canzone.

Guardo la fontana, venendo distratta per un attimo da Krolic e dall'altro lupo che lottano nella parte più profonda della vasca. O almeno, presumo sia profonda, dato che continuano a finire sotto la superficie.

Ma mentre scompaiono dietro la struttura centrale, comincio a vedere i riflessi di cui parlava l'uomo dai capelli rosa.

Aggrotto la fronte.

Più a lungo osservo la loro immagine specchiata nell'acqua, più la delicata innocenza delle statue svanisce. Le loro espressioni sono grottesche e sofferenti, come se stessero *urlando*, non cantando.

Rabbrividisco. È un contrasto terrificante. «Non capisco».

«Bevi e dichiara aperta la caccia» sussurra, mettendomi in mano la fiala. «Ma assicurati di toccare l'acqua, prima di correre via».

Scuoto la testa. Mi sta dicendo cosa fare senza fornirmi alcun contesto su come questo si colleghi alle statue e ai loro strani riflessi.

Ma quando mi volto verso di lui, è sparito.

Tutto ciò che ho è la fiala.

Bevimi, dice l'etichetta.

Chiudo gli occhi.

Se la bevo, andrò in calore. Probabilmente all'istante, visto che ho già un po' di elisir nell'organismo.

Forse è questo che intendeva dicendo di dare inizio alla caccia.

Ma… ma come può risolvere la situazione?

Gli alfa che si sono radunati qui sono mezzi pazzi, le loro auree irradiano dolore.

Catum è l'unico ostacolo che impedisce loro di farmi a pezzi.

Non voglio peggiorare la situazione.

A meno che qualcosa nel rituale non li faccia tornare in sé?, mi domando. Finora, l'uomo dai capelli rosa non mi ha mai mandata fuori strada.

E Alice mi ha detto di iniziare il rituale nel cortile.

Forse questo è il passaggio finale.

Apro gli occhi e raddrizzo la schiena. «Okay» mormoro tra me e me. Finora sono state le soluzioni più folli a funzionare in questo mondo.

Mi schiarisco la voce e mi concentro sugli alfa che si stanno avvicinando. Camminano sui resti di quelli che li hanno preceduti senza nemmeno abbassare lo sguardo, con gli occhi fissi su di me.

«Mi volete?» chiedo. Dalla mia voce traspare una calma che non provo.

Una calma che svanisce mentre mi costringo a bere il contenuto della fiala e a deglutire.

«Allora venite a prendermi!» grido, correndo verso l'acqua e Krolic che mi osserva.

I suoi occhi incontrano i miei, vi leggo una nota di panico che non riesco a ignorare.

Forse ho fatto la scelta sbagliata.

Chi lo sa?

Ma mi lancio verso la parte meno profonda della vasca, l'acqua è una benedizione per i miei piedi nudi. Una sensazione di formicolio mi percorre la pelle, facendomi quasi inciampare.

Sembra che si tratti di qualcosa di magico.

Mi sta guarendo, capisco, mentre il dolore alla pianta dei piedi comincia a scemare. *È… affascinante.*

Al punto che non posso evitare di fermarmi e guardare giù.

È una cosa stupida da fare, soprattutto quando ho un branco di alfa alle calcagna. Tuttavia, l'acqua è così invitante, è come se mi esortasse a tornare a casa.

Quasi come il portale nella caverna, penso, ricordando il modo in cui la pozza nera mi aveva intrigata al punto di toccarla. Come se mi attirasse.

Le mie ginocchia si piegano da sole e le mie dita raggiungono l'acqua, curiose di sapere perché mi sento così spinta a toccarla.

Qualcuno grida il mio nome.

Lo ignoro, troppo presa dal bisogno di passare le dita sull'acqua fredda.

Il liquido sembra rispondere con un mormorio, affascinandomi ancora di più.

Almeno fino a quando una mano non afferra la mia e cerca di trascinarmi dentro.

La tiro indietro, un grido si fa strada nella mia gola.

Poi due brillanti occhi verdi incontrano i miei da sotto l'acqua. La donna dai capelli biondo cenere è minuta quanto me, ma più vecchia. Deve avere almeno l'età di Krolic.

Mi conficca le unghie nel polso e mi strattona di nuovo verso di sé.

Tiro la mano fuori dall'acqua.

E la porto con me.

Sussulta, e il suono sembra riecheggiare in tutto il cortile.

Poi mi lascia andare e torna in acqua.

Solo che non si immerge, ma aiuta una donna a uscire.

E altre due.

Le osservo, stupefatta, e la mia mano affonda nell'acqua insieme alla sua mentre un uomo mi stringe le dita.

Piuttosto che pensare a quanto sia impossibile, lo aiuto a risalire in superficie.

La procedura continua nello stesso modo, finché mezza fontana non sembra piena di gente.

Omega, mi rendo conto. *Sono tutti… omega.*

Krolic non è più in forma animale, ma mi fissa con i suoi occhi umani colmi di stupore. «Come?» mormora.

Scuoto la testa.

Perché non ho idea di *come* abbia compiuto tutto questo.

«Grazie» mi dice la prima donna a essere emersa, con voce roca. «*Grazie*».

«Mamma?» sussurra Krolic, a bocca aperta. «C… come…?».

Lei gli sorride con affetto, allungando la mano per accarezzargli il viso. «La tua omega ti ha scelto».

Krolic aggrotta la fronte. «Non abbiamo ancora completato il rituale».

«Lo so» risponde lei. «Ma la sua anima ha già scelto, ed è stato sufficiente».

«Sufficiente per cosa?» domanda, continuando a fissarla come se non riuscisse a credere che è lì.

Lo capisco, perché mi sento allo stesso modo.

Nulla di tutto questo sembra reale, o quantomeno possibile.

E ciò significa, ovviamente, che è assolutamente plausibile.

Perché qui niente è come sembra.

«A spezzare la maledizione» dice, per poi spostare la sua attenzione verso l'altro alfa in acqua. Anche lui non è più in forma di lupo. È in piedi e fissa Krolic e la madre, un accenno di orrore gli tinge i lineamenti.

Lineamenti che mi ricordano quelli di Krolic.

«Tu e tua sorella avete molto da espiare, Spaten»

annuncia la donna. La sua voce risuona nel cortile, non più roca. «Prima avete ucciso la mia cerchia. *Il vostro stesso padre.* Poi mi avete bandita nelle profondità della fontana rituale. Ma non avevate idea che il Fato avrebbe spedito tutti gli altri omega con me, eh?».

Cerca Cuore con lo sguardo. È inginocchiata sul selciato con Craze dietro di lei, ha una delle sue carte contro la gola. Con l'altra mano, Craze le stringe i capelli biondi, dello stesso colore di quelli della madre di Krolic. E anche della baronessa Clarice, ma avevo già capito che Cuore era in grado di cambiare forma. Era ovvio, visto che si era trasformata in un'altra donna proprio davanti ai miei occhi.

Proprio come Krolic è in grado di trasformarsi in un lupo a suo piacimento.

Un silenzio inquietante cala sul cortile quando la fontana – che ora mi rendo conto essere più simile a un piccolo stagno, considerando quant'è profonda al centro – smette di funzionare.

La madre di Krolic ha alzato la mano verso il cielo, creando un'ombra scura che offusca il sole e avvolge il cortile nel buio.

Subito dopo, compare una luce accecante: un fulmine attraversa l'aria e colpisce Cuore al petto.

Craze la lascia andare appena in tempo, balzando indietro un attimo prima che il fulmine centri il bersaglio. Impreca. «La prossima volta avvisami, Alice» brontola. Le sue parole riecheggiano nel silenzio attonito.

Poi si sente un leggero rumore che sembra provenire dalla pelle di Cuore… che si trasforma in pietra.

Mi rendo conto con un sussulto che tutte le altre statue non ci sono più.

Perché erano gli omega, capisco all'improvviso.

Ecco perché l'uomo dai capelli rosa mi ha detto di

guardare i riflessi. Lo faccio di nuovo e vedo il volto di Cuore congelato dall'orrore.

Un altro fulmine squarcia il cielo oscuro, colpendo l'alfa nell'acqua.

Il suo corpo svanisce e riappare accanto a quello di Cuore; il suo riflesso mostra un ringhio, piuttosto che il terrore.

«Cremisi» chiama la donna.

Il labirinto si apre per rivelare un nuovo arco, permettendo all'uomo che ho incontrato poche ore fa di entrare nel cortile. «Maestà» risponde con un profondo inchino. «È bello vederti in carne e ossa, Alice».

Lei sorride. «Anche per me, Tav».

Krolic aggrotta la fronte. «È dalla parte di Cuore».

«No» mormora la madre. «È dalla mia parte. E lo è da molto, molto tempo».

Tav appoggia un ginocchio a terra sul bordo dello stagno, continuando a chinare il capo. «La mia fedeltà è verso la Regina Argento».

«E anche la mia» dice l'uomo dai capelli rosa, comparendo accanto a Tav e inginocchiandosi a sua volta.

«Avrei dovuto saperlo» sbotta Catum, facendo sorridere l'uomo dai capelli rosa.

«La Regina Alice sarà sempre il mio primo e unico amore» dice.

Le labbra della Regina Alice si incurvano in un sorriso. «Non sarò regina ancora per molto». Mi guarda. «Questo onore spetta a te, Ailsa Marvel. Quindi corri libera». Sposta la sua attenzione su Krolic. «E goditi la caccia».

La notte si schiarisce, lasciando di nuovo spazio al sole.

«Buon divertimento» mi sussurra, passandomi accanto per raggiungere Tav e l'altro uomo.

Entrambi si alzano in piedi, uno dopo l'altro, ma continuano a tenere il capo chino in segno di rispetto.

«Sarai sempre la mia regina» mormora l'uomo dai capelli rosa con un accenno di fusa.

«Smettila di flirtare con me, Ches» risponde lei.

«Mai» ribatte.

Tav scuote la testa. «Hai visto con cosa ho dovuto avere a che fare negli ultimi secoli?».

«Mi stai dicendo che la mia presenza è più irritante di quella di Cuore?» domanda l'altro, fingendosi offeso. «Mi ferisci, Tav».

La Regina Alice scoppia a ridere. «Mi siete mancati».

«Tu ci sei mancata di più» risponde Tav, stringendola tra le braccia.

Ches si unisce all'abbraccio dall'altro lato, e restano così per un lungo istante.

«Grazie di aver ascoltato la mia chiamata» dice la donna a entrambi.

«Grazie di esserti fidata di noi e averci concesso l'onore di aiutare a salvare gli omega» replica Tav.

«È deluso che i suoi sforzi non abbiano spinto il Fato a mandargli un'omega» interviene Ches, guadagnandosi uno sbuffo da Tav. «Ha scelto il branco Argento invece del suo. Questo dovrebbe garantirgli qualche favore, no?».

«Piantala, beta».

Ches ghigna. «Dimmi che ho torto. Dimmi che non vuoi una ricompensa per aver scelto di stare dalla parte giusta».

«Non ci sono parti, perché non ci sono più guerre» borbotta.

Ches scrolla le spalle. «Per ora».

«Il branco Cremisi non è più quello di un tempo» dice Tav a denti stretti. «Dacci un taglio, gattaccio».

Quei due condividono un passato che non conosco. E sono curiosa di saperne di più. L'espressione di Krolic rivela che anche lui la pensa allo stesso modo.

Per tutto questo tempo, è stato convinto che Cremisi fosse il Re Impostore.

Dubito che i miei compagni abbiano mai immaginato che fosse dalla loro parte. Ma ora vedo un accenno di rispetto nello sguardo di Krolic, mentre osserva Tav. Lo stesso bagliore presente in quello di Tav quando ricambia l'occhiata.

«Il Fato onorerà entrambi in modi diversi» interviene la Regina Alice con dolcezza. «Ora smettiamola di distrarre la nostra futura monarca». Mi lancia uno sguardo d'intesa. «L'elisir sta facendo il suo dovere. Bisogna che inizi a correre».

Con quello, agita la mano, creando un portale. Lo attraversa, seguita da Ches e Tav.

E poi… *spariscono*.

Aggrotto le sopracciglia. Il suo legame con quei due uomini non sembrava molto romantico. Non so come faccio a saperlo. Forse per come si parlavano, o per come si guardavano. C'era indubbiamente dell'affetto, ma non lo stesso tipo che percepisco nell'espressione di Krolic ora che mi sta osservando.

Incontro i suoi occhi, poi mi guardo attorno e vedo che siamo le uniche persone rimaste nella fontana.

Catum e Craze sono poco distanti, i loro visi sono carichi di aspettative.

Tutti se ne sono semplicemente… *andati*.

«Dove…?». Mi interrompo, confusa dall'improvvisa solitudine.

«A casa» dice Krolic, facendomi accigliare.

«Cosa?».

«Stavi per chiedere dove sono andati tutti, e ti sto rispondendo: a casa. Che è dove ti porteremo una volta che ti avremo catturata».

«Catturata?» ripeto. Uno strano calore prende vita dentro di me.

Annuisce. «Devi scappare, leprotta».

Rimango di stucco. Non tanto per il brusco cambiamento di atmosfera, ma per il soprannome. «*Leprotta*?».

Sorride. «Sono un predatore. E tu, dolcezza, sei ufficialmente la mia *preda*».

Catum e Craze ringhiano in segno di assenso, studiandomi con uno sguardo intenso.

«Abbiamo… abbiamo appena… Tutto questo… Non…». Scuoto la testa. «Non dovremmo prenderci qualche minuto per elaborare tutto quello che è appena successo?».

Craze ghigna. «È solo un po' di caos, splendore. Senza, le nostre vite non sarebbero le stesse. Non abbiamo bisogno di riflettere su un bel niente. Anzi, credo di parlare a nome di tutta la cerchia se dico che nessuno di noi vuole pensare del tutto in questo momento. Vogliamo solo *inseguirti*».

«*Corri*» ringhia Catum. «Adesso».

I miei capezzoli si inturgidiscono in risposta, il mio corpo è subito pronto.

«È una follia» ansimo.

«È Monsterland» replica Craze. «Benvenuta nel caos, coniglietto».

«Sei stata tu a chiedere che ti dessimo la caccia, piccolina» interviene Krolic. «Sei stata tu a dare inizio al rituale».

«Sì, perché… perché…». *Perché l'uomo dai capelli rosa mi ha detto di farlo*, mi viene da dire, ma mi sembra sbagliato. Come se fosse una bugia, anche se tecnicamente è vero.

Tuttavia, nel profondo… era… era quello che volevo.

Adesso lo sento, questo desiderio intrinseco di essere inseguita. Catturata. *E reclamata.*

Krolic mi scocca un sorriso peccaminoso. «Saremo gentili e ti daremo un piccolo vantaggio».

«Trenta secondi» precisa Catum. «A partire da… *ora*».

«Non potete…».

«Ventinove» dice Catum, interrompendomi. «Ventotto».

Oh, dei…

Sono seri.

«Ventisette».

Merda!

Non so quando mi sia inginocchiata nell'acqua, ma mi alzo in piedi.

E faccio l'unica cosa che mi viene in mente: *scappo*.

CATUM

Ce l'ho così duro che riesco a malapena a pensare lucidamente.

Tra il combattimento e sentire Ailsa dichiarare che voleva essere inseguita, sono… sono schiavo dell'istinto. Perso nel bisogno di *rivendicare*.

Perché la nostra omega ha dato inizio al gioco più ancestrale.

E sta correndo attraverso il labirinto.

Krolic mi raggiunge vicino a uno dei tanti ingressi, con gli occhi socchiusi. «Ci dividiamo o cacciamo in squadra?» chiede.

«In squadra» rispondo.

«Come sempre» ribadisce Craze.

Se uno di loro è sbalordito da ciò che è stato rivelato oggi, ovvero che la regina Alice era bloccata in una fontana con almeno un'altra decina di omega, non lo dà a vedere.

Forse perché abbiamo assistito a moltissimi eventi straordinari nel corso delle nostre lunghe vite.

O forse, e più probabilmente, perché nessuno di noi riesce a togliersi dalla testa Ailsa Marvel.

Il rituale è iniziato.

L'elisir è stato bevuto. *Di nuovo*.

E la nostra deliziosa omega sta per andare in calore.

Cazzo, non vedo l'ora di scoparla. Reclamerò ogni

parte di lei, e sono certo che sia Craze che Krolic faranno lo stesso.

Il suo profumo diventa più forte a ogni passo, è già bagnata dal desiderio. Riesco quasi ad assaporarlo.

«Oh, ti faremo a pezzi, signorina Marvel» mormoro, consapevole che la mia voce la raggiungerà, portata dal vento. «E adorerai ogni secondo».

Craze e Krolic ringhiano in segno di assenso, l'eco della loro fame avrà fatto sicuramente rabbrividire la nostra omega.

È parte del divertimento.

Parte dei *preliminari*.

Mi fermo sentendola muoversi, la sua presenza è vicina eppure molto lontana.

Sta correndo.

Sta cercando qualcosa.

Un nascondiglio.

Sorrido.

Non c'è nessun posto dove possa nascondersi in questo labirinto. La troveremo. E la scoperemo.

Per giorni.

«Tombe, ha un odore meraviglioso» sussurra Craze. «Non vedo l'ora di strapparle il vestito di dosso».

«Non vedo l'ora di essere dentro di lei» ringhio, fremendo di eccitazione. Non sono un amante della gratificazione ritardata, eppure ho rimandato l'orgasmo per *giorni*.

Beh, *anni*, a dire il vero.

La mia mano ha fatto il suo dovere, ma scopare la nostra compagna sarà tutta un'altra cosa. Sarà *perfetto*.

Craze inizia a saltellare nel labirinto fischiettando. Il suono si propaga, provocando la nostra promessa.

Krolic si unisce alla melodia della caccia, la sua bestia interiore emette profondi ringhi.

E le fusa mi vibrano nel petto, creando un rombo che rivaleggia con quello di Krolic.

Posso quasi sentire la nostra dolce omega gemere in risposta. Le sue cosce sono probabilmente bagnate dal desiderio, l'elisir ha intensificato ogni sensazione, ogni reazione, ogni brama.

«Stiamo venendo a prenderti» sussurro, e la mia magia conduce le parole alle sue orecchie. «Corri più veloce, signorina Marvel».

Sento il suo cuore scalpitare. O forse è il mio.

Ma mi lancio verso quel suono, determinato a trovarla.

Craze e Krolic mi seguono a ruota, la loro eccitazione è palpabile quanto la mia.

Arriviamo in un vicolo cieco. Sorrido, perché è impregnato dell'odore di Ailsa. Era qui.

Ciò significa che l'abbiamo mancata per un soffio.

Mi volto e riprendo la caccia, lasciandomi guidare dal naso.

Krolic mi afferra il braccio e si sfiora le labbra con un dito, mentre inclina la testa di lato.

Aggrotto la fronte e seguo il suo movimento. Il mio naso si rallegra nel cogliere la dolce fragranza che aleggia in quella direzione.

Gli indico con un cenno di farci strada, riconoscendo che è lui il re.

O comunque il futuro re.

Dato che Alice è viva, è lei l'attuale monarca.

Ma quando avremo reclamato Ailsa, Krolic salirà ufficialmente al trono come re di Monsterland. Io sarò il suo Secondo, Craze il suo Sicario.

Proprio come una volta.

Proprio come dovrebbe essere.

Proprio come sarà.

Krolic si ferma accanto a una siepe di rose dai colori vivaci, poi alza la mano per segnalarci di aspettare.

Capisco il perché un istante dopo, quando sento il leggero scalpiccìo di passi che si avvicinano. Il profumo di Ailsa si fa più intenso ogni secondo che passa, poi all'improvviso lei appare, con il vestito bagnato che le aderisce al corpo come una seconda pelle.

Lei strilla quando ci vede e si volta per correre nella direzione opposta, ma Krolic la afferra per la vita e la tira verso di noi.

La circondiamo, mentre la nostra omega gira su se stessa urlando, alla disperata ricerca di una via di fuga.

Ma non c'è.

«Ora sei nostra, signorina Marvel» ringhio, stringendole la nuca e trascinandola in un bacio devastante. Lei si divincola e cerca di spingermi via, ma ciò non fa che rendere il mio bacio ancora più brutale. Sussulta nel rendersi conto che l'ho fatta sanguinare, nei suoi occhi spalancati c'è un inebriante miscuglio di paura ed eccitazione.

«Catum» ansima.

Sto per correggerla, desiderando la formalità di "Maestro Liffo" pronunciato dalle sue labbra. Ma c'è una vulnerabilità in lei che mi spinge a permetterle di usare il mio nome. Almeno per ora.

«Ailsa» mormoro, poi la bacio di nuovo, stavolta con tutta la reverenza che sento sbocciare dentro di me.

Praticamente si scioglie sul mio petto, senza più cercare di opporre resistenza.

Lo adoro.

Adoro tutto questo.

Adoro *lei*.

È la nostra promessa.

E ora venereremo ogni parte del suo corpo.

Craze me la strappa dalle braccia, non per baciarla, ma per farle a pezzi il vestito con dei gesti ai limiti dell'animalesco. Ailsa rabbrividisce, portando istintivamente le mani a coprire il seno. Ma io le stringo i polsi e le abbasso. «Basta nascondersi» le mormoro all'orecchio, con il petto premuto sulla sua schiena. «Ora sei nostra, dolcezza».

«Nostra da scopare» conferma Krolic, prendendola tra le braccia e baciandola, mentre Craze le fa sparire la biancheria intima con una delle sue carte.

Senza aspettare che lei gli dia il permesso o che dica qualunque cosa, Craze si inginocchia dietro di lei, le allarga le gambe e inizia a leccarla.

«*Oh*» geme Ailsa contro la bocca del nostro re.

«Lascia che ti scopi con la lingua» dice Krolic, che le cinge la nuca con una mano e la vita con il braccio opposto. «Ti farà venire. Poi ti metterai a cavalcioni su Catum mentre Craze ti prende il culo». La sua mano scivola dalla nuca a stringerle il mento. «E io mi approprierò della tua bocca».

Ailsa rabbrividisce.

«Hai sentito, signorina Marvel?» chiedo, sporgendomi oltre Craze per premere di nuovo la bocca sulle sue labbra. «Ti prenderemo in tutti i buchi. Tutti insieme. Ti possederemo nel modo più primordiale. Ti faremo *nostra*. E ti annegheremo nel nostro seme».

Non so se i suoi fremiti siano causati dalle mie parole o dalle azioni di Craze là sotto. Probabilmente entrambe le cose.

Indietreggio per allentarmi la cravatta; la giacca e i gemelli sono spariti da un po', grazie alla battaglia che ha avuto luogo nel cortile. Alcuni di quegli alfa non si riprenderanno mai.

Altri si rigenereranno… prima o poi.

Io, per fortuna, mi sono già rimesso.

È stata una giornata oscura.

Ma culminerà nella luce.

Nella bellezza.

In un futuro legame.

La mia cravatta cade a terra e slaccio i primi due bottoni della camicia. Le maniche sono già arrotolate fino ai gomiti, quindi non le tocco.

Nel frattempo, Krolic sussurra promesse sensuali sulla bocca della nostra omega, dicendole quanto sarà bella una volta riempita dai nostri cazzi.

È nervosa. Ma è anche incredibilmente eccitata, come dimostrato dalla faccia di Craze. È praticamente fradicia, a conferma che l'elisir sta facendo effetto.

Per fortuna, è ancora lucida.

Anche se presto cambierà tutto.

Ma la accompagneremo durante il processo. La proteggeremo quando non riuscirà più a ragionare. E la scoperemo fino allo stremo, dandole ciò di cui ha bisogno.

Slaccio la cintura e mi sbottono i pantaloni, ma non li sfilo.

Voglio che Ailsa mi inzuppi i vestiti con la sua eccitazione.

Per reclamarmi a modo suo. Marchiarmi. Impregnarmi della sua essenza. E dire al mondo che questo alfa… no, che *questi* alfa le appartengono.

Sussulta quando Craze inizia a stimolarle il sedere, preparandola per il suo cazzo. O così, oppure dovremmo condividere lo stesso buco, cosa che non credo sia pronta a fare.

Quello spetta a una sessione più avanzata, quando sarà al culmine dell'estro.

Proprio come i giochi con la cera.

Con i coltelli.

Con il sangue.

Ci godremo qualsiasi perversione con la nostra piccola omega. La introdurremo a un piacere che non è neanche in grado di immaginare. Le mostreremo come sarà il nostro futuro.

Estasi sfrenata.

Orgasmi travolgenti.

Stati deliranti.

Fiamme, non vedo l'ora.

«Ricordi il gesto che ti ha insegnato il Maestro Liffo nel caso tu voglia fermarti?» le domanda Krolic, usando il mio titolo formale perché sa che mi piace.

Ailsa lo guarda con un'espressione intontita, ma annuisce.

«Mostracelo, signorina Marvel» le ordino. «Qual è il segnale?». Perché nei prossimi giorni avrà sicuramente la bocca piena. Che si tratti di succhiarci il cazzo, tenerlo al caldo o baciarci, dubito che avrà modo di parlare.

Perché saremo costantemente dentro di lei.

Oh, quanto desidero leccare e mordere i suoi capezzoli duri. *O coprirli di cera calda.* Le sue tette avrebbero un aspetto meraviglioso, macchiate di rosa.

Non vedo l'ora.

Ma prima dobbiamo reclamare la nostra preda. Accettare la sua sottomissione. Costringerla a prenderci tutti e tre nello stesso momento.

«Oh, dei» ansima quando la bocca di Craze si avventa sul suo clitoride. Ora ha tre dita infilate nel suo sedere, e la penetra con un vigore tale da farle tremare le gambe.

«Il gesto, signorina Marvel» le ricordo. «Qual è?».

Chiude la mano a pugno e la solleva sopra la testa, poi si aggrappa a Krolic… e viene.

Il profumo del suo piacere riempie l'aria, e il suo sesso si contrae per il bisogno di essere preso. L'elisir deve aver reso l'orgasmo ancora più intenso del normale, il che spiega i dolci gemiti che ora le escono dalla bocca mentre le lacrime le rigano le guance.

Krolic gliene lecca via una per poi baciarla appassionatamente, mentre Craze continua imperterrito a farla godere. Per accendere di nuovo la fiamma, nonostante Ailsa stia ancora venendo.

Quando ha finito, lei ansima e trema visibilmente.

«Sei bravissima, piccolina» mormora Krolic, affondandole le dita tra i capelli e sollevandole il viso in modo da avere un'angolazione migliore per baciarla.

Il seno della nostra omega è schiacciato sul petto nudo di lui, un'immagine che mi rende un po' invidioso.

Perché voglio sentirla. Toccarla. Prenderla.

«È pronta» ringhia Craze, facendola sussultare per la sorpresa. Perché l'ha detto con la bocca sul suo clitoride. E poi Ailsa grida – immagino che lui l'abbia appena morsa.

«Ssh» la zittisce Krolic. «Per i prossimi giorni il tuo corpo è nostro. E ci prenderemo cura di te, non preoccuparti. Lasciaci giocare».

Strilla quando Craze ripete il gesto, la sua mano si abbassa in fretta per allontanarlo. Ma lui non cede, anzi: le afferra le natiche e affonda ancora di più la faccia nel suo calore.

«*Craze*» lo rimprovera con un ringhio che presto si trasforma in un gemito. «Cosa mi stai facendo?».

«Ti sta possedendo» dico, tornando dietro di lei. «Ora vieni qui e siediti a cavalcioni su di me, signorina Marvel».

Lei deglutisce e mi guarda negli occhi, osservandomi mentre mi siedo a terra. Ho sbottonato i pantaloni, ma sarà compito suo tirare fuori il mio cazzo e infilarselo dentro.

«Va' da lui» la esorta Krolic. «Mostragli con le mani e con la bocca quanto lo desideri».

Le sue pupille si dilatano, mentre rimugina sulle parole di Krolic e sulle mie.

Craze scivola fuori dalle sue cosce, con il viso ricoperto dal suo piacere e da un po' di sangue.

Non so se l'abbia tagliata con una delle sue carte o se l'abbia morsa troppo forte, ma quella vista mi fa pulsare il nodo. Perché amo il modo selvaggio in cui gioca. E amo ancora di più il fatto che lei glielo permetta.

Quando Ailsa si gira, non sembra che lui l'abbia ferita. Ma le sue cosce sono bagnate dall'eccitazione.

Rilasso la schiena all'indietro, appoggiandomi sui palmi.

«Vieni qui, avvicinati al mio viso» le dico. «Voglio vedere cos'ha fatto Craze al tuo piccolo clitoride».

Lei deglutisce visibilmente, poi viene verso di me e mi afferra le spalle. È troppo bassa per stare direttamente sopra la mia testa, ma si alza in punta di piedi per mostrarmi il sesso.

Non la tocco.

Ma inalo il suo profumo.

Poi mi sporgo in avanti, lentamente, e le do una leccata lunga e sensuale. *Ecco*, penso, trovando il piccolo taglio che le ha fatto accanto al clitoride. *Bastardo sadico.*

Eppure non posso dire di odiare ciò che ha fatto.

Il sapore del suo sangue è un afrodisiaco che mi fa tendere il cazzo sotto i boxer. Lecco la ferita, adorando i gemiti con cui reagisce.

Alla nostra piccola omega piace provare un po' di dolore.

Bene.

Molto bene.

«Vuoi il mio cazzo, signorina Marvel?» le chiedo sul suo sesso fradicio. «Vuoi che ti scopiamo?».

«Sì» sussurra.

«Dimostramelo» le ordino. «Con la bocca».

CATUM

Ailsa vacilla, le tremano le gambe per lo sforzo di essere rimasta a lungo in punta di piedi. Ma indietreggia con grazia, per poi inginocchiarsi tra le mie cosce. Guardandomi negli occhi, allarga i lembi dei pantaloni. Quando però cerca di abbassarli, la blocco. «No, signorina Marvel. I miei vestiti restano dove sono, finché non saremo tornati al nido. Quindi ti consiglio di dare sfogo alla creatività».

Aggrotta la fronte come se non avesse capito bene.

La sua espressione deve impietosire Craze, perché il mio amico si tira fuori il cazzo dai pantaloni con delle movenze esagerate – senza togliersi i jeans – e se lo accarezza.

Le narici di Ailsa si dilatano, il suo sguardo ora è fisso sul suo sesso decorato.

Poi abbassa gli occhi sul mio inguine e allunga la mano verso i boxer.

Trova l'apertura e mi libera l'erezione, con la punta già umida di precum.

«La bocca, signorina Marvel» le ricordo. Impossibile ignorare il mio tono di sfida.

Così com'è impossibile ignorare il modo in cui la accetta, chinandosi per succhiare le gocce sulla punta senza mai distogliere lo sguardo dal mio.

«Wow, è bellissimo» le dico, compiaciuto. «Quanto a fondo mi vuoi dentro di te? Solo la punta?».

Assottiglia gli occhi, capendo cosa intendo, e mi accoglie più in profondità nella sua bocca.

«A metà, allora?» la provoco.

La nostra dolce piccola omega ringhia e mi ingoia di più, ma al tempo stesso mi afferra il nodo e gli dà una stretta violenta.

«*Cazzo*…». Sono stato battuto al mio stesso gioco. Perché *quello* è esattamente ciò di cui avevo bisogno. Ciò che desideravo. Un po' di fuoco. Un modo per sapere se la nostra omega è ancora con noi e in grado di dare voce ai suoi bisogni. «Di nuovo, signorina Marvel. Fallo *ancora*».

Craze si inginocchia dietro di lei, i suoi jeans sono spariti da qualche parte insieme alla camicia. Incontra il mio sguardo sopra la schiena di Ailsa e gli rivolgo un cenno d'assenso, consapevole di quello che vuole fare.

Le afferra i fianchi, strappandole un gridolino soffocato dal mio sesso.

«Concentrati sul mio cazzo, signorina Marvel» le ordino. «E lascia giocare Craze».

Lui le solleva il sedere in aria, poi si posiziona tra le sue cosce umide.

Ailsa grida quando la penetra con forza, mentre Craze lascia cadere la testa all'indietro, esprimendo una meravigliosa agonia.

«Ha bisogno di un po' di lubrificante» mormora Krolic. «Lo aiuterà a prenderti il culo».

Gli occhi di Ailsa si riempiono di lacrime. Ciò la rende ancora più bella, con la mia erezione che scivola dentro e fuori dalle sue labbra carnose. Glielo dico, e sorrido quando geme.

Perché adora i nostri complimenti.

E le piace sapere che effetto ha su di noi.

«Se continui a stritolare Craze in quel modo, lo farai venire» la avverto. «E questo mi farà incazzare. Perché voglio darti il mio nodo. Smettila di tormentarlo».

Lei geme e Craze la scopa con più forza, torturandola con il suo sesso decorato dal metallo.

Perché i piercing sono sagomati per farla godere, e so che stanno colpendo quel punto in profondità dentro di lei che la spinge a venire.

«Non azzardarti a venire» dico. «Se stringi più forte Craze, ti darà il suo nodo. Trattieniti, Ailsa. Aspetta finché non sarò dentro di te».

Sembra pronta a precipitare nell'oblio, ha un'espressione beata e quasi inconsapevole di ciò che sta accadendo.

Così allungo la mano e le afferro un seno, torcendole il capezzolo.

È sufficiente per trascinarla di nuovo nella realtà, per frenare l'orgasmo e tenerla in bilico sull'orlo del baratro.

Esattamente dove abbiamo bisogno che sia.

Io e Craze ci guardiamo di nuovo e tra di noi avviene un altro tacito scambio. Si sfila lentamente dal sesso di Ailsa. «Vai e infilati dentro Catum, splendore» le dice all'orecchio.

Lei è a malapena lucida, il suo corpo è pronto a esplodere.

La stacco dal mio cazzo, stringendole i capelli, mentre tengo l'altra mano appoggiata al suolo per reggermi.

«Vieni qui e scopami, signorina Marvel».

I suoi occhi roteano all'indietro, ma una pacca sul sedere da parte di Craze la spinge a muoversi. Le sue cosce umide si spalancano sui miei fianchi e inizia a strusciarsi, vogliosa, sulla mia erezione multicolore.

Non vedo l'ora di mostrarle cosa possono fare i miei tatuaggi.

Sto per ricordarle quello che dovrebbe fare *lei*, quando si solleva sulle ginocchia e sistema il sesso sul mio.

Le mie dita si avvinghiano ai suoi capelli mentre inizia ad abbassarsi su di me, il suo corpo tremante mi ricorda una dea ubriaca di lussuria.

«Che sensazione stupenda, signorina Marvel».

«Vale lo stesso anche per me, Maestro Liffo» mormora. Le sue parole rischiano di farmi venire all'istante.

Sta imparando.

E adoro la rapidità con cui capisce cosa ci eccita.

La tiro verso di me, baciandola appassionatamente, mentre mi accoglie fino in fondo dentro di sé. Il suo corpo pulsa intorno al mio cazzo.

"Stupendo" non è più l'aggettivo giusto.

Incredibile.

Irreale.

Fantastico.

No, nessuno di questi termini è sufficiente a descrivere come mi sento.

E smetto di cercare quello giusto nel momento in cui le nostre lingue si sfiorano.

Lei geme, baciandomi con una passione che sento fino in fondo all'anima. E i suoi fianchi iniziano a muoversi.

Ma Craze la blocca e il suo calore si unisce al nostro, mentre si inginocchia ancora una volta dietro di lei. «Allunga le mani dietro di te e spalanca le natiche» le mormora all'orecchio, facendola sussultare.

«Obbedisci, Ailsa» dice Krolic. «Perché prima ti penetra il culo, prima posso prenderti la bocca. E mi sto sentendo un po' escluso qui».

È in piedi accanto a noi; si sta accarezzando il nodo, preparandosi per la gola della nostra compagna.

Probabilmente soffocherà con il suo seme.

Ma non c'è problema. La aiuteremo.

Tremando, fa come le ha detto Craze, esponendosi per lui. Il mio amico impreca, compiaciuto, e non perde tempo a premere tra le sue natiche spalancate.

«Sarà intenso» la avverto. «Cerca di respirare senza concentrarti sul bruciore, signorina Marvel. Quando sarà all'interno, ti faremo vedere le stelle».

È probabile che svenga.

Ailsa si irrigidisce quando Craze inizia a spingersi in avanti.

«Rilassati» sussurro sulle sue labbra. «Ti prometto che sarà bellissimo. Ma devi lasciarlo entrare».

Si morde il labbro, e mi sporgo per succhiarlo. Poi lecco la ferita che si è procurata, prima di baciarla appassionatamente.

Ha i muscoli delle braccia tesi mentre continua a esporsi a Craze, con il corpo immobile in una posizione incredibilmente sensuale.

Sono sicuro che vederla così stia facendo impazzire Krolic. Ma è paziente quanto me, se non di più.

«È così stretta» geme Craze, lasciando cadere la testa all'indietro. E costringendola ad accogliere il resto del suo sesso con un'unica spinta.

Ailsa grida contro la mia bocca. Stringo la presa sui suoi capelli, ordinandole di restare dov'è mentre la divoro. Ma inizia a muovere i fianchi come se stesse cercando di divincolarsi da noi, come se fosse troppo.

Ed è talmente piacevole che non riesco a non ringhiare: «Continua ad agitarti così, signorina Marvel, e sentirai il mio nodo prima del previsto».

Craze grugnisce, afferrandole i fianchi. «Dove credi di andare, splendore? Sei impalata sui nostri cazzi. Accettalo, o finirai per farti del male».

Ailsa esala un gemito sofferente. Lo ingoio, e poi la bacio con dolcezza.

Non si sta più tenendo aperta per Craze, ha le mani premute sul mio petto.

Ma non ha ancora sollevato il pugno.

È solo il suo corpo che lotta contro l'inevitabile.

E una volta che avremo iniziato a muoverci sul serio, capirà lo scopo del dolore.

«Ti senti piena, piccolina?» mormora Krolic. «Forse… allargata in maniera inimmaginabile?».

Ailsa annuisce, mentre le lacrime le scendono lungo le guance. «È troppo».

«No, non lo è» le giura lui, accarezzandole il viso. «Presto ci implorerai di scoparti nello stesso buco».

Spalanca gli occhi. «Nello stesso…?».

«Ci arriveremo» sussurro, facendola voltare verso Krolic. «Ora apri le tue belle labbra per il nostro re, signorina Marvel. Lascia che ti scopi la bocca mentre io e Craze ti facciamo godere».

Deglutisce visibilmente, le sue pupille sono dilatate dalla lussuria.

Una lussuria che aumenta a dismisura quando Krolic le afferra il mento e avvicina l'erezione alla sua bocca. «Pronta, piccolina?».

Sembra indecisa tra annuire e scuotere la testa, ma si sporge in avanti per leccarlo come la brava piccola omega che è. Poi schiude le labbra e lo prende il più profondamente possibile senza soffocare.

«Brava» la loda. «Non sforzarti troppo. Ci aspettano delle lunghe giornate».

Lei praticamente vibra in risposta alle sue parole, una sensazione che mi fa serrare il ventre dall'eccitazione.

Incontro di nuovo lo sguardo di Krolic e gli rivolgo un'occhiata. So che ha capito cosa voglio dirgli, perché le sue labbra si incurvano in un sorriso.

Craze si ritira lentamente fino alla punta, poi si spinge

di nuovo dentro, facendo sussultare e urlare la nostra omega. Solo che ciò che ne esce è un suono confuso, dato che ha la bocca *piena*.

«Attenta con i denti, piccolina» la ammonisce Krolic con un tono intriso di dominio. «Amo il dolore, ma non così».

Ailsa deglutisce intorno a lui, poi si prepara alla nuova spinta di Craze.

«Rilassati» le ricordo. «Ci prenderemo cura di te, Ailsa. Fidati del tuo corpo. Ti prometto che ti piacerà tantissimo».

Chiude gli occhi, e per il momento glielo concedo. Ha bisogno di qualche istante per riprendersi.

Craze scivola dentro e fuori da lei una terza volta, poi una quarta, e alla quinta le guance di Ailsa sono arrossate.

Alla sesta, geme.

E alla settima, allungo la mano per accarezzarle il clitoride.

I suoi occhi si spalancano ancora una volta, rivelando iridi ubriache di desiderio. «Ecco la nostra bella omega» mormoro. «Guarda quanto ti piace». Applico un po' di pressione con il pollice sul suo punto più sensibile. «Ti sottometti alla perfezione, signorina Marvel».

«Sì, è vero» conferma Krolic. Sposta la mano verso la sua nuca e inizia a scoparle la bocca. «Rilassa la gola». Ha ancora l'altra mano stretta intorno al nodo, probabilmente per evitare che le esploda in gola. Lo tratterrà anche mentre il suo seme le inonderà la bocca.

Dubito che Craze farà lo stesso. Vorrà che provi un sottofondo di dolore, quando sperimenterà l'estasi data dal mio nodo.

Fiamme, sarà bellissimo.

Assolutamente stupendo.

E tutti e tre iniziamo a lasciarci andare, abbandonando

ogni controllo. Ailsa, dal canto suo, accetta ciò che le sta accadendo: la nostra preda sta finalmente soccombendo alla cattura. All'essere *posseduta*.

È l'esperienza più eccitante di tutta la mia lunghissima vita.

Riesco a sentire Craze attraverso la sottile parete di carne che ci separa dentro di lei. Le sta scopando il culo senza pietà, mentre io la prendo da davanti con lo stesso vigore.

E Krolic… è perso nella sua bocca.

Ailsa fatica a respirare, ma se le dà fastidio, non lo dà a vedere. Si gode il momento, stritolandomi il cazzo.

La nostra omega sta per venire. *Forte*.

Insisto ad accarezzarle il clitoride, spingendola sempre più vicino al limite. Voglio sentirla serrarsi intorno a me. Voglio che mi rivendichi quanto desidero farlo io.

«Così, signorina Marvel» dico. «Ti abbiamo presa. Ciò significa che sei nostra. Ora dimostraci cosa significa e vieni per noi».

Craze ringhia, scopandola con più forza.

La presa di Krolic sul suo nodo sembra quasi dolorosa.

E nel frattempo la nostra omega si contorce, prendendoci tutti e tre come se fosse stata creata per questo momento.

«Adesso, Ailsa» le ordino, pizzicandole il clitoride. Sussulta, per poi gridare quando lo lascio andare, dicendo: «*Vieni*».

La sua estasi è come un'immensa ondata di calore, il suo corpo si tende ed esplode in mezzo a noi. Uno spettacolo incredibile, che mi fa schizzare istantaneamente il nodo verso la punta e fa vorticare i miei tatuaggi dentro di lei.

Spalanca gli occhi.

Sorrido.

«Reggiti a me, signorina Marvel» mormoro. Il mio seme inizia a riversarsi dentro di lei. «Stai per vedere le stelle».

Craze ci segue oltre il limite, il suo nodo le penetra il sedere e le strappa un urlo scioccato.

Un urlo che diventa qualcosa di completamente diverso quando Krolic comincia a venire nella sua gola.

Ailsa inizia a farsi prendere dal panico, con gli occhi spiritati, ma un semplice movimento dei miei fianchi la riporta immediatamente all'estasi.

«Ingoia, signorina Marvel» la esorto, trascinando il pollice lungo la sua gola. «Il nostro re ha molto da darti. Continua a ingoiare finché non avrà finito».

Si aggrappa a me, conficcandomi le unghie nelle spalle, chiaramente sopraffatta. Ma quando cede di nuovo all'orgasmo, allenta la presa e si rilassa proprio come le ho detto di fare.

«Cazzo, piccola» sussurra Krolic in tono riverente, mentre la gola di lei lavora a pieno ritmo. «*Cazzo*. Continuerò a venire sulle sue tette».

L'ultima parte è per me, un avvertimento pronunciato un attimo prima di sfilarsi dalla bocca di Ailsa e spargere il suo seme sul seno della nostra omega. Nel frattempo, ho tolto la mano dal suo collo, lasciando che lui le rivendichi il petto mentre io continuo a liberarmi tra le sue cosce.

Lei è a malapena cosciente, persa nell'oblio creato dai nostri sforzi congiunti.

Quando Krolic le rimette il cazzo in bocca, stringendosi il nodo, lei lo accetta e riprende a bere. Poi il nostro re lascia che il suo seme le scenda lungo la gola e sulle spalle, marchiandola come sua.

È meraviglioso.

La scopata più feroce della mia vita.

E appena avremo finito, potremo ricominciare da capo.

Una consapevolezza che mi fa trascinare la nostra omega in un bacio. È fradicia dell'essenza di Krolic, ma non mi interessa. Devo venerarla con la lingua. Dirle quanto apprezzi questo dono. Questa esperienza. *Tutto*.

Poi è il turno di Craze, le sue dita le affondano tra i capelli e la tira verso di sé, per scoparle la bocca con la lingua.

E le morde le labbra in un modo che sicuramente le lascerà il segno, per poi ricominciare a baciarla mentre le riempie il sedere.

L'ultimo è Krolic. Ma non la bacia, preferendo invece darle di nuovo il cazzo e dire: «Non ingoiare».

Ailsa spalanca gli occhi, ha un'espressione confusa. Ma, nonostante questo, obbedisce.

Poi lui le piega la testa all'indietro per guardarla. «Fammi vedere».

Lei schiude le labbra per mostrargli la bocca piena del suo seme.

«Che brava compagna» le dice, accarezzandole le labbra con il pollice. «Ora ti ingravideremo, omega. Ti metteremo in pancia il nostro erede. Dimmi che sei d'accordo».

Ailsa non risponde subito, limitandosi a sostenere il suo sguardo.

Poi ingoia con un'aria di sfida.

«Sono d'accordo» dice con voce roca. «Ora dammi altro seme».

Krolic sorride, chinandosi per baciarla. «Sei perfetta, Ailsa».

«Una compagna meravigliosa» concordo.

Ma è Craze a dire quello che deve essere detto.

Le parole più importanti.

Le parole che risuoneranno in ogni angolo del regno affinché tutti possano sentirle.

Perché la nostra omega ci ha scelti.

E noi abbiamo scelto lei.

Ciò diventa perfettamente chiaro quando Craze afferma: «Sei la Regina di Monsterland».

AILSA

Sto fluttuando.

O meglio, mi stanno portando da qualche parte.

Ma mi sembra di fluttuare.

Come se fossi in cielo, tra le nuvole.

Dita mi accarezzano i capelli.

Labbra mi sfiorano la spalla.

Una voce profonda mi sussurra all'orecchio.

È tutto confuso. Ma sento l'odore dei miei compagni. Le loro fragranze distintive mi vorticano attorno, mi vorticano dentro, mi vorticano attraverso.

Sospiro, felice di essere avvolta nel loro calore.

Almeno fino a quando una strana fitta non mi colpisce il basso ventre. Mi stringo immediatamente l'addome, lamentandomi sonoramente, e cerco di determinare la causa del dolore.

«Ssh» mormora uno dei miei compagni. *Krolic*. «Il tuo calore sta iniziando».

«Iniziando?» ripeto con una smorfia. La sofferenza aumenta.

Abbiamo appena vissuto l'evento più incredibile nella storia dell'esistenza. E lui mi dice che il mio calore deve ancora *iniziare*?

Oh, dei…

Questi uomini hanno già risvegliato in me un piacere

senza pari.

Non credo di poter sopportare un altro round.

Non ancora.

Non finché non mi sarò ripresa. Magari dopo aver fatto un bagno. Dopo aver mangiato qualcosa. Dopo aver bevuto almeno un bicchiere d'acqua.

Come se qualcuno avesse udito la mia richiesta, una cannuccia mi sfiora le labbra. Succhio senza fare domande, guadagnandomi un gemito profondo da parte di Craze. «Tombe, hai una bocca veramente meravigliosa, Ailsa. Non vedo l'ora di sentirla di nuovo intorno al mio cazzo».

«Credevo che volessi scoparla insieme, nello stesso buco...?» chiede Catum, facendomi arrossire.

«Anche quello» replica Craze. «Voglio tutto».

La cannuccia sparisce ed è sostituita dalla lingua di Craze, mentre mi porta da qualche parte. Ho smesso di fare attenzione a ciò che ci circonda. Credo di aver smesso già da un po'. Perché abbiamo attraversato un portale. Non so dove ci abbia condotti. Però ha un buon profumo.

Sa di fuoco, cedro e spezie.

«Hai fatto un ottimo lavoro con il nido» dice Krolic, mentre Craze continua a baciarmi.

«Non è stato facile» borbotta Catum. «Non con i tempi così stretti. Ma ho fatto del mio meglio».

«Penso che le piacerà, vero, piccolina?». Le dita di Krolic mi afferrano improvvisamente i capelli, inclinando la mia testa verso di lui ed esigendo la mia attenzione.

Non sono sicura di cosa mi abbia chiesto, così rispondo con un pigro: «Mm-hmm» di approvazione.

Krolic ridacchia. «Hai proprio l'espressione di chi è stata scopata per bene, amore mio». Trascina il naso sulla mia guancia. «Sento il mio odore ovunque».

«Perché sei venuto dappertutto» commenta Craze.

«E ho intenzione di farlo di nuovo» dice Krolic, prima di reclamare la mia bocca.

Quella strana pulsazione dentro di me, in parte dolore e in parte qualcos'altro, riprende vita. Gemo, a disagio ed eccitata allo stesso tempo.

È… un contrasto bizzarro.

Non lo capisco.

Ma d'altro canto, ci sono fin troppe cose che non capisco di tutto quello che mi è successo.

Mi limito ad accettare l'assurdo. A godermi la vita. A esistere con i miei compagni.

Dei, tre alfa.

E sono tutti miei.

Lo sento nel profondo dell'anima.

Tuttavia, il legame non è completo.

Il regno ha bisogno di un erede.

Krolic ha detto qualcosa mentre venivamo qui, qualcosa sul fatto che non importa chi mi ingravida per primo, basta che accada.

«Quindi ci proveremo tutti e tre» mi ha sussurrato all'orecchio. *«Per giorni e giorni»*.

Stringo le cosce ripensando alle sue parole.

Non riesco a immaginare di fare tutto questo per ore, figuriamoci per giorni. Sono… sono esausta.

Eppure, sento il calore crescere dentro di me, un bisogno che innesca una strana tensione nel mio ventre.

La lingua di Krolic gioca con la mia, accentuando quel bisogno finché non mi ritrovo ad ansimare sulla sua bocca. «Mmm, sei quasi pronta» mormora. «Ma prima devi mangiare, Ailsa».

Mi passa a Catum, che mi avvicina qualcosa alle labbra. Le schiudo istintivamente, per poi gemere quando capisco che sa di ciliegia.

«Che meraviglia» dice. «Sei veramente stupenda, signorina Marvel».

Non so bene come, ma mi ritrovo sulle sue ginocchia. Alterna il cibo all'acqua, mentre Craze allunga la mano per darmi bocconcini saporiti di formaggio e carne.

Il cibo, però, non sembra placare il bisogno crescente dentro di me.

Quando glielo dico, Catum spiega: «È perché stai andando in calore, Ailsa. L'unica cosa che ti soddisferà è un nodo».

Rabbrividisco. «È per questo che… scoperemo per giorni?». Usare quel termine non è da me, ha un sapore strano sulla lingua. Lo pronuncio raramente. Ma ora mi sembra appropriato farlo.

E i miei compagni devono apprezzarlo, perché mi sorridono.

«Ti scoperemo per giorni perché vogliamo scoparti per giorni» puntualizza Craze. «Non c'è bisogno che tu vada in calore per quello».

«Sono abbastanza sicuro che vivremo dentro di te fino alla fine dei tempi, piccolina» aggiunge Krolic, facendomi l'occhiolino.

Arrossisco. «Suona…». Mi interrompo, incapace di concepire una risposta adatta.

«Eccitante?» suggerisce Craze. «Bollente? Meraviglioso? Come un sogno diventato realtà?».

Catum ridacchia da sotto di me. «Lasceremo che tu ti faccia la doccia, Ailsa. E che ti riposi. Ogni tanto».

Spalanco gli occhi. «*Ogni tanto?*».

Si stringe nelle spalle. «Quando ci andrà».

Oh, dei. «Non credo di poter fare questo per tutto il tempo».

«Me lo ricorderò tra circa due ore, quando ci implorerai di non smettere mai di darti il nostro nodo» mormora con un'espressione divertita. «Ma prima che iniziamo, c'è qualcosa di cui hai veramente paura?».

Aggrotto la fronte. «Cosa intendi?».

«Qualcosa che preferiresti che non ti facessimo?» spiega. «Non sembra che ti dispiaccia il dolore, e questo è un bene. Ci piace mescolare dolore e piacere. Ma non come punizione: come gioco sensuale».

«Puoi…?». Mi schiarisco la voce. «Puoi darmi qualche esempio?».

Guarda Krolic. «Puoi passarmi la candela rossa?».

Il mio cipiglio si fa più profondo, sono confusa dal cambio di argomento.

Ma Catum mi ignora e inizia a fare spazio sul tavolo davanti a sé.

Quando Krolic appoggia la candela, Catum tocca lo stoppino, creando una fiamma con il polpastrello. Resto a bocca aperta. «Notevole».

Lui sbuffa. «Vedrai cosa farò a te, signorina Marvel». Solleva la candela e la rotea. «Ora, per tornare al nostro discorso: ho bisogno di sapere se hai paura di qualcosa. Come, per esempio, il fuoco». Mi avvicina la candela e io mi limito a fissare la fiamma.

«Non… non voglio che mi bruci» dico lentamente. «Ma non mi fa paura».

Annuisce e Craze avvicina la sedia a noi, giocherellando con un coltello tra le dita. «E le lame?».

Lo guardo. «Vuoi pugnalarmi?».

Ridacchia. «No, splendore. Ma mi piace il sangue. Solo qualche piccola ferita che crea un pizzico di dolore». Mi tende il palmo. «Dammi la mano, ti mostro cosa intendo».

Mi mordo l'interno della guancia, ma obbedisco. Si china per baciarla, tracciando con la lingua le increspature del palmo e applicando una sottile pressione che mi fa stringere le cosce. Mi rilasso addosso a Catum, è una sensazione così piacevole.

Poi strillo quando Craze trascina la lama sulla mia pelle. «*Cosa*...?». Cerco di ritrarre la mano, ma lui appoggia la bocca sulla ferita, che mi rendo conto in fretta essere solo un piccolo graffio, e *succhia*.

Spalanco gli occhi.

Perché...? Perché è così... piacevole?

La sua lingua scorre lungo il taglietto, senza mai distogliere lo sguardo dal mio. «Ora immagina che ti faccia lo stesso sul seno» mormora, indietreggiando per abbassare gli occhi sul mio petto.

«A proposito...» interviene Catum. La candela è improvvisamente troppo vicina.

Schiudo le labbra quando inclina il barattolo dov'è contenuta, facendo fuoriuscire un po' del liquido rosso.

«Si tratta di una cera speciale» dice, mentre la cera cola lentamente dal bordo.

Sussulto nel momento in cui atterra sul mio capezzolo, il bruciore mi strappa un sibilo.

«Si raffredda in fretta» continua, come se non mi stesse *torturando*. «E rimuoverla è... è molto divertente».

Un'altra goccia finisce sulla mia areola, e la terza sul capezzolo inturgidito.

I miei compagni sono ipnotizzati dallo spettacolo, mentre io cerco di decidere se mi faccia male o se sia piacevole. Il dolore temporaneo mi aveva distratta dalle mie viscere in fiamme, ma ora quella sensazione è tornata con rinnovato vigore.

Catum mette da parte la candela, il cui profumo speziato mi ricorda Craze, e si china per soffiarmi sul petto.

Rabbrividisco.

«Craze?» mormora.

Il più imprevedibile dei miei compagni sorride e tira fuori di nuovo il coltello, questa volta puntandolo verso il mio seno.

Trattengo il respiro, terrorizzata e incuriosita da ciò che sta per accadere.

Raschia delicatamente la cera dalla mia pelle, facendo attenzione a non tagliarmi. Il che è un sollievo. E mi sorprende, dato che aveva appena detto di voler usare la lama sul mio petto.

Ma forse è proprio non conoscere le sue intenzioni a eccitarmi. *Mi farà male o mi farà godere?*, mi domando, per poi ritrovarmi con Catum che mi succhia il capezzolo.

Un gemito sonoro mi sfugge dalle labbra. La sensazione di avere le sue attenzioni dopo essere stata scottata è… è… *fantastica*.

Il calore dentro di me è quasi un incendio, le mie cosce si bagnano all'istante. *Oh, dei…* Credo di essere sul punto di venire.

Eppure, *troppo presto*, la sensazione svanisce e Craze mi preme un altro bocconcino sulle labbra.

Sto tremando. «Mi state provocando» capisco.

«Stiamo mettendo alla prova i tuoi limiti» risponde Catum con un bagliore diabolico negli occhi castani. «Stai per darci il tuo corpo per i prossimi giorni, e vogliamo assicurarci di prendercene cura adeguatamente».

«Non vogliamo spaventarti» aggiunge Krolic con voce roca. È in piedi di fronte a noi, con una spalla appoggiata al muro e il pene completamente eretto.

Catum indossa ancora la camicia e i pantaloni.

Craze ha solo i jeans.

E Krolic è nudo come me.

«Ti va bene essere legata?» mi chiede Catum.

«Sì» risponde Craze al posto mio, poi mi fa

l'occhiolino. «Abbiamo giocato con delle liane, vero, splendore?».

Rabbrividisco, ricordando il suo spettacolino con la corda che è finito con me legata davanti a lui. «Sì» sussurro. Lo rifarei volentieri.

«E cosa ne pensi dell'idea di essere presa da due di noi nello stesso buco?» chiede Krolic, facendomi trasalire. «Inizialmente farà male. Ma poi… beh…». Sorride. «Credo proprio che ti piacerà».

Deglutisco, sentendomi ardere fin nelle profondità del mio essere. «Okay» rispondo.

Perché sono pazza.

Completamente fuori di testa.

Ma mi fido del fatto che si prenderanno cura di me.

Che mi proteggeranno.

Che mi terranno al sicuro.

E glielo dico.

«Non ci sono limiti» concludo, guardando a turno ciascuno di loro. «Perché so che non farete mai nulla per ferirmi e rispetterete sempre le mie scelte».

Lo hanno dimostrato più che abbondantemente.

Questi tre sono il mio futuro.

I miei alfa.

I miei compagni.

Voglio esplorare tutto con loro. Essere la loro regina. La loro omega. E affrontare una nuova vita con loro al mio fianco.

Questo piccolo reame di possibilità straordinarie è la mia nuova normalità. Lo accetto. E accetto *loro*.

Ciò significa che resta solo una cosa da fare.

«Portatemi a letto» dico.

Ma Catum scuote la testa. «No, dolcezza». Mi prende tra le braccia e mi solleva. «Ti porteremo nel nostro *nido*».

Mi aggrappo alle sue spalle mentre cammina, studiando la sua espressione. «Nido?».

Annuisce. «Lo abbiamo preparato apposta per te».

«Perché speravamo che avresti accettato di diventare la nostra compagna» aggiunge Krolic.

«E di essere portata qui per il calore» conclude Craze.

Non ho idea di cosa stia parlando. E la mia confusione aumenta quando Catum mi adagia su un grande e bellissimo materasso ricoperto da lenzuola di seta. «Questo è un letto» gli faccio notare.

Sorride. «Che tu renderai un nido».

«Non capisco».

«Capirai» promette, e inizia a sbottonarsi la camicia. «Quando l'istinto prenderà il sopravvento».

Seguo con lo sguardo i suoi muscoli sinuosi, apprezzando lo spogliarello. «Se lo dici tu» rispondo con la gola secca.

«Le omega fanno il nido quando sono incinte» spiega Craze, trascinandomi verso il suo corpo al centro del letto.

La sua erezione mi sfiora la coscia, facendomi sussultare. Non so quando si sia tolto i pantaloni, ma è molto eccitato. E me lo mostra spingendomi sotto di lui e sistemandosi tra le mie cosce spalancate.

Scivola dentro di me con un'unica spinta, provocandomi una scarica elettrica che raggiunge ogni terminazione nervosa. «Sei così bagnata» dice, uscendo e rientrando più volte, mentre Krolic e Catum prendono posto alla nostra destra e alla nostra sinistra. «Così *fertile*».

«Sì, è assolutamente fertile» ringhia Krolic.

Craze geme e comincia a muoversi sul serio. «Oh, splendore, devi venire intorno al mio cazzo».

Mi avvinghio alle sue spalle mentre inizia a scoparmi ancora più forte, colpendomi in profondità e accendendo un inferno di desiderio. Gemo quando l'eccitazione si riversa sul sesso di Craze e mi cola lungo le cosce.

Non… non capisco esattamente come faccia a essere così… tanta. Ma rende tutto ancora più piacevole.

E il piacere aumenta a dismisura quando Catum si avventa sulla mia bocca e mi bacia. Nel frattempo, Krolic mi afferra il seno e lo strizza, per poi tormentarmi il capezzolo con il pollice.

Qualcuno, credo che si tratti di Catum, infila la mano tra me e Craze e mi accarezza il clitoride. «Hai sentito quello che ha detto Craze» mi sussurra all'orecchio. «Vuole che tu venga sul suo cazzo».

Serro le cosce, strappando un gemito a Craze. «Sei così stretta». Mi penetra con più forza, la presa sui miei fianchi mi lascerà dei lividi. Ma non mi importa. È bellissimo. Sollevo il bacino per incontrare le sue spinte brutali.

E d'un tratto mi ritrovo in una spirale di piacere, perdo la testa, *urlo*.

Ogni sensazione mi travolge nello stesso istante, all'improvviso.

Non è un orgasmo, ma un desiderio sfrenato che mi toglie il fiato. Mi frattura la mente. Altera il mio spirito.

Mi… mi serve molto di più. Questo non è abbastanza. Sto… sto *andando a fuoco*. Letteralmente! Okay, forse non letteralmente. Non lo so. Mi sento una massa informe di desiderio, le sensazioni sono talmente intense che non riesco a smettere di urlare.

I miei compagni si muovono, le loro mani e le loro bocche sembrano adorare ogni centimetro del mio corpo contemporaneamente.

Ma non è abbastanza.

Glielo dico.

Li supplico.

Lo *esigo*.

Fa male. Brucia. È troppo.

«Respira», mi dice Krolic all'orecchio, con il suo corpo dietro al mio.

Non capisco la richiesta.

Sono troppo occupata a *urlare*.

E poi lo sento che mi penetra da dietro, provocandomi un dolore acuto che mi fa tornare momentaneamente alla realtà. Ma la tregua temporanea svanisce presto, e l'incendio divampa ancora una volta.

Craze è davanti a me, mi accarezza il seno.

Catum è…

Il suo cazzo mi entra in bocca, andando così in profondità da soffocarmi. Ma ne sono felice, perché per un attimo riesco a capire chi sono e dove mi trovo.

Solo che si rivela una sensazione fugace, come tutto il resto.

Perché all'improvviso sono solo un groviglio di membra smaniose.

E i miei alfa mi scopano. Mi possiedono. Mi danno il loro seme.

Lo sento in bocca, nel sedere. E sospiro quando un nodo si aggancia nel mio grembo.

Non so chi sia dove, e non mi importa: mi basta essere piena. Reclamata. *A casa.*

È il mio mondo.

Il mio caos.

Il mio perfetto… lieto fine.

Epilogo

AILSA

Diversi giorni dopo...

«Dove siamo?» chiedo, fissando le piante viola. È la prima volta che osservo davvero l'ambiente circostante, da quando i miei compagni mi hanno portata qui dopo il rituale.

Ho trascorso la maggior parte del tempo nel nido.

Nido, ripeto tra me e me, euforica. Inizialmente non avevo capito. Ma ora sì. Mi sono occupata degli ultimi ritocchi proprio questa mattina, dopo aver rubato un paio di boxer a Catum.

Li aveva ammucchiati insieme alla biancheria.

Ho aggiunto anche diversi capi di abbigliamento.

Perché il mio nido deve avere l'odore dei miei compagni.

Una perfetta escursione nel cuore della notte, penso. *Cedro. Spezie. E un accenno di fumo.*

«Nella Foresta Violetta» mi informa Catum dalla cucina. Sta preparando una cioccolata calda; non ho mai provato quella nelle Piane Ghiacciate, perciò vuole rimediare. «È da qui che provengo. E questa è la mia preferita, tra le case che possediamo».

Sorrido. «Anche a me piace stare qui».

Mi lancia uno sguardo indulgente. «Dopo tutto quello che ti abbiamo fatto, mi stupirebbe il contrario, Ailsa».

Le mie guance si tingono di rosso. Sento ancora il suo nodo e quello di Krolic che pulsano dentro di me. Stamattina mi hanno condivisa, durante gli ultimi strascichi del calore. E mi hanno allargata al punto che non so come faccia a camminare.

Ma mi sto rendendo conto in fretta che non sono più umana.

Guarisco rapidamente quanto loro.

E da quello che ho capito, tutti e tre sono molto vecchi.

L'immortalità esiste in questo reame, ed essere omega ha reso immortale anche me. O forse è a causa del nostro legame. Non ne sono sicura.

Tuttavia, sono grata dei vantaggi che comporta la mia nuova situazione, perché ciò significa che la gravidanza dovrebbe essere più facile.

O almeno spero.

Appoggio una mano sulla pancia, consapevole che una piccola vita sta crescendo dentro di me. Io non riesco a percepirla, ma i miei compagni sì. Non hanno idea di chi sia il padre e, da quello che mi hanno detto, non ha importanza.

«Siamo tutti il padre, piccolina» ha affermato Krolic poco fa. *«Ciò che conta è che tu sia al sicuro e protetta»*. Mi ha baciata sulla fronte, poi mi ha accompagnata in cucina.

Ora è seduto al bancone, intento a guardare un tablet.

Ha la fronte aggrottata.

«Cosa c'è che non va?» chiedo, prendendo posto sullo sgabello accanto a lui.

«Avevo dimenticato quanto fosse divertente essere re» brontola. «Il regno vuole un'incoronazione».

«Così potrai riprenderti il trono?» ipotizzo.

Ma lui scuote la testa. «No. Così potranno conoscere la loro nuova regina». I suoi occhi verdi mi guardano, i suoi capelli argentati brillano alla luce del sole, che filtra dall'esterno attraverso gli alberi e i vetri. «Immagino che tu non sia pronta per un ballo?».

«Un ballo?» ripeto.

«Ti troveremo un abito che ti calzi a pennello» interviene Catum, appoggiando la tazza di cioccolata calda sul bancone davanti a me. «E anche delle scarpe».

Sbuffo. «Stamattina Craze mi ha detto che non mi è più permesso indossare vestiti». Ha anche detto che dormirò per sempre con il suo nodo dentro di me, perché a quanto pare lo abbiamo fatto diverse volte negli ultimi giorni.

«Farò un'eccezione se il vestito ha un corsetto» dice l'alfa in questione entrando nella stanza, con i capelli scuri gocciolanti dopo la doccia. «Uno che possa tagliarti con un coltello». Mi bacia la spalla nuda, poi allunga la mano per pizzicarmi un capezzolo. «E complimenti per aver obbedito alle mie regole, splendore».

Alzo gli occhi al cielo. «Ho deciso di restare nuda perché ho caldo».

«Certo, certo» commenta.

Lo ignoro e torno a concentrarmi su Krolic. «Che genere di ballo?».

«Uno a tema Monsterland» risponde con un sorrisetto. «Ciò significa che sarà incredibilmente strano».

«Mmh» mormoro. «Potrebbe piacermi».

«Ti piacerà quello che ti faremo dopo» interviene Craze. «Te lo posso garantire». Prende una pallina dal vassoio sul bancone e se la mette in bocca. «I bocconcini di French toast sono i miei preferiti».

«Lo so» dice Catum. «Ma li ho preparati per la nostra compagna».

«Dubito che gliene servano un centinaio, Liffo».

«Mangia per due, de Capp».

«E può scegliere di mangiarne quanti ne vuole» li interrompo, prendendone uno per me prima di sorridere a Catum. «Grazie, Catum».

«Prego, Ailsa». Abbassa lo sguardo sulla tazza fumante. «Non dimenticare di provarla».

«Perché ho la sensazione che ci sia qualcosa di sessuale in questa bevanda?».

«Perché hai appena passato cinque giorni a esplorare i nostri nodi» mormora Krolic. «Il sesso è l'unica cosa a cui riusciamo a pensare, in questo momento».

«E le palle» aggiungo ridacchiando. Lancio un'occhiata al suo inguine. «Due tipi, ora». Mi infilo in bocca un altro bocconcino, poi aggrotto la fronte. «Anzi, tre».

Catum scoppia a ridere. «Credo che sia ubriaca di sesso».

«Ciò significa che abbiamo fatto il nostro dovere» mormora Craze, agguantando un altro po' di cibo. «Allora, quando organizziamo questo ballo, K?».

Ci studia uno a uno, per poi accarezzare con lo sguardo la mia pancia. «Magari tra tre settimane?» suggerisce.

«Tre settimane?». Craze sembra sorpreso. «Pensavo che volessi farlo prima».

Krolic scuote la testa. «Siamo nella nostra *babymoon*».

«*Babymoon*?» ripeto.

I suoi occhi affascinanti tornano lentamente sui miei. «Le omega hanno bisogno di molte attenzioni quando sono incinte, piccolina. Quasi quanto quando sono in calore».

Le mie gambe formicolano. «Oh».

«Quindi, ovviamente, dovremo soddisfare ogni tuo bisogno». Avvicina il mio sgabello al suo. «Assicurarci che tutti i tuoi desideri siano esauditi». Si sporge verso di me. «E ringraziarti come si deve per essere nostra, adorando ogni centimetro del tuo corpo meraviglioso».

«Credo… credo che mi piaccia come idea» sussurro.

«Sì?». Sorride. «Credo che piaccia anche a noi». Le sue labbra sfiorano le mie. «Ora fai la brava e bevi quella cioccolata calda. Penso che Catum ci abbia aggiunto delle spezie speciali».

Aggrotto la fronte. «Spezie speciali?».

«Provala e lo scoprirai» mi esorta.

Ruoto sul sedile per incontrare lo sguardo di Catum. «Sei venuto nella mia cioccolata?».

Scoppia a ridere e scuote la testa. «Solo tu potresti chiedermi una cosa del genere, signorina Marvel».

«Non è una risposta, Maestro Liffo».

«Non sono Craze».

Inarco un sopracciglio. «Continua a non essere una risposta».

«Non sono venuto nella tua cioccolata, signorina Marvel. Se avessi voluto che bevessi il mio seme, ti avrei scopato la bocca». Si sporge sul bancone, guardandomi negli occhi. «Cosa che penso proprio che farò, non appena avrai finito di mangiare».

I miei capezzoli si induriscono all'istante, ogni traccia di ilarità svanisce.

Questi uomini hanno un effetto incredibile su di me.

Prendo la tazza e bevo un sorso, senza mai distogliere lo sguardo dal suo.

Il sapore mi suscita un gemito.

«Hai aggiunto delle ciliegie» sussurro.

«Ho aggiunto delle ciliegie» conferma. «Ora bevila tutta, così poi posso darti dell'altro da ingoiare».

Deglutisco.

Questa vita non è affatto come l'avevo sognata. È meglio. *Molto, molto meglio.*

Perché è reale.

Meravigliosa.

E perfettamente… straordinaria.

FINE

Se *Caos a Monsterland* vi è piaciuto, lasciate una recensione!
Per noi sono come un abbraccio. <3

La scrittrice di Bestseller per *USA Today* Lexi C. Foss è un'autrice persa nel mondo della tecnologia. Vive ad Holly Springs, in Carolina del Nord, con suo marito e i loro figli pelosi. Quando non scrive è impegnata a mettere crocette sulla lista dei posti che vuole visitare. Nella sua scrittura si ritrovano molti dei luoghi in cui è stata, tra cui il mitico mondo di Hydria, basata su Hydra, nelle isole greche. È eccentrica, consuma troppo caffè e ama nuotare.

www.LexiCFoss.com

www.ingramcontent.com/pod-product-compliance
Lightning Source LLC
LaVergne TN
LVHW091024080826
845145LV00002B/350

* 9 7 8 1 6 8 5 3 0 4 3 8 6 *